風の耳たぶ

灰谷健次郎

角川文庫 13187

バス停に降り立つと、さっと吹きつけられたように海の匂いがした。

「すぐそこが海なんだ」

「バス停は旧国道にあるんですね。あなた」

「いいもんだ。旧《ふる》い道は」

「いいもんですねえ。干してある洗濯物がのぞいていたり、小さな八百屋さんやお米屋さんが仲良く軒を連ねていて、店先には、春蒔《ま》きの野菜の種が並べられていたり……」

「おやおや。ハルちゃんはバスの中から、そんなものを見ていたのかい。まだまだ目はしっかりしているんだ」

「目だけが、しっかりしていてもしようがないんですけど」

つまらないことをいってしまったかな……と、籐三《とうぞう》は呟《つぶや》くようにいった。

「いえいえ、あなた」

とハルはなんの屈託もないようすだ。

籐三は腕時計を見た。

「少々、早く着いてしまったようだ」

「迎えにきてくださる時刻は確か十二時でしたね」

「まだ、十一時を少し回ったばかりだ」

「いいじゃありませんか。そこら辺り歩いてみましょうよ」

「うん。それもいい」

川沿いを、ほんの少し歩くと、じき海に出た。

海沿いは広いバイパスで、車の行き来が激しかった。

「どこか渡るところはないかな」

「だいぶ向こうの方に信号がありますよ」

「そこまでいくしか仕方ないか。やれやれ不便なもんだ」

「わたしたちには不便でも、ここを車で通る若者たちには便利なものなんでしょうよ」

なるほど、と籐三はいった。

「ハルちゃんは物事を、そういうふうにもとらえて、ものを考えられるからいいんだ」

「そうですかねえ」

「うん。いいことだ」

と籐三は大きくうなずいていった。

二人は歩いて迂回《うかい》し、信号の道を渡って、海沿いの歩道に出た。

「あの松のところが海水浴場らしいな。そこまで歩いてみようか」

「そうしましょうかね」

「うん」

カモメが群れていた。二人は、それを見ながら歩いた。

「あなた」

「なんだね」

「今さら、こんなことをいい出して、おかしく思われるかもしれませんがね……」

「なんじゃ。なんでもいってみなさい」

「あなたがわたしのことを、ハルちゃんと呼んでいることですがね」

「ん？」

「あなたはずっと昔から、わたしのことをハルちゃん、ハルちゃんと呼んでくれて、わたしは、はいはいと返事をして……」

「それがどうした？」

「わたしたちは慣れてしまって、どうとも思いませんけれど……」

「…………」

「他人様は変に思ってやしませんかね」

「変かね」

「ふつう、ハルちゃんっていうのは子ども向きのいい方でしょう？」

「子ども向きかね」

「そりゃそうですよ」

うーんと籐三は小さく唸《うな》った。それから、ゆるゆる首を振っていった。

「なにかの受賞パーティーで、基村謹蔵《もとむらきんぞう》は、籐三さんが奥さんを呼ぶとき、ハルちゃんハルちゃんっていうのが、とてもいい。あれをきくと、ぬくい気分になるといったじゃろが」

基村謹蔵は、日本画壇の大家である。

「そんなことをおっしゃいましたか」

「おまえ、もう忘れとるのか」

「忘れましたか」

「忘れとる、忘れとる」

「そうですか。忘れてますか」

「忘れとる」

籐三は断固としていった。

「それじゃ、やっぱりハルちゃんでいきますか」

とハルは、のんびりした調子でいった。

「今さら変えられん」

「そうですすねえ」

二人は、ゆっくりした速度で歩いた。

少し沖に、クレーンのついた船が浮かんでいる。

「なにをしとるのか。あれは」

「なにをしているのでしょう」

二人は立ち止まって目を凝らした。

クレーンの爪が船腹の石をつかんで、それを海へ投げ捨てているのであった。

「埋め立てているんでしょうか」

「なんのために、ああいうことをしとるのか」

「そうですねえ。なんのためでしょうかね」

大きな立て看板があった。二人は、それを見る。

「くだらん」

藤三は吐き捨てた。

海の一部を埋め立て、あらたに海浜公園を作るという公示だった。

「くだらん」

藤三は、ふたたびいった。

「自然を壊すのはいけませんよね」

ハルは柔らかく、それをいったが、藤三は
「いかん」

と強い調子でいった。

「間違っとる」

「わたしも、そう思います」

「思うか」

「思いますよ、そりゃ」

「さっき車の通る道路は若者にとって便利だといったハルちゃんの言葉をほめたが、それはハルちゃんの一面的でないものの考え方をほめたので、車の道路がいいといったわけじゃないぞ」

「はい、はい」

「思うてみィ。ここに、車の走る道がのうて、のんびりした旧道だけ通っているとするじゃろ。そうすると……」

「そうすると……のどかで、平和で、ほんとうにいいところですよねえ」

ハルは、しみじみといった。

「うん」

籐三は大きく首を前に折る。

「さっき、せかせかと、わたしたちの横を通っていった犬などは、のんびり、とことこと歩いているかもしれん」

「犬や猫は安心してこの辺りで昼寝をしますでしょうし……」

「うん。それを眺めて、人間は心を安らかにする」

「そういう風景が少なくなりましたね」

「うん。少なくなった」

　二人は歩いた。

　埋め立て地があり、さらにそれを広げるつもりなのか、その場所でテトラポッドを作っているのだった。

　二人の歩く速度がどうしてもはやくなる。

　ハルの吐く息が少し乱れた。

「いかん。おまえが疲れる」

　籐三はそういって足を止めた。

「疲れたか」

「少し疲れましたかねえ」

　ハルはそれを、そっといった。

「少し休もう」

「いいですよ。ゆっくり歩いてくだされば……」

「すまん、すまん」

「気を遣わないでくださいよう」

　とハルはいった。

「そうか」

　二人は、ゆっくり歩いた。

道のそばに、かろうじて居場所をとっているといったふうな松があり、その横を車椅子を押して、若い娘がやってきた。

車椅子には、ちょっと、しかめっ面をした老人が乗っている。

「ご苦労さまです」

ハルは、そういって、その若い娘に軽く会釈した。

あら、と娘は少し顔を赤らめ

「はい」

と、あわてたようにいった。

すれ違い

「いい風景だ」

と、しばらくして籐三はいった。

「おじいさんと娘さんの組み合わせは、なかなかいいもんでございますねえ」

「いいもんだ。うん」

籐三は満足げにうなずいた。

「あれは孫娘ちゅうとこか」

「そうでございませんでしょう。あの娘さんは白い制服のようなものを着ていましたから、施設で働いている方かもしれませんよ」

「老人ホームのようなとこか」

「そうでしょうね。ああして一人で動けないご老人を、散歩に連れ出しているんでしょう」

「おまえ。散歩ということはないだろう。言葉は正確に使わにゃいかん」

「いかんですか」

「いかん」

「車椅子の散歩はどうでしょう」

「うーん。よし。まけといてやろう」

　と籐三はいった。

「えらいもんだ」

「なにがですか」

「若い娘が、そういうところで働くのは頼もしいと、おまえは思わんか」

「ああ、なるほど。そういうことですか。思います、思いますよ。心根のやさしい娘さんなんでしょうね」

「その心根を、ずっと持ち続けてほしいもんだ。人間は得てして初心を忘れる」

そんなことをいう籐三は、車椅子の、しかめっ面顔の老人に少し似ている。

　ジョギング中の若い男とすれ違った。

「ハルちゃん。今、何時じゃ。どれくらい歩いたかのう」

「かれこれ二十分も歩いたでしょうか」

「いかん。おまえの体は、それくらいが限度じゃ。少し休もう」

「少し休みますか」

「休もう。あの店でコーヒーでも飲もう」

「あの店は喫茶店ですか」

その店は、とびらが総ガラスのしゃれた店で、モナコ苑《えん》という店の看板のまわりを、赤と青の灯《ひ》がくるくる回っているのであった。

「なんの店でも、コーヒーくらいはあるじゃろう」

「そうですね」

その店は、開店早々らしく二組の客がいるだけだった。

「食事をとる店らしいぞ。ここは」

店内のようすを見て、籐三はいった。

「おやおや。そうですか。でも、わたしが店の人に頼んできましょうね。コーヒーだけ飲ませてくださいって」

ハルが立つ前に茶髪の娘がやってきた。

「ランチタイムですから、時間は五十分間です。五十分以内に食べてください。料金は九百八十円です」

娘は、ごく事務的にそれをいった。

「うん？　なんのことじゃ」

籐三は呟《つぶや》くようにいった。

ハルも、周りを見回した。

「なにを五十分以内に食べるのじゃ」

籐三は茶髪の娘にたずねた。

「なにを……って、ここは焼肉の店ですよう」

娘は口を尖《とが》らせて答えた。

「ああ、焼肉のお店ですか。ああそうですか」

ハルは気を入れて店の中を見た。

「あなた。そういえば、あそこにお肉が並べてありますよ」

「うん？」

肉だけではなく、切った野菜もケースに並べられてあった。

「そこには西洋ケーキも置いてあるぞ」

籐三は別のところを指さしていった。

籐三のいうところだけをとっていえば、喫茶店だといえなくもない。

「そうですねえ……？」

ハルもけげんな表情になる。

「なんだかいろいろありますよ」

ハルは驚いている。

「食べるんですか。食べないんですか」

茶髪の娘はつっけんどんにきいた。

「なんだ。そのものの言い方は。無礼者め」

と籐三は娘を叱りつけた。

「わたしら、忙しいんですよ。早くしてください」

怯《ひる》まず、押してくるような感じで若い娘はいう。

「まあまあ、おじょうさん。わたしらは年寄りですから、少し時間をくださいな」

ハルは柔らかく娘にいった。

「考えて注文しますから」

「…………？　注文するってなによ」

娘は乱暴にいった。

「考えて、そして食べるものや飲みものを注文しますから」

ばっかみたい……と娘は呟くようにいった。

ハルにはきこえたが、籐三の耳には、その娘の声はとどかなかった。

とどいていれば、籐三のかみなりが落ちたはずだ。

「ここは食べ放題の店だから、時間内だったら、なにを、どれだけ食べてもいいんです」

切り口上に娘はいう。

「食べるんですね」

押しつけがましく娘はいって、テーブルの真ん中に位置する部分のふたをとった。肉を焼く網状の鉄ぱんが見えた。娘はスイッチをひねって、ガスの火をつけた。

「出よう。ハル」

藤三はいった。

「まあまあ、あなた。おもしろいじゃありませんか。こんな機会は、めったとありませんよ。社会見学していきませんか」

「くだらん」

藤三は吐き捨てた。

「それに、そんな時間はない」

藤三は憮然《ぶぜん》としている。

「なにを食べても自由ということは、食べなくてもいいということでしょう?」

「なにを考えてるんだ、おまえは」

「紅茶やコーヒーもあるようですから、それだけいただくというのはどうでしょう。お代は、ちゃんとお払いして」

それで、よろしゅうございますね、とハルは突っ立っている娘にいった。

好きにしてください、セルフサービスですよ、と娘はいって、変な客……という思いを露骨に顔に表した。

「かわいげのない奴だ」

娘がいってしまうと、籐三は苦々しげに呟いた。

「まあまあ」

とハルは籐三をなだめた。

「おまえは困った奴だ。昔も今も、好奇心だけはちっともおとろえておらん」

「おとろえておりませんか」

「おらん。昔のまんまだ」

と籐三は大きな声でいった。

「昔のまんまですか」

「昔のまんまだ」

ハルは、ホホホと小さく笑った。

「しかし、ま、そこがハルちゃんのいいところでもある」

「いいところですか」

「うん。いいところだ。おまえは、先ほど、確か、社会見学というたな」

「はい。申しました」

「社会見学して、社会勉強をするというわけか」

「ま、そんなところでしょうかね」

「なるほどな……」

籐三は呟《つぶや》くようにいった。

「人は生きている限り、そういう気持を失ってはいかん」

「いかんですか」

「いかんな。うん。そこが、ハルちゃんのいいところだ」

藤三は、うなずきながらいった。

「わしは、おまえのそういうところを尊敬しておる」

「おやおや」

「ほんとじゃぞ」

「それは、うれしゅうございますね」

「わしはな……」

「はい」

「人の関係というもんは、ただ、好きというだけではいかんと思うとる」

「はい」

「かわいいな、いとしいなと思うだけでもいかんと思うとる」

「はい」

「ただそれだけのつながりじゃったら、そういう気持も長くは続かん」

「続きませんか」

「続かん。うん。情というものは大事なものだが、情だけだったら流されたり、溺《おぼ》れてしまうこともあるし、その情故にお互いの感情が歪《ゆが》むことだってある」

「相手を尊敬する気持は、どんな些細《ささい》なことでもよい。ほんのちょっとしたしぐさや気配りの中に、それがあってもいいのじゃ。えらいもんじゃ、あんな小さな子が、周りのことを考えて我慢しよる、ということがあったら、それが、その子に対する尊敬の念になるじゃろ。親子の仲にも、教師と生徒の間にも、恋人同士にも、夫婦にも、その気持が必要だ。ま、いわば尊敬で結ばれた友情のようなもんじゃな。わしはそう思うとるが、ハルちゃんはどう思うか」

「はい」

「わたしはむずかしいことはようわかりませんが、尊敬し合っていれば、仲のもつれることはないということくらいはわかります」

「そうじゃろ。問題は、それをどうしてみつけるかということじゃな」

「そうでございますね」

「情に対して、知という言葉があるだろう」

「はい」

「わしは、その知というものの中に、お互い尊敬し合おうとする意志の力というものが含まれておると思うとるのじゃが……」

「なるほどと思いますが、わたしはそういうものを思う前に、あなたを尊敬しておりましたよ」

「それはそれでよろし。そうであっても、おまえには相手を尊敬しようとする意志の力が、前々から具《そな》わっておったとわしは思う」

「そうでございますかね」

「うん。わしはそう思うとる。知は、意志というものを抜きにして考えられん」

「話が、少々むずかしくなりましたね」

「むずかしいか」

「わたしには少々」

「それじゃ、ぼちぼち社会勉強とやらをやらかすか」

とハルはいった。

籐三がいい
「そうしましょうか」

とハルは腰を浮かせた。

「わしは、ここで見ておる」

「それは狡《ずる》うございますよ。あなたもいっしょに」

「気に染まんな」

籐三は歯切れが悪かった。

「座っていては、しっかり見るというわけにはいきませんよ。勉強だと思ってください」

「うーん」

籐三は小さく唸《うな》った。

「はい」

とハルは手を差し出した。

「見るだけだけだぞ」

「見るだけでけっこうですよ」

不承不承、籐三は立ち上がった。

そのころ、次々客が入ってきていて、店は混みはじめる。

二人が店の中をうろうろしても、あまり目立たない雰囲気だった。

「なにがなんだかわからんぞ」

と籐三はいった。

「いろいろありますね。あなたが、そういうのも無理はない」

ハルも目をうろうろさせている。

二人は焼肉の材料が並べてあるケースの前に立った。

「お肉の種類もたくさん」

そういってからハルは声をひそめた。

「安かろう悪かろうでもなさそうですよ。あなた」

「ふむ」

ロース、ハラミ、タン、ミノ、シンゾウなどの文字が見える。

野菜も、キャベツ、ピーマン、カボチャ、タマネギなど、これも種類が多かった。

焼肉の店なのに、その他にも、シューマイやエビぎょうざ、中国ちまきにソーセージまである。

「生野菜もありますよ」

反対側に、野菜サラダが数種類置いてあった。

「おい。カレーもあるぞ」

御飯の入った容器の横に、カレーのルーが温めてある。

「至れり尽くせりというところですか」

「こういうのを至れり尽くせりというのかな」

籐三はぶすっとした声でいった。

「果物までありますよ。まあまあ」

果物は、リンゴ、オレンジ、キウイ、イチゴの四種類が並べてあった。

「あなた。コーヒーとお紅茶は、ここにありました。わたしたちはこれをいただきましょう」

飲みもののコーナーには、コーヒーと紅茶の他に、コーラとオレンジジュースなどがある。

「あらあら」

とハルは声を上げた。

「こんなものまであるのですか」

ガラスのケースに十種以上のケーキと幾種類かの和菓子が並べてあって、どうやらハルは、和菓子のうちのまんじゅうとおはぎを見て、そういったらしい。

藤三は、ぷいと横を向いた。

「わしは西洋ケーキは嫌いだ」

「このごろ、わざわざ西洋ケーキというのは時代遅れですよ」

「ああいうものを無理して食うと背筋が寒うなる」

ハルはフフフと笑った。

「あなたのような人ばかりだと、ケーキ屋さんは失業ですよ」

藤三はしぶい顔をしている。

「あら。まだ、ある」

ハルは驚いたようにいった。

別のケースに、アイスクリームが入れてあった。

バニラ、粒チョコ、ストロベリー、抹茶と表示してあった。

「これもセルフサービスか」

「そうでしょうね。アイスクリームを丸めて器に入れる道具が添えてありますから」

「あれも欲しい、これも欲しいと、子どもならいうだろうが」

「いうかもしれませんね」

「四つもアイスクリームを食ってどうするんだ。いかん。こういうのは」

「ちょっとやり過ぎという感じはしますね」

いかん、と籐三は、また、いった。

「ともかく、わたしたちは飲みものをいただきましょう」

籐三はコーヒーを、ハルは紅茶を手に、自分たちの席に戻った。

客は次々入って、ほぼ満席状態だった。

子ども連れの客も三組いた。

「繁盛ですねえ」

ハルは店内を見渡しながらいった。

「やっぱり若い人が多いですよ。あなた」

「うむ」

籐三は苦虫を嚙《か》みつぶしたような顔をしている。

客たちは次々立って、ケースの前にいき、肉を皿にとっている。たいていが山盛りに近い量をとっていた。

「若い人はお野菜もいっしょにとるということをしませんね」

ハルは感想をもらした。

「いかん」

籐三は、三度それをいった。

「食べ得という気持が、あんなふうにさせるのでしょうかね」

「貝原益軒《かいばらえきけん》が、『養生訓《ようじょうくん》』の中でいうとる。養生の道、多くいふ事を用ひず。只《ただ》飲食をすくなくし、病をたすくる物をくらはず、色慾《しきよく》をつつしみ、精気をおしみ、怒哀憂思を過《すご》さず」

「あら、まあ」

とハルはいった。

「飲食は人の大欲にして、口腹《こうふく》の好む処也《ところなり》。其《その》このめるにまかせ、ほしいままにすれば、節に過《すぎ》て必ず脾《ひ》胃《い》をやぶり、諸病を生じ、命を失なふ」

「おやおや、命を失いますか」

「まだ、あるぞ」

と籐三はいった。

「飲食は飢渇をやめんためなれば、飢渇だにやみなば其上《そのうえ》にむさぼらず、ほしいままにすべからず。飲食の欲をほしいままにする人は義理をわする。是《これ》を口腹の人と云《いい》いやしむべし。どうじゃ。わしはちゃんと諳《そら》んじとるのじゃ。飲食の欲を制することのできない人は義理を忘れる、いわゆる口腹の人といわれていやしまれる、というのは、なかなか味のある言葉じゃろ。

益軒のいうことを全部守っとったら、きゅうくつでかなわんが、心に留めておいてよいことも、たくさんいうとる」

「そうですか。すると、あの人たちは義理を忘れる人ということになりますか」

「欲のままに流されて、おまけに、それすら自覚のできん奴は、世の中や人との約束事の守れん者というのは当たっとると思わんか」

ハルはちょっと考えて、それから、いった。

「あなた。あまり大きな声ではいえませんが、世の中や人との約束事の守れん者というのは、このような店を最初に考えてつくった人が、その張本人ということになりませんか」

「なに」

籐三は少し驚いた顔になった。

「おまえはなかなかのもんじゃな」

「わたしがですか」

「そうじゃ。うん。ハルちゃんは慧眼《けいがん》じゃ。人間を損なうような環境をつくった者が張本人というのは、まことその通りじゃ。おそらく、この商売を当てた人間は、してやったりと得意満面なのだろうが、人の仕事は、直接ではのうても、めぐりめぐって他人《ひと》の役に立つものでなくてはならん。

ただの金儲《かねもう》けと人の仕事は区別しておかんといかん。ただの金儲けをする人間をいやしいというのは、そのことで人を損なったり傷つけておるのに、そこに思いがいかないか、知って知らぬふりをしているからだ。

志がないのじゃな。金儲けに目がくらんで」

「そうかもしれませんね。そういう人は、きっというでしょうね。

安いものを提供して、客に喜んでもらっているのに、どこが悪いのかと」

「いうかもしれん。浅い考えの者ほど、自分を正当化したがる」

二人の会話は、店のオーナーには、とてもきかせられない。

こういう店にくる人間に食の細い者がいるとも思えないが、それにしても人々の食欲はきわめて旺盛《おうせい》だった。

二人は思わず顔を見合わせた。

肉より野菜を多くとるという者はいなくて、みながその逆の食事のとり方だった。

「安いということは、いいことばかりじゃありませんね」

ため息を吐《つ》いて、ハルはいった。

「おまえ、今ごろ、そんなことに気がついているのか」

と籐三はいった。

「目の当たりにして実感しました」

とハルは答えた。

「肉と穀類の関係を考えてみなさい。おおざっぱにいって肉一キロを生産するのに、十八キロの穀類を含む飼料がいる。

この人たちが食べている肉の量は、二百グラムをはるか越えているはずだ。一人平均三百グラムとして、その肉を生産するのに必要な飼料は約五・四キロだよ。

この飼料は誰がつくるのだね。農民だろう？　五・四キロもの飼料の代金が、九百八十円の中に含まれているんだ。農民は生きていけるかね。そういう社会が今の社会なんだ」きわめてわかりやすいことなのに、おおかたの人間がそのことに気がついていない。そういう社会が今の社会なんだ」

「こわいことですね」

　とハルはいった。

「物には適切な値段というものがある。適切な値段というのは、それを生産するのに関わった人たちが人間らしく生活していくのに見合った金額ということになるのだが、無制限な競争社会では、それが無視される」

「弱肉強食の世界ということになりますか」

「そうじゃ。今の日本は農業も漁業も滅びる寸前じゃ。ばかな日本の政治家共は、それは国が滅びるのに等しいということなのに、誰もそのことに気がついとらん」

「おやまあ」

「物を生産することをおろそかにして、物を運ぶ、物を売ることだけで国を維持しようとする。

　こういう店の存在は、そういう社会の象徴じゃ」

「これほど安いと、お肉はもちろん輸入物でしょうね」

「たぶん、そうじゃろ。ばかげた競争を外国にまで持ちこむ。あるいは外国から持ちこまれた競争を何一つ吟味もせず、唯々諾々と受け入れてしまう。腐り果てとる。今の日本人は」

籐三は冷めかけたコーヒーを、がぶりと一口飲んだ。

ハルはいった。

「先ほどから、子どもたちが食事をとるようすを見ているのですがねえ……」

「うん」

「バランスよく、いろいろな食べものをとるよう親が仕向けているというふうではありませんよ」

「そうか。困ったことだ」

「若い親だから仕方がないという問題じゃありませんよね」

「当たり前だ。いのちを預かっておるのだ。親は」

籐三も、家族連れの方を見た。

「お肉をしっかり食べている子は、まだ、ましですよ」

「うーん?」

「あの右端の子は……」

「ああ、あれか」

「まるで気がここにないという感じでしょう?」

「よそ見をして、背伸びばかりしておるな」

「あの子のお目当ては、ケーキとアイスクリームなんですよ。わたしは、そう睨《にら》みましたよ」

「なるほど。そうかもしれん」

二人が見ていると、その若い母親は、子どもになにかいいきかせたようだった。

子どもは嫌々という感じで、二口ほど、焼肉を口に運んだ。

もちろん野菜の類は口にしない。

ふたたび、親は子になにかいった。

子どもははじけたように飛び出して、真っすぐアイスクリームの置いてある場所にきた。

「当たりましたね」

とハルはいった。

「うん」

子どもはケースのとびらを開け、おぼつかない手つきで、器にアイスクリームを盛っている。満面笑みだ。

先に籐三が見通していた通り、子どもは一種類のアイスクリームでは承知しないで、全部に手を出し、山盛りに、それを盛るのだった。

自分の席に持って帰り、子どもはうれしげにアイスクリームを食べはじめた。

親は、なにもいわない。

「ああいう調子で、次は西洋ケーキか」

憮然《ぶぜん》たる面持ちで、籐三は呟《つぶや》く。

「ケーキの他に、プリンなんかも置いてありますよ。それにも手を出すと、もう大変」

とハルはいった。

「益軒はいうとる。小児をそだつるは、三分《さんぶ》の飢《うえ》と寒とを存すべし、とな」

「おやおや。また益軒ですか」

「ま、きけ。小児は少し飢やし、少しひやすべしとなり。

小児にかぎらず、大人も亦《また》かくの如くすべし。

小児に、味よき食に、飽かしめ、きぬ多くきせて、あたため過《すご》すは、大にわざわひとなる。俗人と婦人は、理にくらくして、子を養う道をしらず、只《ただ》、あくまでうまき物をくはせ、きぬあつくきせ、あたため過すゆへ、心病多く、或《あるいは》命短し」

すかさずハルは口を入れた。

「俗人と婦人は、理にくらくして、というのは余分でございましょう」

「ははは」

と籐三は小さく笑って愉快そうにいった。

「さすがの益軒も、わがハルちゃんの目は、かすめてくれなかったとみえる。ハルちゃんのいう通り、ここは余分じゃ」

「余分でございますよ」

「この時代の男の欠点は、女を敬う気持のうすいとこじゃな」

「いつの時代も、そうですよ。今だって」

ハルはいった。

「ま、ちぃーとはましになっとらんか」

「まだまだですよ」

「まだまだか」

「まだまだですよ」

ハルはきっぱりいった。

「食事のしつけが、きちんとできない母親もいけないでしょうけれど、横にいて、それを母親まかせにしている男親は、もっと悪いとわたしは思いますね」

「うん。それはその通りだ」

アイスクリームをむさぼり食っている子どものそばに、若い男性もいる。父親なのだろう。

「軽い感じがするでしょう？　男の方が」

とハルはいった。

じっさい、その通りなのだった。

「うん」

と籐三はうなずいた。

「どうして、そうなんでしょう」

「生活感がないということかな。男の方に」

「女は、まだ、その点ましかもしれませんね」

ハルはいった。

別の男の子がアイスクリームをとりにいった。

その後を追うようにして、小さな女の子が二人、ケーキとアイスクリームのケースのところまで小走りで出てきて、その前をうろうろした。

キャッキャッと騒ぎながら、どちらを先にとろうかと迷っている。

「子どもに罪はありませんのにねえ」

ハルは、それをしみじみいった。

「うん。子どもに罪はない」

うん、うんと、うなずいて籐三はいった。

「子どもがおかしなことをしていれば、それは、みんな、まわりの大人のせいですよね、あなた」

「うん。そうだ。わしはな、ハルちゃん……」

「なんでございますか」

「大事にしている言葉が二つある」

「はい」

「一つは、おまえがいった子どもに罪はないという言葉。もう一つは、最も大きな罪は神が罰するという言葉じゃ」

「意味深い言葉ですね」

「意味深い言葉だ。ほんとうのところは、神様は人を許すことはあっても、人を罰したりはしないだろうが、神を畏《おそ》れる気持を持つことで人は自分を律することができる。ハルちゃんは子どものころ、祖父母や親にいわれなかったかね。悪いことをすれば、誰一人見ていないと思っていても、神様はちゃんと見ていらっしゃるんだと」

「それは、わたしだけじゃありませんよ。わたしらの子どものころは、みんな、そういうふうに教えられて育ちました」

「ハルちゃんの時代もそうじゃったか」

「あらまあ」

とハルはいった。

「あなたとわたしは七つ違いなんですよ」

「そうじゃった、そうじゃった」

「同じ時代ですよ」

「うん、うん。悪いことというても子どものころは、たいしたこともしておらんが、それでも、それが親や他人にみつからなかった場合、ああ、よかったと少しはほっとしても、じき、神様が見ている、ああ、どうしようと胸をどきどきさせて、どうか、こらえてください、もう決してしませんからとお願いをしたもんじゃ。祈るという人の行為の元は、ああいうもんじゃろなあ」

「そうでございましょうね」

「御飯粒をこぼすと、御飯粒には神様が宿っていらっしゃる。なんちゅうことをすると叱られて……」

「そうそう。敷居を踏むと、親の頭を踏むのと同じだと叱られて」

「そうじゃった」

「今の親御さんは、子どもが食べものを残しても、粗末にしても、叱るということをしませんね」

「そういう親が多くなった」

「自分のしていることがわからないと、子どもは神様にお祈りすることもできませんね」

「そうだから、アイスクリームを三つも四つも、てんこ盛りにして食べる」

「子どもに罪はございませんのに」

とハルは、また、いった。

食べ放題の焼肉の店で、意外に時間をつぶしてしまった。

「社会勉強は、ちィーと長かった」

と店を出るなり籐三はいった。

「約束の時間に、間に合いますか、あなた」

「うん。なんとか間に合うじゃろ」

二人は、どうしても足早になる。

ハルの息が、じき切れた。

「いかん、いかん」

藤三はいった。

「先方に、なんぼか待ってもらうつもりで、ゆっくり歩こう」

藤三はハルにいった。

「はい、はい。すみませんねえ、あなた」

「他人行儀をいっちゃあいかん」

「はい」

二人はふたたび旧道に出た。

バス停に、少年が待っていた。少年の方が先に声をかけてきた。

「樹鬼《きき》藤三先生ですよね」

「あ……、はい。樹鬼です。あなたは？」

「ぼく、維波《いば》翔太郎《しょうたろう》の孫の薫平《くんぺい》です」

「あら。あなた、薫平ちゃん？　まあ、大きくなって」

とハルは、まじまじ少年を見ていった。

「薫平くんか。見違えるな。いくつになった？」

籐三も驚いている。

「高三です。十七歳になりました」

「そうか。十七歳になったか」

「はい」

「立派になった」

籐三は目を細めた。

「立派なんて、そんなこと、とてもいえませんよ」

少年は明るく、そういった。

血色がよく、聡明《そうめい》さが目許《めもと》に出ているといったあんばいだ。

「翔太郎に似て、表情がきりっとしている。それなのに、きみの目はやさしい」

うわっ、と少年は叫んだ。

「ほめ過ぎですよ、先生」

「いやいや……」

籐三は呟《つぶや》くようにいって
「……いい少年に成長した」

と断じた。

「確か、最後にお会いしたのは、まだ小学生だったでしょう？」

ハルは思い出していった。

「はい。小学六年生でした。しっかり覚えています。

ぼく、あのとき、自分の悩んでいたことを先生に打ち明けたんです」

「なんでしたっけ？」

ハルが問うた。

「わしは覚えておるぞ」

と籐三はいった。

「覚えていますか？」

少年の目が輝く。

「うん。覚えておる。学校なんて無意味だ。あのとき、きみはそういった」

「まあ」

とハルは驚いた。

「小学六年生で、そんなことを考えていたんですか。まあまあ。早熟なこと」

ハルはいった。

「ぼくは、あのとき、先生が、ぼくにおっしゃったことを忘れていません」

と少年はいった。

「うん」

「自分はなにをしたいのか、真剣に考えなさい、とおっしゃったでしょう」

「うん。そうだった」

「したいことをするというのは簡単なようだが、したいことをするためには、全身全霊で抵抗しなくてはならないこともある。したいことをするのは、わがままなんかじゃなくて、自分を鍛えることなんだ、そうおっしゃったでしょう」

「あなたは、わたしのいったことを全身で受け止めてくれたんだ」

「ええ。そうです。したいことをするのは、わがままなんじゃなくて、自分を鍛えることだとおっしゃったことは、あれから、ずっと、ぼくの人生の指針になりました」

　ハルが口をはさんだ。

「どういうことでしょう。少しくわしく話してくれませんか。わたしは、どうも頭が悪いようで」

「はい。したいことをするということと、わがままは区別しようと思ったんです。はためには、わがままに見えても、それが自分を鍛えるものだったら、それは、ほんとうにしたいことといえる。したいことをしていると思っていても、そのことで自分が鍛えられていなければ、それは、たんに、わがままに過ぎない。

　先生の言葉から、そういうことを自分にいいきかせることができるようになりました」

「うむ」

　籐三は、深い目の色になった。

「なるほど。そういうことですか。頭の悪いわたしにも、よくわかりました」

とハルはうなずいていった。

「先生は覚えていますか。ぼくに、なにがしたいのか真剣に考えなさいとおっしゃった後で、それは、学校にいきながら考えても、学校にいかないで考えても、そんなことは、どっちでもよろしい、といったんです。あれで、ぼくはとても気持が楽になりました」

「うん」

「だから、とても感謝しています。そんなわけで、じいちゃんが、お二人は自分で迎えに出るといったんですが、ぼくにいかせて、と頼んだのです」

「それは、どうもありがとう。最初に、きみに会えてよかった」

「ぼくも」

と少年はいった。

「歩きながら話しますか」

「うん。そうしよう」

「先生の奥さんは、少しお体が悪いんでしょう?」

「うん。少しね」

「じいちゃんからききました」

「少し、ゆっくり歩いてくれると助かる」

「はい。そうします」

少年は、かなり速度を落として歩いた。

「ところで薫平くん」

「はい。なんですか」

「きみは、わたしのことを、先生と呼んでくれているね」

「はい。なにか？」

「そう呼んでくれる人も割と多いから、別にこだわるほどのことでもないが、きみから、先生といわれるのはちょっと……」

「嫌ですか」

「嫌ということはないんだが……」

　篠三は、どこか煮え切らない。

「どう、お呼びしたらいいですか」

「篠三さんはどうだろう」

　えっと少年はいった。

「先生は有名な画家なんですよ……」

　そういってしまってから、少年はちょっとあわてたように
「……有名というのはよくないか。先生は立派な仕事をなさった人だから、やっぱり先生ですよ」

　といった。

「わたしは、きみを小さいときから知っているので、先生と呼ばれると、どうも居心地が

悪い」

　少年は、おかしそうに籐三を見た。

「このひとは、変なところにこだわる妙なくせがあるんですよ。ホホホ」

　ハルはいった。

「わたしのことを、ハルちゃんと呼ぶのも変でしょ」

　あ、と少年は声を上げ
「それ、とても、いい感じだと、よく、じいちゃんが話しています」

　と勢いこんだようにいった。

「ま、そうなの？」

　といってハルは声を立てて笑った。

「いいです。先生が望まれるのなら、ぼく、籐三さんと呼ばせてもらいます。ちょっと失礼な気もするんだけど……だけど、ぼくが祖父を、じいちゃんと呼ぶ、そんな気持で、籐三さんと呼ぶことにします」

「うん。ありがとう」

　籐三は満足げにうなずいていった。

　日差しが強くなる。

　新緑が鮮やかで、眩《まぶ》しいくらいだった。

　みな、ちょっと汗ばんだ。

「この辺は静かで、いいところですねえ」

ハルは歩みを止め、ハンカチで額の汗を押さえながら、辺りを見回してしみじみいった。

こんないい田舎町に、どうして、あんな焼肉屋さんがあったりするのだろうと、ハルは思っていた。

「みかん畑が多いでしょう。今は、花の季節だけど」

と少年がいった。

「あら。大きなみかんが木に生《な》っていますよ」

と、ハルは、それを指さした。

「ああ。あれ？　あれは甘夏かんです。このごろ、あんな酸っぱいものは誰も食べないから、出荷してもほとんど売れないんだそうです。

ああして、うっちゃったままにしているとこが多いんですって」

「甘夏かんは、夏みかんより甘いんでしょう？」

ハルがいう。

「ああそうなんですか。甘夏かんより、まだ酸っぱいのがあるんですか」

少年はハルにいった。

「バイオテクノロジーだとかなんとかいって、日本で栽培されている果物のほとんどは、今まであったのと、その品質が異なるものにされてしもうておる。問題じゃな」

と籐三がいった。

「人間はなんでもやっちゃうんですよね。自分の都合に合わせて」

　と少年は歩き出しながらいう。

「薫平くんは、そう思うかね」

「思いますよ。地球上の生命は数限りないけど、自分の都合だけで生きているのは、人間だけでしょう。

　自分がいちばんえらいと思っているのも人間だけ」

「そういう人間を薫平君は、どう思う？」

「このままいくと滅びると思います。恐竜みたいに」

「ほおう」

「恐竜が滅びたのは自然現象なんかもあるみたいだけど、人間は自分の知識に溺《おぼ》れて、へまやってアウトになる確率が高い」

「うーむ。たとえば……」

「チェルノブイリの原発事故や東海村の臨界事故からも思ったし、さっき先生が……、あ、すみません。籐三さんって呼ぶんだった」

　少年は頭を掻《か》いた。

「籐三さんが……」

　なんだかいいにくいなあ、と少年は、ふたたび頭に手をやった。

　そのしぐさが好ましく、ハルの顔がほころんだ。

「……バイオテクノロジーで遺伝子操作なんかやっちゃって、人の制御できない生物をこしらえ、そいつのために人の生存できない環境を生むとか」

「なるほど」

「もちろん、ぼくたちの全然、予測のできない事態をまねくということもあるでしょうし……」

「薫平くんは社会的関心が強そうだな」

頼もしい、と籐三はいった。

「ほんとうに立派に育ちなさった。ものの考えも、しっかりしていらっしゃる」

とハルもいった。

「そんなことないですよ」

少年は照れた。

「ところで薫平くん」

「はい」

「六、七年前に、わたしにいった学校なんて無意味だというのは、それなりに克服できましたか」

「うーん」

と少年は小さく呻《うめ》くような声を出した。

「今、高三ということは、いわゆる不登校で留年したというわけでもないんだろ」

「はい。それは」

「きみなりに解決できましたか」

「解決はしていないです」

　と少年はきっぱりいった。

「じゃ、やっぱり学校は、きみにとって無意味ですか。依然として無意味な存在ですか」

「………」

　少年は考えている。

　ハルも気になるらしく、歩きながら少年の顔をじっと見た。

「学校はあまり変わりませんからねえ……」

「変わらないかね」

「はい。変わりません。はずみで、あまり、といってしまいましたが、ま、少しも変わらないといった方が正確かもしれない」

「学校なんて無意味といってから、きみは小、中、高と進んでいったわけだが、みな、同じということになるのだろうか」

「はい」

　と少年はいった。

「本質的には」

　と、つけ加えた。

「うーん」

と籐三の方が唸《うな》った。

「じゃ、どういうことになるのかな」

少年は籐三の思いを察したようだった。

「受け身で学校生活を送ると、やっぱり学校というところは無意味というしか仕方ないと思います」

「受け身ね。なるほど」

「はい。学校は建て前で、個性尊重をいいます。自主的にとか、自立的にとか。でも、じっさいは規則で生徒を縛ることと、教師の価値観の範囲でしか自由を認めませんから、ま、いわば、そんなのは見せかけです。

学校や教師の意に添えば添うほど、個性なんか吹っ飛んじゃいますよ。

世間体や受験のための都合はよくなるでしょうけど、メリットはそれだけのことで、本質的にはぼくはぼくでなくなるわけだし、A君はA君でなくなっていくわけでしょう。学校が依然として無意味だというのは、そういうことなんです」

「それでも、きみが学校を抜け出さなかったのは、受け身でない学校生活を送る努力をしたと、そう理解していいかね」

「ええ。まあ……」

と少年はいった。

「それは素晴らしいことじゃないか」

少年は少し微笑んだ。

「世の中、みんな先生や、ぼくのじいちゃんみたいな人だったら、ぼくは助かるんだけどなァ」

ハルが口をはさんだ。

「あなたの生き方に理解をしめしてくれる人は少ないというわけ？」

「少ないですよう。ぼくなんか、おおかたのとこで袋叩《ふくろだた》きですよ」

「まあ」

とハルはいった。

「おまえは反抗心だけはAだ、なんていう教師もいますよ。友だちの家へ遊びにいっても、そこのカーチャン、あんた、きてほしくないんだけどなァって顔してて、おれら、頭くるから、その友だちと二人で、わざと無頼漢みたいな真似をしてやんの」

ハルと籐三は笑った。

「かわいいもんだ」

と籐三はいった。

「ほんと」

とハルも、あいづちを打った。

「悪ぶっても、かわいいとこがあるのは、翔太郎そっくりだ」

少年は
「へえ」

といった。

「ぼくのじいちゃん、そんなとこがあったんですかァ?」

「血は争えんもんじゃ」

へえーと少年は、また、いった。

「ふだんは、めちゃ塩からいタクアンみたいですよ」

ハルが声を上げて笑った。そして、いった。

「あなたのおじいさまは、とても魅力がおありでしたよ。

わたしは、若いころ、このひとと、あなたのおじいさんと、結婚相手に、どっちをとろうかと、とても迷ったの。ほんとよ」

とハルはいった。

「そんなことをいっていいんですかあ」

と少年は、思わず籐三の顔を見た。

「うん、うん」

意味のよくわからないうなずき方を、籐三はした。

「おじいさまが、薫平ちゃんの理解者というのはいいですねえ」

「はい」

「御両親は、どうなの？」

「ま、いい方なんだろうけど、じいちゃんほど芯《しん》はないから、どうしても世間にひっぱられるのが欠点です」

「でも、それで、うまく釣り合いがとれて、いいのかもしれなくてよ」

とハルはいった。

「はい。そうですね。家庭は小さな社会ですから」

少年は素直だった。

坂を上り切り、相模湾《さがみわん》が一目で見渡せる見晴らしのよい場所に出た。

「もうすぐ、そこです」

少年は、ハルを目でいたわりながら、やさしい声でいった。

「はい、はい。よくがんばりました」

とハルは自分をほめた。

「うん。よくがんばった。たいしたもんじゃ」

籐三もハルをほめた。

「あなた。わたしの体も、なかなかのものですよ。これなら夢を見させてくれるかもしれませんね」

ハルはそういって、籐三はふくざつな顔になった。

「なんですか。夢を見させてくれるって？」

と少年がたずねた。

「いや、いや。なんでもない」

籐三はあわてたようにいった。

「いえ、ね。長生きさせてもらえるかもしれませんよ、というくらいの意味です」

とハルが答えた。

「ああ」

と少年はいい、納得したような表情になる。

石垣の上に建つ家の前にくると、少年は大きな声で
「じいちゃーん。樹鬼さんだよォー」

と叫んだ。

「キウイの木が大きくなったね。この前、寄せてもらったときは、こんなじゃなかった」

と籐三は庭の、その木を見ながらいった。

「いっくらでも伸びます、この木。あんまりたくさん実が生《な》るので食べ切れないです」

「八岐大蛇《やまたのおろち》みたいな木だな」

籐三はいくつもの幹がからみ合って、ずんずん生長するキウイの木を、そう形容した。

八岐大蛇は、少年にわかるのだろうか。

「お、きたか」

野太い声がして、着流し姿の維波翔太郎が姿を見せた。

「やあやあ、おハルさん、よう、きてくださいましたな」

翔太郎はハルにはそう声をかけた。

「こやつ。ハルには、きてくださいましたなで、わしには、お、きたか、か」

「ま、負けておけ」

と翔太郎は鷹揚《おうよう》にいった。

「あなたはそれほどでもないでしょうが、わたしは翔太郎さんに会うのは、久し振りですよ。ね」

「何年振りじゃろ」

懐かしそうに翔太郎はいう。

「もう、かれこれ十年近くなりますかね」

「もう、そんなになりますか」

「そうですよ。薫平ちゃんが、まだ、小学生のころでしたから。

薫平ちゃん、立派に成長されましたね。頼もしい」

「なに、なに。まだ、ほんのヒヨコじゃ」

「当ったり前じゃ。じいちゃんに比べりゃ」

と少年はいった。

「薫平ちゃんはヒヨコじゃありませんよ。立派なトサカがもう生えかけていますよ。ね、あなた」

ハルは籐三に、あいづちを求めた。

「うん、翔太郎。なんじゃな。ひょっとするとおまえの人生のいちばんの収穫は、この薫平くんかもしれんぞ」

「なにをいうか。ま、いい。孫をほめられて、うれしく思わんじじいはおらん」

「そうですとも。薫平ちゃんはほめるに価する若者ですとも」

ハルはそういって、こくっ、こくっと二度首を折る。

「おまえは道中、だいぶ点数を稼いだな」

と翔太郎は少年にいった。

「少し話をしただけですよ。じいちゃん、喜びなよ。天下の樹鬼籐三に、自分の孫をほめられたんだからさ」

「なにをいうか」

「それからね、じいちゃん。樹鬼さんのことを、おれ、籐三さんって呼ぶけどさ、それは樹鬼さんのご希望だからね。おれが先生っていったら、おれに、そう呼ばれるのは嫌だって」

「昔から妙な奴じゃ。この男は」

翔太郎は籐三を見ていったが、目がうれしそうだった。

「さ、上がれ、上がれ」

「うん。まず、しのさんにあいさつじゃ」

と籐三はいった。

「そうですね」

ハルもいった。

二人は、奥の仏間に、真っすぐ進んだ。

仏壇のとびらは既にあけられていた。

二人は作法通りのことをして、深々頭を下げた。

その間、翔太郎と少年は、神妙に、後ろにひかえていた。

やおら振り向いて、籐三はいった。

「もう何年になるかな、しのさんが亡くなって」

「十一年じゃな」

「そうか。もう十一年になるか。そんなになるか」

しばし故人を偲《しの》んで、籐三は
「そうか。もう、そんなになるか」

とふたたび口の中で呟《つぶや》いた。

「今も、しのさんは、わしらの心のうちに生きとる」

籐三はいった。

「あのひとは、ほんとうにいいひとでしたからねえ」

ハルも、しんみりというのだった。

「なになに。二人は、しのには点数が甘いからのう」

「お淋《さび》しいでしょう」

「そりゃ、いてくれれば、それにこしたことはないけれど……。あのな、おハルさん」

翔太郎は急に声をひそめた。

「なんですか」

「これ、内緒だけれど、わしは、しのの骨を一かけら隠し持っとるんじゃ」

「まあ」

「それで、ま、折にふれて、なんだかんだと、しのに話しかけとる」

「へえ。じいちゃん、ええとこあるじゃん」

と少年はいった。彼も、はじめてきいた話らしい。

「おまえ。武や絹枝《きぬえ》には内緒だぞ」

と翔太郎は少年にいった。

「いいよ。でも、別に内緒にすることでもないじゃん」

「こういうことは内緒の方がいいのじゃ」

翔太郎はいった。

ハルの方を向いて
「それで、ま、あれが目の前におらんでも、かくべつ淋しいということはない。もうじき、わしもそっちにいくと思うとるし」

と翔太郎はいうのだった。

「そうじゃなァ」

籐三は口をはさんだ。

「もうじき、自分も、そっちへいくと思うと、死んだ者に、こう、なんだか近《ちこ》うなったような気がする」

翔太郎はうなずいた。

「しのさん。ようござんしたねえ」

ハルは、そういって仏壇の方を向き、もう一度手を合わせた。

それからハルは、籐三にいった。

「わたしが死んだらどうですか、あなた」

籐三は、目を一瞬うろうろさせた。

「どうも、おまえの質問の意味が、ようわからんな」

と籐三は真顔でいった。

「お骨と、話をするのもいいなと、わたし、思ったんです」

「うーん」

籐三は小さく唸《うな》った。

「今から、そんな話をするのは止《よ》しなさい。生きているもんは、今を、しっかり生きなきゃいかん」

翔太郎は強い声の調子でいった。

「そう、そう」

少年も翔太郎に合わせた。

「どうだ。そっちで一杯やらんか」

気を変えるように翔太郎はいった。

「もうすぐ絹枝が、ひるの支度に戻ってくる。それまで、間があるようなら、ビールでも飲んでいてくれというて、ちょっとしたもんを作って冷蔵庫に入れてくれておる」

「じいちゃん。おれ、支度する」

少年は腰を浮かせた。

「そうか。すまんな」

「薫平ちゃん。わたしも手伝いましょう」

「いいですよ。こんなことくらい。おハルさんは座っていてください」

少年は、きびきび体を動かした。見ていて気持がいいのだった。

「薫平。縁側に並べてくれ。アジサイを眺めながら一杯やるのも、乙なもんだ」

「うん。それは名案」

少年は縁に、四つの座布団を置いた。

「料理も、ここに並べていい？　じいちゃん」

「うん。テーブルクロースを敷くといい」

「うん」

　氷水に浮かしたアワビとアスパラガス、茹《ゆ》でたソラマメ、このわた、冷やしシャブシャブ、いかにも涼しげな料理が並んだ。

「後、鮎《あゆ》の一夜干しを焼きますから」

　と少年はいった。

「ごちそうじゃない。薫平ちゃん」

　ハルはいった。

「手抜き料理」

　と少年。

「まあ、そんなことをいって」

「こいつは割と料理を作るんだ」

　そう翔太郎は紹介した。

「えっ。あなた、お料理もできるの？」

「ええ。まあ」

　と少年はうなずいた。

　ひょいと気がついて、ハルはたずねた。

「このお料理も薫平ちゃん？」

「じいちゃんは母が作ったようにいったけど、ふたりでやったんですよ。おおかたは、ぼくのアイディア」

「まあ」

とハルは驚いた。

「水アワビは、口に合うように柔らかくしてあります。大根おろしをのせて一時間蒸しました」

「まあ」

ハルはいっそう驚いた。

「たいしたもんだ」

籐三も感心した。

「じいちゃん。ビールは、えびすビールだろ?」

「うん」

少年は冷えたビールを持ってきて
「はい。籐三さん」

と、すすめた。

「どうも、ありがとう」

「はい。おハルさん」

「まあまあ。わたしにもですか。それじゃ一口いただきましょうか」

ハルも受けた。

「はい。じいちゃん」

「うん」

「最後は薫平くん」

と自分でいって、目の前のコップに並々とビールを注いだ。

「薫平くんは、いける口かな」

「はい。いける口です」

籐三とハルは笑った。

「どうも、いかん。酒飲みは血をひく」

と翔太郎はいった。

「嘘を吐《つ》け。孫といっしょに酒を飲むなんて、これ人生、究極の至福のくせに」

「そうか。ばれたか」

翔太郎は相好をくずした。

ハルがたずねた。

「薫平ちゃんは、ときどき、おじいちゃまの晩酌のお相手をするのですか」

「はい。ぼくは毎日でもいいんですけど、父と母がうるさいもんですから。ケーサツに密告するなんていうんです。どういう親じゃ」

大笑いになった。

一同、乾杯をした。

「わしは子育ては間違えたのう」

と翔太郎はいった。

「よく、おっしゃる。三人のお子様は、それぞれ立派なお仕事をなさっていらっしゃるし、お手許《てもと》に残られた絹枝さんは、いいお婿さんに出会われて」

とハルはいう。

「どんなすぐれた子ォを育てても、親というもんは決まったように、わたしの子育ては失敗じゃったというものらしいぞ」

と籐三はいった。

「そんなもんか」

「むずかしく考えると、それほど教育というものは大変ということかもしれん」

「うん。そうじゃのう」

「孫には、自分が教育をしたという自覚があまりないだろう」

「そういえば、そうかもしれんな」

「すると割に、いい関係になれる」

「なるほど」

「教育というものを考える上で、いいヒントになる」

「うん、うん」

ハルが口をはさんだ。

「薫平ちゃんは、おじいちゃまとほんとうにお仲がいい。そうでしょ？」

「うん。ま、そうです。ま、というのは、おれも、じいちゃんもけっこう頑固だから、ときには、なんじゃ、このじじいと思うときがある。でも、それは、じいちゃんだって同じだから、ときどきは対立するときもあるんです」

うん、うんと籐三はうなずいている。

「じいちゃんのいいのは、人間関係にべたべたしたところがない。それって、すごくいいと思いませんか」

少年はいった。

籐三はうなずいて
「それは、わたしにもよくわかる」

といった。

「ふつう、年寄りって、孫を猫かわいがりするでしょ。かわいがられる方も、それはそれで心地好《よ》いし、得だから……」

そのいい方がおかしいので、ハルはくすんと笑った。

「……はじめはじゃらじゃらやっててもそういうのには必ず終点があって、孫の方が成長してくると、うっとうしくなって、ついには年寄りを敬遠し出す。

だいたい、そういうパターンでしょう？」

「知性というものが、介在していないと得してそうなる」

籐三はいう。

「ね、そうでしょう。うちのじいちゃんはそういうのが全然なかった。一日のうち、たいていは絵を描いているし、態度は、しょっぱいタクアンみたいだし……」

「なんだ、それは」

と翔太郎はいった。

「めちゃ塩からいタクアンなんですってよ、翔太郎さんは」

ハルは笑いを噛《か》み殺しながらいった。

「いい得て妙だろう。うまいもんだ」

籐三は愉快そうにいう。

「……考えてみれば、そんなじいちゃんと肝胆相照らす仲というのは、ちょっと不思議なんだけどさ。

じいちゃんを身近に感じるときは、ぼくがなにかに悩んでいるときや、落ちこんでいるときに、ぼくのそばに凪みたいにやってきて、ぼそっと一言なにか呟《つぶや》くときなんだよね。月がきれいなときは月を見ろ、とか、風に耳たぶはあるかね、きみィ、とか。腹が立っているときや、いらいらしているときは、寝言いうな、このクソじじいと思うんだけどさ……」

ハルはクスクス笑った。

「……そう思いながら、いつしか廊下に出て月を見ていたり、しらずしらずのうちに、自分の耳たぶを撫《な》でていたりする自分がいる。じいちゃんはおれの気持をわかってくれてたんやなあと思うと涙がこぼれてきたりして……」

うん、うんと籐三は深くうなずいた。

「だからさ。おれは、じいちゃんがいくら年とってもさ。じいちゃんをうっとうしがるなんてことは絶対にしないと思うよ。

友情は、永遠に続くと思うよ」

「あれ」

とハルはいった。

「え？　なに」

と少年は、ハルの顔を見た。

「いえ、なに。つい、さっき、このひとと話したばっかりなんですよね。人間のつながりは、すべて友情で結ばれた方がいいんだって。

友だち同士はもちろんだけど、親子も夫婦も恋人同士も、生徒や教師の関係も、みんな友情で結ばれた方がいい。

そして、その友情の根っこにあるものは、相手に対する尊敬の念だって。

尊敬はどんな小さなことでも、いいんですってよ」

こんどは翔太郎が、うん、うんとうなずいた。

「おまえは、こういう孫を持って、しあわせだ」

「なに。こういうじじいを持って、少年、おまえはしあわせだと、どうしていわないんだ」

藤三と翔太郎は顔を見合わせ、カカカと哄笑《こうしょう》した。

そこへ、維波家の長女絹枝が急ぎ足で戻ってきた。

「すみません。遅くなって。昼時でお店が立てこんじゃったものですから」

まあまあと、さっそくあいさつを交わす。

「おなか空《す》いたでしょう。すぐに支度しますからね」

「お店があるのにすみませんねえ。こんなにごちそうをいただいているのに……。もうなにもおかまいなしで」

ハルは恐縮していった。

「はい、はい。そうさせていただきます。武さんが夜は、自分に腕を振るわせてくださいって。そうすると夕食はフランス料理ということになりますから、お昼は軽くおそうめんでもと思っているんですけど……」

「ああ、それがいい。どうだ。お二人」

と翔太郎がきく。

「酒の後のそうめんなんて最高だ。な、ハルちゃん」

「けっこうでございますよ」

「ああ、よかった」

と絹枝はいった。

「絹枝さん。お店は繁盛ですか」

「ホテルの方は、こんな、ご時勢ですから、けっこう経営は苦しいですけど、おかげさまでレストラン部門がまあまあなので、なんとかやっております」

「今、どれくらいのおひとを使っているんですか」

「両方合わせると四十名ぐらいでしょうか」

「それじゃ大変ダ」

とハルはいった。

「大変は大変なんでしょうけど、できるだけ、そんなふうに思わないようにしているんですよ、おばさま」

「そうですか」

「楽しみながら仕事をしているというと、少し調子がよすぎますが、帳尻《ちょうじり》を合わせるためだけの仕事というのは、とても長続きしないですから」

「それはそうでしょうけど」

「父の仕事と、わたしたちの仕事は対照的でしょう。

でも、作品を見て感動するのと、料理を味わってもらって、よかったと思っていただくのは、同じだというくらいの気持で仕事をしようと、いつも武さんと話すんですよ」

「えらい」

　と籐三は大声でいった。

「仕事に誇りを持つのは大事なことだ。今の日本人がダメなのは、自分の仕事に誇りというものがないところだ。金儲《かねもう》けのテクニックを、自分の腕だと錯覚している」

「うん。そうだな。仕事の対象となる人の喜びなんてものは、金の前では鴻毛《こうもう》に等しい。堕《お》ちたんだな、日本人は」

　翔太郎もいった。

　少年が口をはさんだ。

「でも、そういうのは今の日本人だけじゃなくて、昔だって、金だけの人間って、たくさんいたんじゃないの」

　籐三と翔太郎は思わず顔を見合わせた。

「なるほど」

「そうだな」

　二人はいった。

「おまえのいうことは正確だ。昔だって金儲けだけの人間はたくさんいた。因業金貸しなんていうのは、その典型だ。だから、おおざっぱないい方をすれば、今も昔も、そんなに変わらない。

わたしたちが問題にしているのは、金や物に対する精神風土だ。

金権政治とか拝金主義という言葉があるだろう。

金で物事を動かそうとする。金ほどありがたいものはないと思っている。

すると、金や物は、精神を支配してしまう。

もともと金は、人間の生活を豊かにする方便として生まれたものだ。

こう考えてみると、わかりやすい。

人間の生活を助けるためにロボットを発明する。なるほど、これは便利だというので、さらに優秀なロボットを作り出す。

人間の思いを先取りして行動するロボットまで作り出してしまう。気がつくと、人間はロボットに支配されていたという図式だ」

「うん、うん。わかるような気がする」

と少年はいった。

「本末転倒というのは、こういうことを指していうのだ。

金は欲望の象徴としてもある。

金は便利ではあるけれど、金は人間を堕落もさせる。

そうはさせないブレーキの役目を果たすのが精神だ。

欲望を強めることが大事なのか、精神力を高めることが大事なのか。

精神に比して金が優位に立つ社会は、きわめて不幸だ。今の日本の政治がそうだろう。

利権政治と呼ばれる。

　これと闘っている政治家もいることはいるが少数だ。政治家が豪邸に住んで、毎日、宴会していてどうする。

　政治というのは貧富の差を生むためにあるものかね」

　少年はいった。

「およそ、わかった。今の人は、利きの悪いブレーキしか持っていないと、じいちゃんはいいたいんだろう」

「ま、そういうことだ」

「利きの悪いブレーキを持ってるのは、まだ、ましの方だよね。全然、利かないブレーキで車を動かしてる奴がいて、暴走しちゃうんだ。そのまま刑務所にいっちゃった政治家がいたじゃん」

　と少年がいったので、大笑いになった。

「笑いごとじゃないよ」

　と少年はいった。

「きょうはお父さん、ほんとうに楽しそうね。ふだん、家の中では、こんなにしゃべらないのよ」

　と絹枝はいう。

「あら。このひとも、そうよ。きょうは、とてもうれしそうだわ。ね、あなた」

「うん。おまえはどうだ」

「もちろん、わたしもですよ。冥土《めいど》の土産」

とハルは、けろりといった。

藤三が、ぎろっとハルを睨《にら》むような顔つきになる。

「あら嫌ダ。冥土の土産だなんて。おばさまやおじさまには長生きしてもらって、たびたび遊びにきていただかなくちゃ」

絹枝はいった。

「そりゃそうだが、わしたちの年になると、死の覚悟というものも、ちゃんとしておかねばならんのだ」

と翔太郎がいって、その話は、それでおしまいになった。

「お酒がはずんでいるところですけど、とりあえず、おそうめんをゆがいてきましょうね」

と、いって絹枝は席を立った。

「おハルさんが、ああいうことをいったので思い出したのだが、最近、わしは、やたらと子どものころの夢を見る」

「なに。おまえもそうか」

「そういうところをみると、おまえもか」

「うん。そうだ。この間も、母にバリカンで髪を刈られている夢を見た。

母の胸に抱かれてのう。ていねいにバリカンをあててもらっておるのじゃ。甘ずっぱい母の匂いがして、わしはなんだか恥ずかしいような、それでいて、うれしいような気持になっとる」

「うん。わかる」

と翔太郎はうなずいた。

「母に手をつないでもらって雪の道を急いでいるのだが、母のかいまきを頭にすっぽり被《かぶ》せてもらっておるから、母の懐に抱かれているような気分になって」

と翔太郎もいった。

「その気分というのは、じつに生々しいだろう」

「生々しい。現実なんかより、ずっとずっと生々しくて、夢が覚めてからも、ほうっと、ため息なんぞ吐《つ》いておる」

「そう、そう。そういうもんだ。なんだ。おまえも、わしと同じ夢を見とる」

と籐三はいった。

「そうなんだよな。じいちゃんにも籐三さんにも、もちろん、おハルさんにも子どものときがあったんだ。そう、そう」

と少年は、自分に納得させるようにいった。

「当たり前だ。なにをいっとるのだ。おまえは。わしは、かわいい子どもだったぞ」

と翔太郎。

「わしは、子どものときは、かわいいだけじゃなく、きりりっとしておったぞ」

と籐三。

ハルが笑い出した。

「そんなことを自慢してェ……もう。当たり前でしょ。子どものときは誰だって、かわいいもんですよ。蛇の子どもだって、子どものときはかわいいですよう」

「おまえ。なにも蛇と比べることはないだろう」

籐三が情けなさそうにいったので、みな、大笑いになった。

「じいちゃんも籐三さんもダメだよ。子どものとき、いちばん、かわいかったのは、おハルさんに決まってるじゃん」

少年は断定的にいった。

ハルは、掌《てのひら》を上に、あおぐしぐさをして、少年に、もっといって、と意思表示した。

「そりゃ、子どもだって、美人は得だよ」

少年は、ハルに応《こた》えた。

「おまえ。おハルさんにいくらもらったんじゃ」

憮然《ぶぜん》とした顔をよそおいながら、翔太郎が少年にいって、また、笑いになる。

「結局、いくつのときに、じいちゃんと籐三さんは出会ってるの。じいちゃんは秋田の能《の》代《しろ》生まれ、籐三さんは神戸生まれ、神戸育ちだろう?」

少年はたずねた。

「ンだなァ……」

翔太郎は考えた。

ちょっとお国訛《なま》りの出たところがおかしいのである。

「四歳か、五歳だったか」

翔太郎は籐三にきいた。

「五歳だろう。おまえとの思い出は、学校にいくときのことと結びついておるから、たぶん五歳じゃ」

「うん。五歳かもしれん」

「はじめから仲良しだった？」

と少年はたずねた。

「うん。はじめから仲良しだった」

ちゅうちょなく翔太郎は答えた。

「そうかなァ……。けんかも、よく、したぞ」

と籐三はいった。

「けんかもしたけれど、それは仲良くなってからのことだ」

「そうだったか」

「そうだよ。おまえだけだった。わしが能代から替わってきて、いじめられておるのを、おまえだけがかばってくれたのじゃ」

「そうか。わしに、そういういいとこがあったか」

「あったとも。それでおまえは、みなから仲間はずれにされても、全然、怯《ひる》まんかった。おまえは覚えておらんか。これは、もう学校に上がってからのことだと思うが、そんな相手に、くるならこい、どいつもこいつもいてもたるぞ、と肩を怒らしておったのを」

「小さいなりに気張っておったんじゃろ」

「そうじゃ。あの、いてもたるぞ、という関西弁はかっこよかった」

「かっこよかったか」

「うん。かっこよかったのう。わしは、あのとき、おまえに惚《ほ》れたんじゃ」

「惚れるというのはいいなあ」

と少年はいった。

「六歳、七歳の時分に、男と男が惚れましたか。六つや七つというても、もう一人前のにんげんだったのですねえ」

ハルは、そういった。

「六つや七つの子が、いてもたるぞ、と肩を怒らすようすを想像すると、なんとも、かわいいと、わたしなんぞ思いますけどねえ」

「もし、ほんとうにそんなことをいっていたとしたら、それは大人の真似をしていたんだろ。わしの生まれたところは下町で、柄も悪かった。

貧乏人は雑草のように生きんと、生きてはいけんかった。

おまえがいじめられたのは、他所《よそ》から替わってきた新入りということもあっただろうが、おまえの家は、米問屋の分限者《ぶげんしゃ》で、わしらの近所じゃ、一目置かれる存在じゃったからだ。貧乏人は貧乏人のよさもあるが、貧乏人のひがめというもんもある。

そんな大人の屈折した感情が、微妙に子どもの世界にも跳ね返っていたのかもしれん。

わしはそのとき、小さくてなにもわからんかったが、色の白い弱々しい子を、みんなで踏んだり蹴《け》ったりするのが許せんかった。

尻馬《しりうま》に乗って、そうする子、そうせざるを得ない子の心のうちを知るのは、ずっと後のことだ。

わしは幸か不幸か、他の子より、いくらか根性と腕力が勝っておったから、自分の気持のままに行動できたのだと思う。

わしに、かくべつ正義感があったとは思えん。

いじめる子を悪、かばう子を善だと決めつけても、なんの意味もないように、人の行動というもんは、ほんの、ちょっとしたきっかけで、どちらにも転ぶものだ」

少年が口を入れた。

「じいちゃんは自分で、子どものころは腺病質《せんびょうしつ》だったといっているけど、篠三さんがいうように、そんなに外見が弱々しい子だったの？　今から想像もつかないけど」

「それは、おまえの口からいえ」

篠三は翔太郎にいった。

「そうだなあ。弱々しい子じゃっただろうなあ。

幼いころは、びいびいよく泣く子だった。籐三に、よくいわれておった。泣くな、おまえ、チンポコあるんか、と」

「まあまあ」

　とハルはいった。

「今も、しっかり覚えておるが、泣いているわしを、ほんとうに不思議そうな顔つきで眺めて、おまえ、ほんまに、よう泣くなあ、涙で融《と》けてまうでェ、といいよった」

「そんなことをいうたか」

「ああ、いうた、いうた。おまえは、めったと泣かん子だったから、おまえには、じき泣くわしが不思議でしようがなかったんだろう。ともかく根性のない子じゃった。子どものころのわしは」

「しかし、おまえには、その分、やさしい性根というもんがあっただろうが」

「わしは子どものころ、やさしかったか」

「おまえ。それ、自覚しとらんのか」

「しとらん。わしは、やさしい子だったか？」

「なにをいうとるんじゃ。おまえは自分からもよく泣く子だったが、おまえは叱られて泣いている子がいると、そのそばで、やっぱり半分泣き顔して突っ立っておったじゃろうが。覚えとらんのか」

「覚えとらん。わしは、そういう子だったか」

「そういうことを覚えておらんのか、おまえは。呆《あき》れたな」

と籐三はいった。

台所で、そのやりとりをきいていたらしい絹枝が、笑いながらそうめんを運んできた。

そしていった。

「でも、いい話じゃありませんか」

「うん。いい話。身を入れてきいてしまう」

と少年もいった。

「ほんと」

ハルも、うなずく。

「だから、おまえは小さいときから、女の子に人気があっただろうが」

「そうかなあ」

とぼけているとも思えない声の調子の翔太郎だった。

「わたしにはわかりますよ。翔太郎さんに気持を寄せる女の子が。女は、相手の、こまやかな心にまいるものです。子どもにも、その感性はあるはずですよ」

とハルはいった。

「女は、のところに、男は、と入れても同じじゃ」

「そうでしたね、あなた。ホホホ」

ハルは、籐三を見て、しまったという顔をした。

「のびないうちに、おそうめんを召し上がれ」

ちょっと話が中断した。

みなが箸《はし》をとりはじめたところで、絹枝はいった。

「二人の話をうかがっていて、それぞれ、子どものとき、ご自分の長所を自覚していないというところが、わたしはとても興味深かった」

「そういえば、そうですねえ」

ハルも同調した。

「その自覚していない長所を、友だちはわかっていたというのが、おもしろいじゃありませんか」

「なるほど」

籐三も翔太郎も、うなずいている。

「今の子どもが不幸なのは、ただもう勉強、勉強で、そこのところにしか価値を置かないから、ほかによいところがあっても、それを認めてくれる友だちや先生が少ないということになるのでしょうね」

「そうかもしれない」

翔太郎はいう。

「かあさんも、たまにはいいことをいうけれど、いいところを認めてくれる友だちや先生の次に、親も入るじゃん。ずるいよ」

と少年はいった。

「そりゃそうね。はい、はい」

絹枝は素直にいった。

「いいところを見て、そこに惹《ひ》かれ合うというのはいい関係ですねえ」

ハルがいう。

「その通りじゃ。こやつと人生のおしまいまで、つき合うような友だちになっていったのは、お互い、自分にはない、なにか惹かれるものがあって、そいつに憧憬《しょうけい》するというか、自分も、そういうものを持つ人間になりたいと、意識する、しないは別にして、ま、願っておったということじゃろうな」

籐三はいった。

「そうだ。おまえには、だいぶ鍛えられた。はじめ、わしは、ただ、おまえにくっついて歩く気弱い子だった」

翔太郎がそういうと、少年は
「ふーん」

と不思議そうにいった。

「おまえの気の強いのは相当のもんじゃったのう。

上の学年の、体の大きい奴とけんかをしても勝ち目はないというのが、ま、ふつうだが、おまえは、そういうときでも、少しも怯《ひる》まん」

「どうするんですか」

「嚙《か》みつきよる」

「まあ」

とハルは驚いた顔をしていった。

「血が出ようが、嚙みついて白い骨がのぞこうが容赦しないから、相手は悲鳴を上げて逃げ出しよる」

「それじゃ、まるで狂犬じゃないか。わしのけんかは、そんなにひどかったか」

「ひどかった、ひどかった。わしはおまえがけんかをはじめると、籐三ちゃん、けんかはいけん、けんかはいけんと、周りをぐるぐるまわるばっかりじゃった」

そのようすを想像したのか、ハルは思わずといった感じで、ククと笑った。

「気が強いだけじゃなくて、ものごとに熱中する度合いが、また、すごかった」

「おまえ。やたらに、きょうはわしをほめるじゃないか」

「ま、黙ってきけ」

と翔太郎はいった。

「メンコというのがあるだろう」

「あれは関西では、ベッタンというとったのう」

「そう、そう。そのベッタンは取り合いするのがおもしろい。いろいろなやり方があるが、いちばん簡単なのは、横から叩《はた》いて、裏返しにすると、こっちのもんになる」

「そうじゃ」

「おまえは力を入れ過ぎバランスをくずして、嫌というほど頭を、御影石《みかげいし》の角にぶっつけよった」

「ああ、その話はききましたよ。八十数年経つというのに、おでこに、まだ、その傷跡が残っているの」

ハルがいった。

「え、どこ？」

少年は、それを見たがった。

「ここじゃ」

籐三は、あっさりいって、そこを指さした。

少年は覗《のぞ》きこんで
「あ、ほんと。かすかに残ってるワ」

といった。

「頭を切ると、すごく血が出るだろう。大騒ぎになった。

病院に連れていかれて、幾針か縫った。わしは、しんぱいで、ずっと彼に付き添っておったのだが、病院から帰って、確か、あれは二階で、寝ておったのじゃのう」

「そう。包帯で頭をぐるぐる巻きにされ、二階で寝かされておった」

「そう、そう。なんか、ごそごそするから、なんや、籐三ちゃんとたずねると、誰も居《お》らんか、ときく。

みんな下へいった、というと、こいつは起き出しよる。

しょんべんか、というと、あほ、これからベッタン取り返しにいくんじゃ、とこうや。

わしが止めようとするのに、それを振り切って、屋根伝いに走って、樋《とい》を伝い下りて、その勝負の場所へ戻りよった」

「まあ」

絹枝は呆《あき》れた。

「根性があるというか、向こう見ずというか、ばかというか、わしも呆れたが、負けん気の強さには驚いたもんじゃ」

「しかし、あれは悲惨じゃったのう、結末が」

遠い昔のことなのに、まるで、きのうのことのように籐三はけろりといった。

「勝負やってると、おかんが飛んできた。頭を張り倒され、せっかく縫ったところがふたたび割れて、また、血だらけじゃ。

わしは白目で、おかんを睨《にら》んどったが、横で、おまえが、わあわあ泣いとる。なにも、おまえが泣くことはないのに」

「えらい友だちを持った」

と翔太郎は、憮然《ぶぜん》としていった。

「えらい友だちを持ったか」

「ほんと、えらい友だちを持った」

二人は、顔を見合わせ、ウワハハと、豪快に笑った。

「さっき、じいちゃんは子どものころ、籐三さんに鍛えられたといったけど、他に、どういうことがあったの」

少年は興味深げにたずねた。

「そうじゃなあ……」

翔太郎は、そうめんの入った器を置き、空のコップを、籐三の前に突き出した。

「ビールか」

「決まっとるじゃろ」

「お父さん、飲み過ぎないようにしなさいよ」

と絹枝がいった。

「いらざるお節介じゃ。冷たいのを持ってこい」

「威張ってるでしょう。うちでは大将なの」

絹枝は笑っていった。そしてビールをとりに立った。

ハルは、そんな親子のようすを、にこにこ眺めている。

「わしは能代の材木問屋の子ォに生まれたから、都会の下町の暮らしは、わからないわけだ」

「うん、うん」

いくらか知識のある少年は、翔太郎の話にうなずく。

「籐三にくっつき回っているうちに、それを知ることになる。これが、わしにとって、すべて目新しい。そして、おもしろかった」

「たとえば？」

「わしは親から小遣いをもらって、ただ、それを使うだけの生活しか知らんわけだね。下町に住む籐三たちは、そうじゃない。親に小遣いをもらうこともあるだろうが、下町の家庭は、それぞれ貧しいから、それは、じゅうぶんの額じゃない」

「小遣いなんぞ、盆と正月の他に、ほとんどもらったことはないぞ」

と籐三はいった。

「あ、そうか。じゃ、よけいに必要があったんだ。籐三たちは小遣いを自分で稼いでおった。

遊んでいるときも、馬蹄形《ばていけい》の磁石を腰にぶら下げて金物を吸い寄せる。ドブに入って、それをやると、けっこうの量になる。そいつを、くず屋に持っていったんだな」

「くず屋は今流にいうと廃品回収業だ。そこで拾って集めた金物が、いくばくの金になるのだが、それは早速、焼きいもに化けるんだ。焼きいもといっても、壺《つぼ》の中で吊《つる》して焼く、丸々一つのいもじゃなくて、切ってゴマ塩を振ったやつ二、三切れしか買えない。ほんとうは、壺の中の、丸々一つのいもが食いたいのだが、かなしいことに金が足りない」

「なるほど」

「おまえ。わしらがよくいっておった焼きいも屋に、サブローちゃんという子がいたのを覚えているか」

「覚えておる、覚えておる。サブローちゃんは確か、わしたちより一年上の学年だったはずだ」

「そう、そう。よく、いっしょに遊んでいたから、同級生と錯覚するが、上級生だった。サブローちゃんは今から思うと、軽い方の、知恵遅れというか、理解遅れの子だったな」

「そうだな。反応や動作が、人よりゆっくりだった」

「わしは、そのサブローちゃんの頭を、ときどき下駄《げた》でぶん殴っておったが、おまえはそのことを知っとったか」

「なに。そんなことをしておったのか」

「うん。たいていは仲良く遊んでいたから、このごろいうところのいじめではないのだが、どうして、そんなことをしたのか考えてみたことがある。

サブローちゃんは焼きいも屋の子だから、学校から帰ると、いつも、丸っぽの焼きいもを手に持って、そいつをかじっとる。

それが頭にきておったと思うが、どうじゃろう?」

「食いもののうらみか」

「うん。わしはサブローちゃんが好きだったから、憎くて、そうしたとは思えん。わしはサブローちゃんを殴ったんじゃなく、不平等を殴ったんじゃ」

「なにをいうか。勝手な理屈をこねるな。おまえは、サブローちゃんに謝らにゃいかん」

「いかんな」

「いかん、いかん」

「サブローちゃんは、どこで、どうしとるかな。生きとるのかな」

「そうじゃなあ。会えるもんなら会って、こうして、一杯やりたいもんじゃ」

絹枝が運んできたビールを受けとると、翔太郎は、さ、いけ、と、籐三に、それを勧めた。

「おれも」

と少年は、空のコップを翔太郎に突き出した。

「いい加減にしなさい。薫平」

絹枝は、軽く少年を睨《にら》んだ。

「いらざるお節介じゃ」

少年は、翔太郎の声色を真似ていったので、みな、笑った。

「じゃ、おまえをサブローちゃんに見立てて、三人で乾杯といくか」

翔太郎は、上機嫌だった。

「サブローちゃんに乾杯」

乾杯がすむと、少年はいった。

「サブローちゃんという人のことだけど、今の話をきいていると、昔の方がよかったんじゃないかなァと、おれ思ったよ」

「なぜ、そう思うんだ」

「昔、障害児という言葉は、あった?」

翔太郎と籐三は、顔を見合わせた。

「あったのかな?」

「さあ、どうだろう」

「たぶん、なかったのじゃないかな」

「あったとしても、ごく専門的な言葉で、一般には無縁だったはずだ」

「うん、うん。少なくとも、わしたちはそうだった」

「ということは、みんな、あまり意識しないで、そういう人や子どもと、つき合っていたということでしょ」

と少年はきいた。

「一応、そうだといっていいかね」

それほど自信のない翔太郎は、籐三に、あいづちを求めた。

「ま、わしたちの生活は、そうだった」

と篠三は答えた。

「小学生のときに、児童書で読んだんだけど、子どもたちの共通の友だちが、知恵遅れのおじさんで、いろいろ交流があって、その人が亡くなると、かけがえのない人だったことを気づくという話があるの」

「ほおう」

「それも、昔は、そうだったという回想の形で書かれているんだ」

「なるほど」

「別の本では、都合の悪いときには、障害を持つ人を、座敷牢《ざしきろう》みたいなところへ押しこんだと書いてあったから、その人たちに対する差別がなかったわけじゃないんだろうけど、一般では、みんなの中で、仲間の一人として扱われていたとしたら、今より、ずっといいと思っちゃうもん」

少年はいった。

「うむ。おまえのいうことは一理ある。障害者の人権という言葉のあること自体、その社会の、差別環境を表しているわけだから」

と翔太郎はいった。

「昔はよかったというのは、ちゅうちょするが、身分や地位に無縁というか、関係のないコミュニティーでは、こんにちほど、人間を選別して、生命に高低をつけるということはなかったといえる」

籐三もいった。

「もし、そうだとしたら、社会的には人間は退化しているんだよね。進んだ社会なんていうけど、機械文明はそうであっても、生命に対する人間の意識は、退化しているんだ」

少年は、きっぱりというのである。

「おまえ。なかなかのことをいうじゃないか」

少し驚いたように翔太郎は、少年を見ていった。

「薫平ちゃんは、ほんとうにすごい子ですよ。ほんとに頼もしい」

ハルがいって、籐三も

「うん」

と声を出して、うなずいた。

「ありゃりゃ」

と少年は、頓狂《とんきょう》な声を上げた。

「ごめん、ごめん。そんなとこへ話を持っていくつもりはなかったんだけど……」

少年は頭をかいた。

「じいちゃんが、子どものとき、籐三さんに鍛えられたという話をつづけてよ」

「そうじゃったな」

翔太郎はいった。

「金物回収と焼きいもの話でもわかるように、遊びというもんが、ただ金や時間を浪費するだけということは何一つなくて、いつも、なんらかの実利と結びついとった。

能代の生活と、こっちの生活との違いじゃ。能代にも庶民の暮らしはあったわけだが、
材木問屋の息子というのは、そこからは、ちょっと距離があったわけだな」

「金持ちの家に生まれるとダメか。じいちゃん」

少年が単刀直入にきいたので、翔太郎は思わず苦笑いした。

「ま、苦労をせぬ分、人間ダメになるということはあるだろう」

籐三が口を入れた。

「苦労しても、それを生かさなければ、苦労が人をいやしくして、やっぱり、その人間をダメにする場合ももちろんある」

「そこのところは、弁証法でいかんといけんか。じいちゃん」

と少年はいった。

「ほう。弁証法な」

籐三は感心して、思わず呟《つぶや》いた。

「こいつは、わしの本棚から、古い本を持ち出して、どこで生噛《なまかじ》りするのか、そいつを種に、わしに議論を吹っかけよる」

「ますます頼もしい」

ハルは、うっとりしていった。

「じいちゃん、その話、もういい、もういい」

少年は照れて、あわてて手を振った。

「次、次。話をすすめて」

そういう少年を見て、絹枝はおかしそうに笑った。生意気なところもあり、同時に子どもっぽさも残している我が子に、いくらかの魅力も感じているのである。

「そうか。次、話をすすめるか」

翔太郎は満足そうにいった。

「ベッタンの話をしたが、あれは今でいう財形貯蓄じゃな」

「うまいいい方をする。まさしく子どもの財形貯蓄じゃ。ベッタンの他に、ベイゴマ、ビー玉、わしらの子どものときは、ビー玉のことをラムネというとったが、あれは飲みもののラムネの瓶に、ガラス玉が一つ入っていたので、ラムネというたのかもしれんな。ま、こういうのは貯めるのが楽しみで、金でやりとりすることはなかったが、金に換わる財形貯蓄も、けっこうあった」

「おまえに付いて、兎を、金に換えにいったことがあったな」

「あった、あった。あれはな。アンゴラ兎というて、毛の、ふかふかしたのが、いちばん高く売れたんじゃ。

兎は、次から次へ子ォ産みよるから、優良財形貯蓄というところじゃな」

「このことは覚えとるか」

「なんじゃ」

「鳩はとびきり高く買ってくれるというので、製綱会社の屋根に巣をこしらえている鳩を捕まえにいったのを」

「ああ、あれか。あれは、ひどいめに遭った」

「覚えとるか」

「覚えとる、覚えとる」

「鳥は、夜は目が見えんじゃろというて、わざわざ、夜さりに捕まえにいったのじゃ」

「そうじゃった、そうじゃった」

「苦労して捕らえた鳩を、今でいうペット屋に持っていったら、鳩は鳩でも、伝書鳩でなけりゃ一銭の値打ちもないと、けんもほろろにいわれてのう」

「製綱会社の屋根に上ったのがばれて、みな、怒鳴られるわ、びんたを張られるわ、もう踏んだり蹴《け》ったりじゃった」

少年は、少し笑った。

「それ、いくつの年のこと？」

「小学校の二年生だったか」

「うん。それくらいじゃ」

「へえー」

少年は
といった。

「ふつうの家の屋根へ上るのも大変なのに、工場の屋根へ、そんな小さな子が上ったわけ？」

「そうじゃよ」

「今の小学二年なんて、なんにもできないよ。はい、これ食べなさい、あれ食べなさいって、親が食べものを、子どもの口へ運んでやってんだから。つばめの子ォじゃないつーの」

少年がいったので、みな思わず笑った。

「時代が違うのよ。子どものたくましさだけをとれば、今の子は、昔の子に、とても、太刀打ちできないわ」

と絹枝はいった。

「それは、そうでしょうね」

ハルも、あいづちを打つ。

「どうして、そうなったの。そこが問題」

と少年はいった。

「それは、いろいろ分析が必要よ」

絹枝がいう。

「おれは、どっちの方の子？」

と少年。

「今の子に近いでしょうね。物に囲まれて、それほど不自由はなく育ったという意味ではね」

「小さいときに金なんか稼がなかったもんね、おれ」

「ただ、おじいちゃまのものの考え方に、時代に流されない心棒みたいなものがあったおかげで、あなたは、それに影響を受けたということはあるわね」

「うん、うん。それはある」

「それは、わたしにもいえることよ」

「その割には、あんたたちは世間に流されるちゅうか、体制順応型ちゅうか、反骨精神は薄いよ」

「ナマいって。親に、こういう口の利き方をするときは、かわいくないでしょ」

と絹枝は、誰にいうともなくいった。

「若いのは、生意気ぐらいがちょうどよろし」

翔太郎は孫をかばった。

「自分で暮らしというものを背負ってからも、今の調子で、ものをいってちょうだいよ」

ちょっと悔しい思いの絹枝は、少年にいった。

「はい、はい」

と少年はいって
「おれ、ダメね。籐三さんやじいちゃんの話をきいているのに、じき、口を入れちゃうんだよね。

はい。口にチャック」

と右手を横に引いた。

「いいの。いいの。わたしは薫平ちゃんの話がとてもおもしろいの」

とハルはいった。

「さっき、おまえがいっていた二年生なんて、なんにもできないというのは、これは、ちょっと問題だね。そういう子もいるという程度ならいいが」

「問題、問題」

と少年はいった。

「子どもに生活がないということかな」

籐三は呟《つぶや》く。

「親と教師が、子どもの生活を奪っちゃうの。自分のことは自分でしなさいと、おれなんかいわれて育ったけど、今の子は髪の毛をとくのも親、ちらかした物を片づけるのも親。親もそれで平気というええかげんさ。あ、しまった。はい。薫平くん、口にチャック」

自分でいって、また、チャックを引く真似をした。

ハルがホホホと笑った。

「仲間同士の関係は、どうなんだ」

「友だち?」

「うん。友だちと遊ぶ時間は、昔に比べりゃ、うんと少ないのだろう?」

「もちろん。塾なんかで、けっこう友だちをこしらえるけど、話はしても、いっしょに遊ぶ時間なんて、ほとんどないよ。今の子は」

「体を使うというか、体をぶっつけ合って遊んだり、なにかするというのはあまりないか」

「ない、ない。ファミコンの時代だからね」

「なるほど」

少年と翔太郎は、そんなやりとりをした。

「わしらの子ども時代は、友だちと遊ぶのが、生活の大部分だったな」

「そうだな」

「夏は、たいてい海だ」

「神戸は港が多いから、三十分から一時間ほどかけて、泳げる海までいったもんだ」

「歩いて?」

「炎天下でも歩いたのう」

「歩いた、歩いた。いきはよいけれど、帰りが大変で、小さい子なんかは、疲れのために居眠りしながら歩いておったよ」

「小さい子って、グループで泳ぎにいったわけ?」

「そうじゃ。海にいくときは、誰にいわれたわけでもないのに、大きな子も小さな子も、みな、いっしょだった」

「そうじゃった。これも、また、誰にいわれたというわけでもないのに、大きな子は少し下の子の面倒をみておったし、その少し下の子は、もうひとつ下の子の面倒をみるというぐあいで、うまいぐあい、子ども同士の学校をこしらえておった」

「そう、そう。わしは北国生まれだから、泳ぎが苦手で、みなの助けがなければ、一生泳げんかっただろう」

「潮が引くと、百メートルほど先に、少し浅いところができる。足で、砂地をさぐると、おっきなバカ貝が出てきよる。それを採りたいばっかりに、なんとか百メートルは泳げるようになろうと、小さな子は、みな、必死だった。ある程度の泳力がついたと判断すると、その子らを真ん中に入れて、そのぐるりを泳ぎの達者なものが囲むようにして、そこへ泳いでいく」

「あれは死物狂いだったなあ。なんどか水を飲んで、やっとの思いで遠浅に足をつけたときの飛び上がるような気持。

あの別の世界へいったような、もう、わくわくする気持は一生忘れぬ」

「うん、うん。わしはな。はじめて遠浅に着いたとき、少し落ち着いてから、バカ貝を採ったんじゃ。

採ったのはいいんだが、どうして持って帰る？　両手に貝を握って泳ぎ出した」

「そりゃ無理じゃ」

「そう。無理だ。泳ぎ出してから気がついた。こういう場合、貝と命と、どっちが大事じゃ？」

翔太郎は笑った。そして、いった。

「貝だろう」

「そうじゃ。子どもの気持としては、この場合、貝の方なんだな」

「わかる、わかる」

と翔太郎。

「溺《おぼ》れかけた。なんで手を握って泳いどンのじゃ、籐三、と上の子ォに怒鳴られた。バカ貝を採ったんや、とやっとの思いでわしは答えた。あほ、われは。貝と命と、どっちが大事なんじゃ、と至極もっともなことをいわれた。上の子ォは、次にいいよった。一個か二個なら、クロネコの中に入るやろ。運がよければ、落とさないで持って帰れる。チンチンとバカ貝は、しばらく仲良くした」

少年は笑った。手を叩《たた》いて笑った。

「運がよかったんじゃのう」

「持って帰れた？」

「二個無事だった。うれしかったなあ」

「わかる。その気持」

と少年は、心からいった。

ハルも、うなずいている。

「砂浜で、たき火をして採ってきた貝を焼いて食べるのだが、これがまた楽しみで、この日は、ことの外、誇らしい気持じゃった。

いつもは上の子ォに、もらって食べる。この日は、自分で採ったものを自分で食べる誇らしさはもちろん、二つ採ってきたので一つは人に分けてやれるという誇らしさが、もう一つ加わる。なんともいえん気分じゃったなあ」

「うん、うん。思い出すのう。常日頃は、けんかもするし、せこいことも、けっこうやっているのに、ああいうとき独り占めするもんが不思議とおらんかった」

「うん、うん。そうじゃった。どの子にも分けてやっていたのう。

獲物が少なくて、みなに当たらぬときは、上の子ォがしんぼうしておった」

少年がいった。

「けんかもするし、せこいこともするのに、ときには、いいこともするというのがいいね。正義の味方じゃないところが」

「そういうのを人間的というのだろうな。獲物が少ないときは、そうだが、その逆のときは、当然の権利という顔をして、一つ、二つと余分に食っておる。

小さい子が、ずるいなんていうと、くやしかったら、はよ、おれみたいになれ、と挑発しよる。それで小さい子は発憤する。

深い考えがあって、そうするんじゃないだろうが、うまいぐあいに、さまざまなことを学ぶことのできる学校を構築しとる。人間の知恵じゃな」

「うん、うん」

少年はあいづちを打った。

「神戸というところは、海と山にはさまれて街があるから、都会なのに自然と接する機会が、けっこう多かった。

これは幸運だったと、わしは思う」

藤三はいった。

「そうだな。なんといったって、いちばんの学校は自然なんだから」

「うん、うん」

「歩いて鷹取山《たかとり》にもいけた」

「コガネムシのことを、神戸の子はブイブイというので、わしははじめ、なんのことかと思った」

「ブイブイはもちろん、クワガタもカブトムシも、わしらの子どもの時分は、鷹取山で、ようけ採れた」

「今は、もうダメじゃろ」

「開発という名の破壊がひどい。もうダメじゃ。これは全国的な規模でいえることだが、企業は、自然という名の学校を壊した責任をとってもらわにゃならん」

「そういうことをいう者も、このごろは少のうなった」

「神戸は大都会の部類に入るが、夕暮れの、まだ明るいうちはトンボ、暮れてくるとコウモリを、わしらは、しかけで、よく捕ったもんだ」

「小さな生きものの生きる環境が、まだ、あったということだな。それにしても、あの三十センチばかりの糸の両端に石ころを結んだだけのしかけを、いったい誰が考え出したのかな。空に放り投げるとエサと間違えて飛びかかってくる。

運の悪い奴は、そのとき、糸にからんで落ちてくるという寸法だ」

「オニヤンマは、あの方法でないと、ぜったい捕れん。

あの見事なトンボが捕れたときは、そりゃもう心の真ん中まで震えたもんだ。天にも昇るここちというのは、ああいうときのことをいうのだろう」

「あの感動に優《まさ》るものは、それ以後あったか」

「ないといってもいいくらい心に深く残っとるのう」

「残っとる、残っとる」

「ファミコンもおもしろかろうが、ああいう感動を味わうことのできない今の子は、どこで、どう心を震わせておるのか気掛かりなことよ」

「ほんとだ。対象が、生命と機械とでは、大きな差があるじゃろ」

「あるだろうなあ」

「人間の進歩はどこか間違《まちご》うとる」

「わしも、そう思う。それが、子どもの上に及ぶというのが、つらいところだ」

絹枝は、籐三と翔太郎に、ビールを注《つ》ぎながらいった。

「お二人のような会話を交わす人間関係が、今、少なくなっていると思いませんか？」

「なるほど」

と籐三はいった。

「人間は社会の中で生きていくしか仕方ないのに、社会に関心を持とうとしない人間が増えている。そういうことかな」

「ええ。若い人の政治離れなんかも、その一つでしょうしねえ」

「そうだな」

「昔ほどには、暮らしに差がなくなったことも、その原因でしょうか」

「それもあるかもしれん。絹枝さんに、こういうことをいうのも変だが、わしは翔太郎を友人に持ったことから、人間同士に差がある、家同士にも差があるということを、最初に認識したんだよ」

「え。どういうことですか」

「翔太郎と仲良くはしていたけれども、これはまあ、特殊なケースかもしれんのだな」

「…………」

「同じ地域に住んでいたように感じるだろうが、ちゃんと境界線はあったんだ」

「そうだな」

翔太郎も肯定した。

「どういうこと？」

少年が身を乗り出すようにして、きいてきた。

「わしの家は、長屋だ。わしたち家族は長屋の住人ということになる。道路一つ隔てて向こう側には長屋はない。

商人の家や店、家内工業を営んでいる家、職工ではない勤め人。今は働くもののおおかたをサラリーマンというが、昔は肉体労働者と頭脳労働者ははっきり区別されていて、後者をサラリーマンというた。

道路の向こうには、そういう人たちが住んでいた。

翔太郎の家と店は、そこにあった。

同じ地域で、行き来して暮らしているように見えてはいても、ま、いえば二つの階級は厳然として存在して、それが、なにかの折に、その違いが表に出るということはあったわけだ」

翔太郎が補足した。

「ま、階級というても、たいした階級じゃないが、平たくいうと、われわれの方は貧乏人の方の範ちゅうには入らんわけだ」

「ふーん」

と少年はいった。

「神戸にくるまでの、能代のわしの家は、大きな材木問屋で、これはブルジョアといってもいい階級のうちに入るのだろう。わしの祖父が相場に手を出し失敗をする。文無しにまでは落ちなかったが、規模を縮小して、神戸で、ささやかな米問屋をひらいたというわけだから、おちぶれた商人というところか。

籐三がいおうとしている道路の向こうの階級というのは、貧乏人とも接触する小金持ち集団とでもいったらいいか」

「おまえはそんなふうにいうが、わしらの方から見ると、別の世界の住人という感じではあったな。

もののいい方から、人とのつき合い方まで違う。

半分は、やっかみもあっただろうが、いいようにはいわなかったな。

気位ばかり高くて、金に汚い、とか」

「当たっとるじゃないか」

と翔太郎はいった。

「もっとも、おまえたちの方からも、こっちの方に対する見方があっただろうが」

「その言葉に合わせていうと、気のいいのだけが取り柄で、なにかにつけてだらしがない」

「当たっとるじゃないか」

と、こんどは籐三がいい、二人は顔を見合わせ、ウハハと笑った。

「二人の話から、ちょっと違った階級があったということはわかるんだけど、じゃ、どんなふうな交流があって、どういう交流はしなかったの？　その話、興味があるから、きかせて」

と少年はいった。

「そうじゃな。貧乏人を相手にしなくてもやっていけるというほどの金持ちじゃないから、商売上のやりとりとか、ちょっとした雇用関係とか、それにつながる人のつき合い程度の交流はあったね。

長屋の人同士のつき合いは、米、砂糖、醤油《しょうゆ》の貸し借りから、夫婦げんかの仲裁、仲人《なこうど》役、ちょっと出かけるとき子どもを預かることもあれば、他人の病気のしんぱいから介護まで、これは多岐にわたるから、身内以上のつき合いで、そういうのは、あっち側と向こう側にわたってはなかった」

「つまり、あっち側とこっち側ね」

と少年はいった。

「子ども同士の関係はどうだったの？　籐三さんとじいちゃんは特別だとしても」

「そうだなァ」

籐三も翔太郎も、少し考えた。籐三の方が先に口をひらいた。

「子どもは大人ほどのこだわりはないから、それなりに交わりはあったと思うが、どうじゃろ」

「学校にいくようになると、胸の内はともかくとして表面上は、あっちも、こっちもないからな」

　と翔太郎もいった。

「しかし、胸襟をひらく、というほどの友情関係もなかったんじゃないか」

「長屋の子ォとは、なるべく遊ぶな、できるなら友だちになるな、という思いが親の方にあると、子は、どうしても、その影響を受けるからな」

「差別があったんだ。子じゃなくて親の方に」

　と少年はいった。

「そりゃ差別はあった」

　と断定的に、翔太郎はいった。

「わしの親は教育を受けた人間だから、それなりの知性があって、どんな人間に対しても差別の感情で接してはいけないと、口ではいうておったが、人に接する態度は、必ずしも、そうではなかったな」

「ふーん」

　少年はいった。

「昔の人間に、それをいうのは、どうかと思わないでもないが、家で働いてもらっている人と身内を見る目が、同じとはいい難かった」

「そりゃ無理だ。かなしいことだが時代というものがある。おまえだから、そういうことがいえるんだ」

「うん。今の目で、昔を、あるいは昔のことをいうのは酷じゃとは思う。しかしな……」

翔太郎は、ちょっと遠い目をした。

「おまえも、おハルさんもよく知っていることだが、しのとわしが結ばれるまでに、家の意識というか、身分意識というか、そんなもののために、あれが、どれほど傷ついたか計り知れないものがあっただろ。

わしの親とて、そうして自分がしあわせになったわけでもない。

すべては封建制の残滓《ざんし》のせいだろうが、わしは、あのとき、親に対する目が、ずいぶん覚めた。

人と人が愛し合う。人と人が仲良くなる、仲良くする。

それは、とてもいいもので大事なのに、わけのわからん理屈のために、理不尽な因習のために、家というしがらみのために、壊されたり傷つけられる。

わしは、そんなもんに縛られんぞ、と心のうちで、なんど叫んだことか」

「おまえの反骨精神だ」

「そうだ。わしの反骨精神だ。人間は反骨精神を持たんといかん。

そういうものを持たない人間は、いつか、どこか、権威や金に媚《こ》びた生活を送るようになる。口先のうまい人間になる」

「おまえのいう通りだ。死ぬまで、その気持を持って生きんといかん」

少年は二人の老人の目を、食い入るように見つめている。

「考えてみれば、その反骨精神の源はおまえにあって、わしは、それを、おまえにもろうたようなもんじゃな」

「なにをいうか。それは、おまえの資質で、わしとは関係ない」

「いや、いや。関係あるぞ」

そんないい争いをしている二人を、ハルはにこにこ眺めている。

「じいちゃんは子どものとき、籐三さんと仲良くするのに苦労や抵抗はなかったわけ？」

翔太郎は
「うん？」

といい、しばらく考えた。

「だって二人は価値観の違う階級に属していたわけだろう？　ふつうだったら、友だちになっていないとこでしょ。

それが親友になったのは、何なんだろう。

ぼくは、それが知りたい」

籐三は、突然、大声を出した。

「少年。いいことをいう！」

あれあれ、とハルはいった。

「あなた、少し酔っぱらってますよ」

「無礼者」

と籐三はいった。

絹枝が笑った。

「ところで、おぬしは薫平くんの問いに答えられるか」

「うーん」

と翔太郎は唸《うな》った。

「わしは答えられるぞ」

笑みを浮かべて籐三はいった。

「答えられるか」

「答えられる」

「なんだ」

籐三は少年に顔を向けた。

「こやつの好奇心と向学心が、二人の友情を作ったと、わしは思うのだが、どうだろう」

「うーん。好奇心と向学心か」

少年は考えた。

「自分の暮らしと違うものが、そこにあると、それに対して好奇心を持つ人間と、なじまぬものを敬遠したり、遠ざけようとする人間の二通りあるじゃろ」

「はい。それはわかります」

「ま、いえば革新と保守だ。こやつは、根っから革新的人間だったわけだな。
さっき薫平くんが、わしたち長屋の子と仲良くするのに、苦労や抵抗はなかったかとき
いたが、わしは、やっぱり、それはあったと思うとる。
わしたちと遊んで、あからさまに叱られることはなかったにしても、親が、あまりいい
顔をしなかったということは、子どもにとって、やはり、それは抵抗になる。どうじゃ。
翔太郎」
「遠い昔のことだから、今、思い出したことが正確かどうかはわからないが、親の方にも、
籐三らにも、なんというか、気をつかうというようなところはあった。
なにも、わざわざ、そんなに泥だらけになるような遊びをしなくてもいいでしょうと母
にいわれると、そういわれたことを、籐三に気取られてはいかんと思って、よけいその遊
びに加わって、夢中になっているような振りをしていたな」
「ああ、夢中になっている振りをしておったか」
「そうじゃ。屈折した子だった、わしは。しかし、ここからが、また複雑でな。はじめは、
ちょっと、そんな気はあるのだが、遊んでいるうちに、その遊びがおもしろくて本気で夢
中になってしもうとる。
ここが、わしにとって大事なとこじゃな。
つまり親の目を気にしているうちは、籐三らと遊ぶのは、一つの悪なんじゃ。けれども
悪ほど、おもしろいものはない。

いつしか夢中になってしまっとる。悪に近づくとき、わくわくするという気持は、誰にもあるだろう」

「わかる。それ」

と少年はいった。

「おまえも、そういう世界を、少しは持っておるか」

「少しね」

と少年はいって、片目をつぶって見せた。

「なによ。それ」

と絹枝は少年にいった。

「親には内緒。な、じいちゃん」

と少年。

「内緒のことをして、にんげんは大人になる」

翔太郎は、ぬけぬけいった。

「あまり悪い教育をしないでくださいよ。お父さん」

と絹枝は、ちょっと翔太郎を睨《にら》んだ。

「こういうのは、おまえ、わかるか」

翔太郎は身を乗り出すようにして、少年にいった。

「わしは映画を観《み》にいきたいといえば、ま、だいたいどんな映画でも、親が連れていってくれる。

籐三たちは、そうはいかない。二つの障害がある。

まず、気安く映画にいく金がない。子ども同士で映画館にいくのは不良のすることという足かせがある。

こいつをクリアーせんといかん」

「うん、うん。それで」

少年は興味しんしんの顔つきである。

「まず、映画館にいくことを秘密にする。ここで大事な学習を、ひとつするわけだな」

「どんな？」

「どんなって、おまえ、わからぬか」

「………？」

「秘密は？」

「守る」

少年は、ちゅうちょなく答えた。

「おまえは一応、人間合格じゃな。秘密の守れん人間は信用できん。友だちの第一の条件は、秘密を守れる、ということじゃ。な、籐三」

と翔太郎は、籐三に振った。

「うん」

重々しく籐三はうなずく。

ハルは、なにかいいたげに、籐三と翔太郎の顔を交互に見た。

「抑えて、抑えて」

と籐三は身振りを交えていった。

「あら。都合のいいこと」

ハルは絹枝の顔を見ていった。

「ねえ？」

「ねえ」

と女同士は、心と声を合わせていった。

「ま、そんなわけで、みなで映画館にいくわけだ」

取り合わないで、翔太郎は話をすすめた。

「ちょっとここで、昔の映画館のようすを説明しておかんといかんな。

昔は冷房装置なんてものはなかったから、空気の通りをよくする工夫を、どこかにしておく必要がある。

それで、建物の足もとを、少し開けておいたのじゃな。

そこが籐三たちの指定席じゃ」

「なるほど。のぞき見するわけね。でも、さ。それで、ちゃんと観られるの？」

少年は、しんぱいをする。

「四つん這《ば》いになったり、身体を丸太ン棒のようにして、その隙間に目を近づける」

「そうじゃったのう。あれは、たいへんだった。おまえ、よう覚えとるのう」

籐三はいった。

「おまえたちには日常茶飯事かもしれんが、わしにとっては、ああいう映画の観方は、もう奇想天外というしかない。

忘れろといわれても、忘れるもんか」

「そりゃそうだ。ハハハ」

「それで、ちゃんと観れた？」

少年はきく。

「そこじゃ。客がいっぱいのときは、どんなにあちこち目を動かしてみても、人の足ばかりで、スクリーンに視線は届かん。

しかし、そういう最悪のときばかりじゃない。

足と足の隙間から、銀幕に目の届くときもある。

当時は、無声映画だったが、弁士の声はきこえておるわけだから、その、ちらちら見える映像と弁士の声色や説明で、およその筋はわかる」

「あれは、なんじゃな。とぎれとぎれの映像だから、いっそう想像力を働かせるということもあるんじゃろな」

「それはいえる。もう夢中だった」

「うん、うん。薫平にきくが、金を払い、ちゃんと席にすわって観る映画と、そんな、きわどい観方をして観る映画と、子どもはどちらに魅力を感じると思うか」

「後の方」

少年は、ちゅうちょなく答えた。

「わかるか。それが」

「わかるよ」

「友だちと、そんなふうにして観る映画が、楽しくて楽しくて、たまらなかった。あれこれ、今、観たばかりの映画の話をしながら帰るのが、これまた楽しかった」

「物識《ものし》り顔で、わかったようなことをいう奴が、必ず、いたなあ。接吻《せっぷん》というのは西洋じゃキッスっていうんや、としたり顔でいいよる」

「いた、いた。それをいったのは、長吉だ」

「長吉か。あいつは助平《すけべい》なことは、おれにまかせ、といわんばかりに口出ししよったな」

「ああいうのもいて、楽しい時間が持てる」

「そう、そう」

「そういう楽しさが、大人には、かいもく、わからんので、いろいろと困ったことが起こるのじゃ。

あれは、どこで、どういうふうにして、バレるもんなのかなあ。

親に、こっぴどく叱られた。

映画が観たいのなら、どうして、それをお母さまにいわないのですか、え、翔太郎、といって膝《ひざ》をつねられた。

お母さまにいって、ま、お父さままでもいいんじゃが、あなたさまといっしょに映画を観ても、なんにもおもしろくないのでござりまする、といいたいところじゃが、子どもに、その説明はできん」

「できないなァ、それは」

少年は笑いを嚙《か》み殺しながらいった。

ハルは、たまらず横でクスクス笑った。

「上目遣いに、そういう親を見ておったら、あなたは良寛《りょうかん》さんの子どものときみたいですね、良寛さんは、そんな目をして、ひらめになるといわれたのですよ、といいよった。なんで、そんなところで良寛さんを持ち出すんじゃ、と子ども心に、思うておったぞ」

こらえ切れず、みな、吹き出した。大笑いだった。

しばらく笑ってから、少年はいった。

「そういうとき、長屋の子どもと遊ぶなとはいわれなかったの？」

「直接はいわないんだな。親もずるい。友だちを選びなさい、とくる」

「今さらいっても仕方ないが、迷惑をかけ申した」

籐三が改めて、そういったので、また、みな笑った。

「いちばん困ったのはな」

「なに。まだ、あるのか」

「そりゃ、おまえ。いくらでもあるぞ」

翔太郎は愉快そうにいう。

「港へ、よくいっただろう」

「いった、いった」

「あれは荷役のときにこぼれる大豆やトウモロコシを拾うのが目的だったはずだ」

「もちろん、そうだが、当時、荷役人夫と呼ばれていた労働者のキャラクターが、子ども心に、おもしろかったということもある」

「なるほど」

「ほら、めったやたら恐いだけのおじさんから、わざわざ荷を揺すって穀物を落としてくれる人もいただろう。話好きで、きき入っていると突然、キンタマをつかまれたり……」

「ああ、そんなことがあったな」

「人間も、さまざまということを、あそこで勉強していたように、わしは思う」

「うん、うん。あれも、一つの学校だったんだ」

「そうだな」

「そこで実利の方だが、拾い集めた大豆やトウモロコシを、おまえたちは、炒《い》って、おやつにしていたが、米屋の倅《せがれ》のわしは、そうしてもらうわけにいかない。

穀物の素性が知れたら、また、お説教だ。

わしは、おまえたちと別れてから、ひとり神社へいって、神社の鳩に、拾った豆をやっていたんだ」

「それは知らなんだ。そんなことがあったのか」

「八十年越しの秘密だな。これは」

「長屋の子と遊ぶことで、おまえは苦労をしていたんだ。健気《けなげ》にな」

と籐三はいった。

「そうじゃ。健気に苦労しておった。わしは」

笑いながら翔太郎はいった。

「ま、そんなところが、無きにしも非《あら》ずだったのだろうが、やっぱり、おもしろかったんだろうなァ、おまえたちと、おまえたちの暮らしが」

「おもしろかったか」

「おもしろいということが、いちばんの魅力で、わしは、それにひかれていったというのが、ほんとのところだと思う」

「そうか。しかし、それは、おまえの魅力でもあるんだぞ。貧乏人の暮らしを、おもしろいと思えるおまえの心が豊かなんじゃ。おまえの感性がすごいのじゃ」

「そういうてもらえるのは、うれしいことじゃな。

わしは自分の人生を振り返って、ときどき思うことがある。

家が没落せず金持ちの息子のまま成長していたら、どうだっただろうとな」

「うーん」

「そりゃ金があるのだから、学問をして知的にものを考えることはできたかもしれん。しかし、それはひょっとして、人間不在の傲《おご》ったものであったかもしれん。教養とか洗練されたものばかりに目がいって、生命の根本を考えるという思想を、ついに持たずに終わったかもしれないと思うと、ぞっとする。

社会とか政治とかに盲目で、自然と生命の因果関係がなにひとつわからず、自然に向けるまなざしや心がない。あるのは利得だけという人間が、現代には、うじゃうじゃ掃いて捨てるほどいるが、自分も、そのうちの一人だったとしたら……。

思うだけで頭が、くらくらする。

何事を考えるにしても、人間と、その暮らしを真ん中に据えたなら、あらゆる虚偽が見えてくる。

子どものとき、神戸の下町に引っ越してきて、籐三とその仲間に出会っていなかったら、その大事な道へ向かう入り口を、わしはいまだに探しあぐねていたかもしれんのだ」

「おまえのいいたいことはよくわかる。おまえの、そんな思いは、わしとて同じじゃ。

確かに物とか金は、人の生命観をやわなものにする。いのちに対して感性の鈍い人間をつくる。おまえのいう通りじゃ。

貧しい人間は、物や金に縁がうすい。その分、せめぎ合う裸の人の心のうちで生きねばならん。

物や金に縁がうすい分、自然と身近なところに自分を置いておかねばならん。社会の矛盾も、そこから見れば、よく見える。

そういう人間が人間になる初手《しょて》の条件は、金持ちの子と貧乏人の子を比べて、貧乏人の子が、だいぶ得をしているように思える。

神様は、きびしい生活をくぐる者に、その果実を与えてくださるのじゃ。

しかしな、翔太郎。

ここからが問題なのだ。それを認識する心というものが必要だ。もっといえば知性というものが大事だ。

人間のやさしさすらも、知性に支えられて、深いものになる。

さっき薫平くんがいっていた弁証法なんてものは、知性の行き着く先の認識論、方法論だ。

自分も含め、ものごとを客体化して見る。考える。

そういう知力は、教育でしか育《はぐく》むことはできない。

わしはそれを思うのだ。

昔、貧しい故に教育を受けることができなかったということが多々あったが、これは、ほんとうに大きな罪だ。

貧乏人は、生活という、人が人になるための、いい土壌を、せっかく持っているのに、教育の場で、それを耕すということをしなければ、そいつを認識することができない。認識できなければ、それを伸ばすことも、もちろんできない」

少年の目が真剣だった。つよい光を帯びてかがやいている。

「浅い人間のままの自分を思うと、ぞっとすると先ほど翔太郎がいった。

それは、わしの気持だな。

子どものときのわしは、野性児みたいな子だったのだろう。野にいるときは、いくらか生きがよかったのかもしれないが、それは、ただそれだけのことだ。

そんなわしが、少しは、ものを考えるようになっていくのは翔太郎に出会ってからだ。文を読むということも、翔太郎の手引きがなかったら、どうなっていたかわからない」

「いや、おまえは元々、そういう素養があったんだ。立川文庫の猿飛佐助《さるとびさすけ》を読んでいたではないか」

「ああ、あれか。あれは、たまたま家の隅に転がっていたんだ。

ちぎって洟《はな》でもかんだのか、はじめのページも、おしまいのページもないボロボロの一冊だったな。

これは、わが家の知的水準を示す、かっこうの証拠品だ」

苦笑いしながら籐三はいった。

「それと、これもまたボロボロの家庭医学辞典みたいな本が、わが家にある本のすべてだったなあ」

「おまえは、その本の女体の図とかを、親にかくれてはこそこそ眺めておったと、どこかに書いていただろう」

「ああ、読んだか。あれを」

「読んだぞ。なかなかおもしろかった」

「おもしろかったか」

「くだらんことを書きよると思いながら、ついつい読んでしもうた」

「絵描きより文筆家になった方がよかったか」

「なにをいうか」

二人は笑った。

籐三は少年に顔を向けて、いった。

「翔太郎の家には蔵書が多かった。わが家と、まるで違《ちご》うたな。薫平くんは『赤い鳥』という雑誌の存在を知っているか」

「はい。学校で習ったのと、自分で少し勉強して、いくらか知識はあります」

「それはえらいな」

と籐三はいった。

「鈴木三重吉《みえきち》が主宰して、当時、活躍していた森鷗外《おうがい》や島崎藤村《とうそん》、芥川龍之介《あくたがわりゅうのすけ》などが協力したんでしょう」

「なかなかくわしいね。彼らは芸術的に価値のある創作童話をめざしたんだね」

「童謡では小川未明《おがわみめい》、北原白秋《はくしゅう》、西条八十《さいじょうやそ》などがいたんですよね」

「ますます頼もしい。その通りだ。『赤い鳥』は、昭和のはじめに二年ほど休刊するのだが復刊後は、今の子どもにも読み継がれている作品を書いた坪田《つぼた》譲治《じょうじ》や新美《にいみ》南吉《なんきち》が加わっている」

「坪田譲治は『子供の四季』、新美南吉は『ごんぎつね』などがよく知られていますね」

籐三と互角に渡り合っている少年を、翔太郎は満足げに見入っている。

「その『赤い鳥』のバックナンバーが、翔太郎の家にあった。あれに、ずいぶんお世話になった。わしの読書は『赤い鳥』からはじまったといっても、過言じゃない」

「『赤い鳥』は、ずっととっていて、全部、揃っていたのに、戦災で、みな、焼けてしもうた。あの『赤い鳥』の焼失だけは、いまだに惜しいなという気持がつよい」

翔太郎はいった。

「そうじゃろうな。その気持はわかる。残っていれば、薫平くんに、よい贈り物になったはずだ」

「そうだな」

それをきいていた少年はいった。

「写真で見たけど、ずいぶんスマートな冊子でしたよ」

「雑誌そのものも、とてもモダンなもんじゃった。なによりの値打ちは、当代切っての作家たちが、子どもに良質のものを与えようとして、全力を傾けたところだね。そいつが尊い」

と籐三はいった。

うなずいて翔太郎はいう。

「芸術と出版の原点じゃな。あの雑誌は」

「じいちゃん。それは、どういうこと？」

と少年はきいた。

「志が違うのじゃ。今の出版物と。儲《もう》けが先にあって、ものをつくるということは、どこか純粋性を損なう。売れさえすればよいという考え方を極力、排さなければならないのが出版文化に関わる人のいちばん大事な心得だ。自分の仕事が他人の役に立つ。人や社会が前に進んでいくための糧になる仕事を自分はやっている。そういう誇りを、仕事によって得る金銭や栄誉より上に置こうとする志じゃ。大事なのは。

今、書店に氾濫《はんらん》している出版物に、その志があるかね」

「ほとんどない」

と少年は冷めた調子でいう。

「あるのは、あくどい商業主義ばかりじゃないか。なんだ。あの他人のプライバシーを売り物にして、他人の不幸を食いもんにしている態度は」

「おおかたの週刊誌が、そうでしょ」

「そういう出版物や出版社に、なんの批判もせず、求めに応じて、ほいほいとものを書く作家も、共犯者じゃ。文化破壊の」

「ああ、そうかァ……」

と少年はいった。

「昔の作家は、そうじゃなかったわけダ」

「少なくとも、志のない作家や志の乏しい作家を持ち上げる風潮はなかった」

「良いものをつくろうとして、作家も出版社も努力する。お互い、貧乏しても、その志を貫こうと励まし合う。翔太郎がいう原点とは、そういうことをいうのだろう」

籐三はいった。

「そうだ」

「今は、そういうのって、ほとんどないのが、二人は口惜《くや》しいでしょう?」

と少年はいう。

「本は、あふれているが、志はない」

翔太郎は吐き捨てた。

「ま、その話は、ちょっと横へ置いておけ」

と籐三はいって、話を元に戻した。

「わしは、おまえから借りて、マーク・トウェインの『ハックルベリ・フィンの冒険』を読んでいる」

少年が
「えっ」

といった。

「あの作品は、そんなに古いものなの?」

「そうだよ。昔からある」

籐三はいった。

「へえー」

と少年は驚いている。

「名作は、いつになっても新しいということかな」

翔太郎が籐三にいった。

「おまえは、あれを読んで、いっそう、腕白に磨きがかかったんじゃないのか」

たのかもしれん」

藤三は笑っていった。

「おまえの親は、わしが頻繁に本を借りにいくもんだから、そのうち態度が変わり出した」

「そう、そう。あの子は、どこか違うところがあるといい出すようになったんじゃ。そういう態度も、けっこう差別的だがな」

「ま、そう厳しくいうな」

「おまえは、今の中学生の年には、トルストイもドストエフスキーも読んでおったからな」

「みな、おまえの家にあった本じゃ。あの年で、ドストエフスキーをどこまで理解できておったのか心もとないが」

「昔の人の読書力ってすごいじゃん。じいちゃんの影響でトルストイは少しかじったけど、ドストエフスキーなんて、全然、読んでいないもんね」

少年がいった。

「今の若いもんは古典を少しも読まなくなったな」

「うん。読まない。夏目漱石《そうせき》くらいだろ。読むのは。それも夏休みなんかに宿題に出されてだからね」

「もったいない」

と翔太郎はいった。

「読書の、ほんとうのおもしろさを知らないと、とても古典にまで手が出ないのだろう」

「活字離れという言葉があるな」

少年が口を入れた。

「その議論は、もう古いよ。今、本が売れなくなっているいちばん大きな原因は、携帯電話なんだよ」

「ああ、若者が電車の中ででもやっているあれか」

「そう。たいていの子が持ってるでしょう。あれって、けっこうお金がかかる。電話代が二万円くらいというのは軽い方で、五万円、六万円って使う子がいる。とても本代に回せない。マンガの売れ行きも落ちてきているんだよ」

「とんでもない世の中になったもんだな。機械文明が、若者の想像力を奪うというふうに理解すればいいのか」

「そうだ。おまえのいう通りだな。あの電話で、際限もなく、とりとめもないおしゃべりを続けるという習慣は、若者の集中力を確実に殺《そ》いでいく」

「それを誰もいわない」

「そう。大きな教育問題だと思うが、学校関係者が危機感を持って議論をしたという話をきかないだろう」

「きかないな」

「この国は車でダメになり、携帯電話で、そいつをダメ押しするというわけか」

「自動車産業と情報産業は、時代の花形だが、負の部分の議論がないということは、企業社会を是として、みなが受け入れてしまっているということだ。この上さらに便利さを求めて、人々は人間喪失の社会をつくっていくのかと思うと、暗たんたる気持になる」

「便利さの中では、人は、あまり心を動かさないでもすむもんね」

と少年はいった。

「おまえは、それがわかるか」

「わかるような気がする。二人の話をきいていて、そんなに物のなかった時代の方が、気持の躍動感みたいなものが、今より、ずっとずっと多いように思うもの。なんだか、羨《うらや》ましい気がした」

「物はなかったが、心と体を使ってしっかり遊んでおった」

と籐三がいった。

「そう、そう。それを、ぼくも思いました。映画をのぞき見する話をしてくれたでしょう。あれなんか、すごくおもしろかった。ああいう体験は想像力がすごく鍛えられると思った」

「そうだろうな、きっと。翔太郎に手引きしてもらって本を読むようになったといったが、その根のところは、遊びをしっかり遊んできた、その心によると、わたしは思っているんだ」

「ああ」

と少年はうなずいた。

「わしは小さいときから、どんなものでもストーリーというものが好きだったなあ。下町では夏の夕涼みに、老若男女《ろうにゃくなんにょ》が集まってくる。じいさんは怪談をやる。となりのおっさんは仕入れてきたばかりの落語をやる。若者は、相手が子どもだと思うと、口から出まかせの作り話をやる。どれもおもしろくて胸をときめかしたものじゃ。ばあさんの説教めいた話すらおもしろかった。

本の世界に、すっと入れたのは、わしに、そんな下地があったからじゃないかな」

「ああ、あれはよかった。わしの知らん世界じゃったから、よけいおもしろかった。みな、床机《しょうぎ》に腰を下ろして、ときには、かき氷の差し入れなんかがあったりして、いつまでたっても眠気なんかこない。

うん、うん。思い出すなあ」

翔太郎は懐かしそうにいった。

「わしの親は、そこにあまりいかせたがらなかったが、これぱっかりは親のいうことをきかなかった」

「親が呼びにきて、おまえはよく駄々をこねておったのう」

「親に反抗したのは、あれが最初だったかもしれん。それくらい魅力があった」

「縁日、夜店もおもしろかった」

「ああ、おもしろかった」

「からくり芝居に夢中になった」

「うん、うん。夢中になった、夢中になった」

「今から思うと、あれは、ちゃちな照明だったのだろうが、レンズから覗《のぞ》くおどろおどろした世界は幻想的で、わくわくしたもんだ。

『八百屋お七』の演《だ》し物《もの》なんて、今でも、しっかり覚えとるぞ」

「覚えとる、覚えとる」

「おまえは、よく『八百屋お七』の唄《うた》を、がなり立てておったな」

「『元から先まで毛の生えた』というやつか」

「そうじゃ。子どものころは意味も、ようわからんのに臆面《おくめん》もなく歌《うと》うておった」

「どんな歌？」

さっそく少年は興味を示した。

「ひとつ歌《うと》うてやれ」

と翔太郎はいった。

「歌うか」

「歌え、歌え」

「おまえに歌わせてもいいのじゃが、これは子や孫の前でうたう歌でもなかろうから、一丁わしが歌おう」
少年は手を叩《たた》いた。
「まあまあ。あれを歌うのですか。わたしはあまり趣味のいい歌だとは思いませんがねえ」
とハルはいった。
「ま、おハルさん。きょうは無礼講ということにしましょうや」
翔太郎がいって、籐三は、その歌をうたう羽目になった。
「元から先まで　毛の生えた
トウモロコシを売る八百屋
トウナス・カボチャを売る八百屋
いっそ八百屋を焼いたなら
愛《いと》し恋しの吉さんと
九尺二間《けん》の裏長屋
おへそ合わせも　できようと……」
少年はギャハハと笑った。
「そんなとこで笑わないの」
絹枝は、少年の頭をポンと叩いた。
「女ごころの　浅間《あさま》しさ

一把《わ》のワラに　火をつけりゃ
ぱっと燃え立つ　火事の音
誰知るまいと　思うたに
隣の源兵衛《げんべえ》さんに　見つけられ
訴人《そにん》せられて　召し捕られ
白洲《しらす》の前に　引き出され
一段高いは　お奉行さま
七尺下がって　お七《しち》どの
モミジのような　手をついて
申し上げます　お奉行さま
わたしの生まれた　誕生日は
丙《ひのえ》　丙《ひ》の年　丙《ひのえ》午《うま》
七月七日の七夕《たなばた》で
それに因《ちな》んで　名はお七
十四と言えば　助かるに
十五と言った　ばっかりに
助かるいのちも　助からで
百日百夜を　牢《ろう》の中……」

翔太郎も口ずさみはじめた。
「百夜が白《しら》じら　明けたころ
裸のお馬に　のせられて
泣く泣く渡る　日本橋
品川女郎衆の　わるくちに
八《はち》さんも熊さんも　みなおいで
あれが八百屋の色《エロ》娘
目許《めもと》ぱっちり色白で
髪はカラスの　ぬれ羽色
女の私も惚《ほ》れるもの
吉さんが惚れたはムリもない
浮き世離れた坊主さえ
木魚の割れ目で　想い出す
まして浮き世を　離れない
俺《おい》らが想い出すは　ムリがない
ああムリがない　チャカポコ　チャカポコ……
はい。お粗末さまでしたァ……」

一同、とりあえず拍手。

「歌というより、語りみたいですね」

少年はいった。

「そうだ。少し節のついた語りだね」

籐三は答えた。

「けっこう残酷な語りだなあ」

「他人の不幸を、あれこれ取《と》り沙汰《ざた》して、ひそかに楽しんでおるというのは、今も昔も変わらんわけだ。

昔はそれを瓦版《かわらばん》でやり、今は週刊誌がそれをやっているというところか」

「ああ、それで、わたしはこの歌が、あまり好きではないのですね」

とハルはいった。

「ねえ。かわいそうじゃありませんか。わたしは、お七さんの肩を持ちますよ」

ハルがいうと
「なに、わしらだってお七の肩を持っておるのだぞ。

こういうふうにオナゴに惚《ほ》れられてみたいという願望を持っておるからこそ、わしらはこの唄を、ときどきうたうのじゃ。な、翔太郎」

と籐三はいった。

「そうじゃ、そうじゃ。目許ぱっちり色白で、髪はカラスのぬれ羽色、女の私も惚れるもの、吉さんが惚れたはムリもない」

すっかり酔っている翔太郎は、そんなことを節をつけていい、あいづちを打った。

「あら、そうですか。それじゃ、わたしもあなたのために、家に火でも、つけることにいたしましょうか」

「ごちそうさま」

と絹枝はいった。

みな、笑った。

「よし。じゃ、こんどは誰にもケチのつけられぬ歌をうたおう」

と翔太郎はいった。

「なにをやるか」

「『人を恋《こ》うる歌』」

「よし。わしもうたうぞ」

二人は、すっかり若返っているのであった。

「妻をめとらば才たけてェー
みめうるわァしく情けあるゥ
友をォ選ばば書を読みてェー
六分《りくぶ》の俠気《きようき》ィ四分《しぶ》のォ熱……」

二人は、しっかり右手を振ってうたっている。

「恋のォいのちをたずぬればァー
名を惜しむかな男《おのこ》ォゆえー
友のォ情けをたずぬればァー
義のあるとォころ火をもふむー
あわれダンテの奇才なくゥー
バイロン、ハイネの熱なきもォ
石をいだきて野にうたうー
芭蕉《ばしょう》のさびをォよろこばずー」
少年がいちばんに拍手した。ハルも絹枝も倣《なら》った。
「どうじゃ。いい歌じゃろ」
翔太郎は得意顔でいった。
「うたってる者が、いい気分って感じの歌だね」
少年は皮肉な感想を述べた。
「なに、なに」
翔太郎はいった。
「ああいうことをいうとるぞ、籐三。こっちはレパートリー豊富ということを知らんな」
「むきになって子どもみたい」
と絹枝は笑っていった。

翔太郎と籐三は、顔を寄せて、なにか相談をした。
「よし。そいつをいこう」
「おまえからはじめるか」
「交互にいこう」
翔太郎はうたい出した。
「俺は村じゅうで　いちばん
モボだと言われた　おとこ
うぬぼれのぼせて　とくい顔
東京は　銀座へと来た」
次は、籐三がうたった。
「そもそもその時の　スタイルは
青シャツに真っ赤なネクタイ
山高シャッポに　ロイドめがね
だぶだぶの　セーラーズボン」
歌い手、交替する。
「我輩が　見染めた彼女
黒い瞳《ひとみ》に　ボブヘア
背が低くて　肉体美

おまけに脚まで太い」
二人は乗りに乗り、体を揺すり、手を振るアクションが加わる。
「なれそめの始めはカフェ
この家は　私の店よ
カクテルにウィスキーどちらにしましょ
えんりょするなんて水くさいわ」
ふたたび歌い手は交替した。
「言われるままに　二、三杯
笑顔に釣《つ》られて　もう一杯
彼女はほんのり　サクラ色
エッヘッヘ占めたゾと　もう一杯」
「君は知ってるかい　ぼくの
オヤジは地主で村長
村長は　金持ちで　倅《せがれ》のぼくは
独身で未《いま》だに　独り」
また翔太郎に戻る。
「あらまあ　それはステキ！
お金と名誉があるなら

たとえ男は　まずくとも
私はあなたが　好きョ」
少年がフフと笑った。
「お愛《いと》しの者よ
俺の体は震える
お前とならば　どこまでも
死んでも　離れはせぬ」
「夢かうつつか　その時
飛び込んだ　女の亭主
物も言わずに　拳固《げんこ》のあらし
殴られた我輩は　気絶」
おしまいは二人、声を合わせた。
「時計も財布も盗《と》られ
大事な女は　いない
怖いところは　東京の銀座
泣くに泣かれぬ　モボ
泣くに泣かれぬ　モボ……」
最後、モボォーと、二人共にポーズをとった。

みな、拍手。

「機嫌のよいとき、じいちゃんがときどき口ずさんでいるから、一番と二番までくらいの歌詞は知っていたけど、この歌は、こういう歌だったんか」

少年はいう。

「そうじゃ。ま、いえば、美人局《つつもたせ》、今でいえば暴力バーの歌じゃな」

翔太郎はニヤリと笑っていった。

「モボって？」

「モダンボーイを略してモボ。モガはモダンガールのことじゃ」

「ああ」

少年は納得した。

「軽佻浮薄《けいちょうふはく》に流行に乗ろうとする風潮を皮肉った歌ともいえるが、大衆娯楽の中にも時代を批判する精神のあるところは、なかなかのもんじゃろが」

少年はうなずく。

「もっと皮肉な歌もあるぞ」

「なにか」

籐三がきいた。

「『のんき節《ぶし》』」

「ああ、あれか。よし、よし。薫平くんのためにうたって進ぜよう」

「久し振りに『のんき節』をうたうか」
「うたおう、うたおう」
二人が、いっしょにうたったのは、次の歌である。
「学校の先生はえらいもんじゃそうな
えらいからなんでも教えるそうな
教えりゃ生徒は無邪気なもので
それはそうかと思うげな
ああ、ノンキだね

成金と火事ドロの幻燈《げんとう》など見せて
貧民学校の先生が
正直に働きゃみなこのとおり
成功するんだと教えてる
ああ、ノンキだね

貧乏こそあれ日本人はエライ
それに第一辛抱強い
天井知らずに物価が上がっても

湯なり粥《かゆ》なりすすって生きている
ああ、ノンキだね」

きき終えて少年は
「へえー」

といった。

「今と違って、昔の先生は一目置かれていたというか尊敬されていたんでしょ。それなのに、こういう歌があったんですかあ」

「あったんだな。そこが、おもしろいところだ。教師の、うさん臭さを、ちゃんと見抜いていたんだ」

と籐三はいった。

「教師はうさん臭いんですか」

「もちろん教師の中にも、時代というものを見据え時代に媚《こ》びない人もいたが、いかんせんそういう教師は少数だった。

おおかたの教師は、時代というものに無批判だったことが、後に、多くの若者を戦場に送ることになる」

「ああ」

と少年はうなずいた。

「若者が時代の犠牲になるというのは、しのび難いことじゃ。

昔は戦争で、今は車や物で」

と翔太郎はいった。

「そうじゃな。薫平くんは、東条英機《とうじょうひでき》という人物を知っているか」

篠三はたずねた。

「A級戦犯でしょ」

「東条英機という固有名詞を出すと、個人を、とやかくいうことになって、話が矮小化《わいしょうか》されるから、かつて日本が侵略戦争を起こした、その勢力の象徴というふうに受けとってもらうといいのだが、彼が首相のとき、東京の神宮外苑《じんぐうがいえん》競技場で、出陣学徒を前にして、こういう演説をするんだ。

『仇《あだ》なす敵を撃滅し、皇軍を扶翼し奉る日は来たのである。

大東亜十億の民を、道義に基づいてその本然の姿に復帰せしめるために壮途に上るの日は来たのである。

わたしはここに衷心よりその門出を御祝い申上げる次第である』と」

「ああ、それ、テレビの映像で見ました。雨が降っていた日でしょう？」

少年はいった。

「ああ、それだ。文部省主催の出陣学徒壮行会じゃった」

「東条英機の前を、大勢の学生が行進していました。胸が痛くなる光景でした」

「比喩《ひゆ》的にいえば、一人の男の訓示が何百万人という若者を虐殺したんだ。これは世界に例のない大量虐殺、ジェノサイドだよ。

薫平くん。

わしたちが、昔のふるい歌をうたうとき、いつも脳裏にあるのは、この若者たちだ。その若者はわたしであり、きみのじじいの翔太郎であり、友だちのAでありBであるのだ。

さいわいという言葉を使うのも、はばかられるが、とにもかくにも、わしたち二人は、どうにか生きのびて、今こうして、みなを前にビールなど飲んでおる。

そうできなかった友たちは、今、どこを、どう、さ迷っておるのか。それを、いつも思うのじゃ」

翔太郎も、こくっとうなずき、さすがに、すぐには頭を上げようとしなかった。

「東条の訓示をききながら、若者たちは心の中で、どんな歌を口ずさんでいたのか」

籐三は呟《つぶや》くようにうたい出したのだった。

「おお　ローズ・マリー

夢に見る　君！

まぼろしは　昼も夜も

わが心　去りもやらず

夢のあしたの

ケシの花　片ときも

忘れられぬ　心の君！

おお　ローズマリー」

みな、静かに拍手した。

「死せるものの心のうちにあるものは、いつだって、父であり、母であり、きょうだいたちであり、友であり、いとしい想い人だよ。

教育というか洗脳というか、その果てに吐く言葉が、お国の為にとか、天皇陛下の為にとかいっても、或《ある》いはいわされておったとしても、いつも心の底にあるのは近しい肉親や愛する人じゃ。

それが人民の本心なのじゃよ。わしは、この歌を、そんなふうに思うとる」

「うん、うん」

翔太郎も、同感なのである。

「国という言葉ほど、あいまいなものはない。お国の為に死んでいくといって、国に命を捧《ささ》げた者の脳裏にあったものは、ふるさとの山河や海であり、そこに住む肉親だったはずだ。

国というものの実体が、天皇家や政治家、官僚や企業家、そして、それをとり巻く人間共だったと、もし死せる者が知ったとしたら、自分の吐いた言葉を取り消してくれ、靖国《やすくに》神社に祀《まつ》るのは止めてくれと、きっと、いうだろう」

翔太郎は、そう言葉を継ぎ、籐三はうなずいた。

「国というものを、じいちゃんのように説明してくれると、とてもわかりやすいのに、学校の先生は、そんなふうにはいわない。戦争というのは国と国の争いということに一応はなってるだろう? 国の概念がはっきりしていると、そこがよくわかる。

天皇制や軍閥、財閥の為に、戦争を起こしたわけでしょ。

人民は利用されただけ。その証拠に、戦争で死ぬのは一般庶民で、その死者が何百万人に達しても天皇や政治の指導者、企業家は、ちゃんと生き残る。

お国の為にといって、天皇をはじめ、政府の要人や、戦争で大儲《おおもう》けをした企業の社長が、真っ先に、戦地で、戦死したのだったら、いってることの半分は信用してやるけど、そうじゃないもんね。

A級戦犯というのは、人間的にも許せないと、ぼくは思う。

個々にはいろいろあったんだろうけど、生きて虜囚の辱めを受けず、といって、捕虜になるくらいなら、いさぎよく自決しなさいと、それを強いるように仕向けたのは、東条英機自身でしょう。

この人は自決に失敗したそうだけど、自分は生き残る。最低でしょ、そういうのって。卑怯者《ひきょうもの》を絵に書いたみたいじゃないか。

今、問題になっている政治家の靖国神社参拝を、アジアの人々が怒るのは、当たり前だと思う。利権を争って戦争をやった当事者でもないのに、家や財産を焼かれ、肉親を殺されレイプされ、そうした悪の元凶を祀っているところに、かつての侵略国の政治のリーダーが参拝するというのだから、全然、反省してないなとアジアの人々が思うのは当然。歴史観をまるで持っていないよ。あの人たちは」

「ふむ」

と籐三は唸《うな》った。

「さすが翔太郎の孫だ。よく勉強しているな」

籐三はいった。

「ぼくが特に勉強したというわけでもないんだけど、このごろの高校生は、妙な本を読んで、おそろしく軽薄なことを、平気で口にするんだよ。

それも自分で勉強して、そういう結論を持ったというのなら、まだ許せるけど、その本やマンガに書かれていることの受け売りだから頭にきちゃう」

「ほう」

籐三は興味を示した。

「例えば？」

「例えば、余所《よそ》の国へ攻め入ったのは事実だけど悪いことばかりしたわけじゃない。鉄道を敷いたり、それまで教育を受けていなかった人に教育を受けさせたりした、なんて」

「なるほど。そういう理屈を持ち出して、そしてなにがいいたいのだろう」

「つまり卑下ばかりしないで、誇りを持とう、日本人は、ということらしいですよ。そういうものの考え方は、誇りじゃなくて、部屋の隅にたまっている埃《ほこり》といっしょだと、ぼくはいってやんの。

そんなことを、間違ってもアジアの人がいうわけないけど、もし日本人がそんなことをいったら、アジアの人は二度、侵略の屈辱を受けたと、メチャ怒ると思う」

「泥棒にも三分《さんぶ》の理どころじゃないな。仮にも若者を、そんなふうに扇動する輩《やから》がいるとしたら、そやつは、まったく想像力の欠如した欠陥人間か、なにか思惑を持つ者だろうな」

と籐三はいった。

「侵略戦争だったということを認めながら、まだ謝っていないのが日本で、ちゃんと謝罪したのがドイツという事実があるから、そんな理屈は国際的に全然通用しない。世界の物笑い」

と少年。

「そうだな。中途半端に歴史をかじったということなのかな」

「受け売りだから、歴史をかじったうちにも入らないよ」

と少年はいった。

「物事を一面でしか見ない、考えないというのは、単純でわかりやすいから、軽薄な奴がすぐ乗るんだ」

少年は言葉を続ける。

「こういうのは頭にくるのと、こんな考えが横行したら大変だと思うから、おれ、徹底的に議論してやんの。奴らはどちらも思惑を持って戦争をしたんだから、日本だけ裁かれたり、一方的に責められるのはおかしいという。どっちもどっちなんていう。

一見、もっともらしいでしょう。

そういう理屈が出る一因に戦勝国が、敗《ま》けた国を裁いたという泣きどころがあるでしょう。

原爆投下は国際法違反の大犯罪だけど、これは裁かれていないもんね。

単純な奴は、単純なところから議論してやんの」

「うん、うん」

籐三は、少年の話がいっそう興味深い。

「おまえ、日本はどこと戦争をしたと思ってんのってきいてやると、アメリカという。

アメリカと連合国だろうというと、ああと、あわててうなずいてやがんの。

その他に、まだ、あるが、どこだときくと、もう答えられない。

こんな程度の知識だから、こいつらと議論して打ち負かすのは簡単」

と少年はいった。

「戦争をやろうとして、ドンパチ始めた国と、それにまきこまれた国があるだろうが。日本が侵略して植民地にした国の人は、日本兵に仕立てられて無理やり銃を持たされ戦地に送られたんじゃないか。この人たちの立場に立つと、どっちもどっちなんていってられるのか。

やっぱり答えられない」

少年が、そんなやりとりをしている場面を想像したのか、ハルが少し微笑んだ。

「おまえは日本とアメリカだけの問題にして考えるから、そんな考えに、すぐ飛びつくが、戦争にまきこまれたアジアの人の立場に立って考えてみろ。

この人たちや、この人たちの国に利権はあったのか。

なにもかも奪われる立場だったろうが。

戦争を考えるときは、いちばん被害を受けた側に立って、ものごとを考えろ、といってやんの。

全然、反論できなくなっちゃうのね」

「うむ」

籐三は、二度唸《うな》った。

「先生にもいってやったことがある。

戦争ほど悪はない、二度と戦争を起こしてはいけない、なんてことばっかりいっているから、じゃ攻められたら、どうすんの、と反撃される。

戦争は必ず起こした側と起こされた側があるということを勉強するのが、戦争を起こさないということじゃないんですか、といったら、やっぱり口ごもってやんの」

少年の生意気さが、おかしく快いのか、籐三も微笑む。

「薫平くんの話は、勉強になった」

と籐三はいった。

「ほんと」

ハルもあいづちを打つ。

「もう、わしたちは若者とつき合うことも少なくなったし、メディアから伝わってくる若者群像は、どちらかというと否定的な面が多いわけだが、薫平くんのような若者も、確かにいる。

若者も、さまざまだ。そのことを知っただけでもありがたい。ありがとう、感謝するよ」

籐三は、それを心からいった。

「とんでもない」

と少年は手を振った。

「お礼をいいたいのは、ぼくの方ですよ。こんなに楽しくて、本気で話す時間を過ごせたのは、これまであったのかと思うくらいですよ」

絹枝が口をはさんだ。

「薫平。楽しい時間はいつまでもつづく方がいいでしょ。提案だけど、お夕食まで、まだ、だいぶ時間あるようなので、このあたりで少し休んでいただいたらどうかしら。

おばさまのお体のこともあるし……」

「うん。そうだね」

少年はうなずく。

「どうもありがとう。お心遣いをいただいて。

わたしは、どうということもありませんけれど、絹枝さんがおっしゃるように楽しい時間は長くつづく方がいいにきまっていますから。ね、あなた、そうさせていただきますか」

とハルは籐三にたずねた。

「軽く夏布団を敷きますから、そこでお昼寝をなさったらいかがでしょう」

「どうだ、翔太郎。そうするか」

「やたら年寄りをいたわるのは、なにか下心があるにきまっとるが……」

「そんなものはありませんよ」

と絹枝はいった。

翔太郎はウハハと笑って

「一時、休戦といくか。第二戦に備えて」

と応じた。

「それがいいのじゃありません？　少しお休みになって酔いをお醒《さ》ましになると」

絹枝は腰を上げた。

「わたしも手伝いましょう」

「おばさまは、じっとしていてください」

「そうだよ。おれが手伝うよ」

と少年も気軽に腰を上げた。

「まあまあ」

とハルはいった。

二人は立っていった。

「あなた。こんな極楽をさせてもらっていいのでしょうかねえ。ありがたいことですねえ」

ハルは、しみじみいった。

「ところでおハルさん。体の調子はどんなぐあいですか。見たところ、特に変わったふうにも映らないのじゃが」

と翔太郎はたずねた。

「そうですか。もう年ですから、あちこち弱ってくるのでしょうよ」

とハルは答え、具体的なことはいわなかった。

「ま、旅ができるくらいだから、たいしたことはないのじゃろうが、無理をしないで、できるだけ長生きをしてくださいよ」

「ありがとうございます。このひととも、ときどき話すのですが、じゅうぶんに生きさせてもろうて、たとえ、いつお迎えがきても、なにも思い残すことはない心境にあるのは、しあわせなことですよって」

「それはもう、わしらの年になれば、死を受け入れる覚悟というものは、ちゃんと持っていなければ……。それと、しっかり長生きすることとは、なにも矛盾はせん。長生きは命の芸術という言葉もあるくらいじゃから」

「そうですね。沖縄では年をとって死ぬるのは悲しいことではなくて、祝い事の範ちゅうに入るってききましたけれど」

「死を忌み嫌うのではなく、死者にとっても生者にとっても、意味のあることとしてとらえるという考えは見事じゃ。さすが沖縄といいたい」

籐三は口をはさんだ。

「ま、なんじゃな。その沖縄流にいえば、ここにいる三人は、いつ死んでも、それはもう、おめでたいことなんじゃ。

そこのところを、翔太郎。よく覚えておいてくれ」

「うん?……」

と翔太郎は、ちょっとけげんな顔をした。

そこへ、絹枝と薫平が戻ってきた。

「軽くお床をとりました。どうぞ、お休みになってください」

薫平がいった。

「おハルさんのも、とってありますよ」

「わたしの分もですか。わたしは酔ってはいませんし、昼寝のできない体質ですから、お志だけいただいておきましょうか」

「お体のぐあいがじゅうぶんでないのですから、横になるだけでもいかがですか」

と絹枝はすすめた。

「わたしは薫平ちゃんと話をしている方が、身も心も休まりますよ」

とハルはいった。

「そんなことをいってもらって、うれしいな」

と少年はいった。

「わたしは薫平ちゃんに参ってしまいましたからね」

少年は、いっそううれしそうな顔をした。

絹枝が微笑む。

「それじゃ、後は任せて、わしらはもう一つの天国へいくとするか」

「よかろう」

翔太郎と籐三は席を立った。

「しばしお休みなさい」

と少年はいった。

二人を目で見送り、絹枝は
「ほんとに羨《うらや》ましいような仲……」

と呟《つぶや》いた。うなずいて

「しあわせなひとですよ」

とハルもいった。

「昭和の激動を、まるで生き証人のように生き抜いて、それぞれの人生を完成させたのですもの。

こんな友情って類がないのじゃありません？　おじさまと、身内ですけれど自分の父を心から尊敬します」

と絹枝はいった。

「うん、うん。ほんと、ほんと」

少年は賛意を示した。

「あの二人は、ほんとにすごい！」

少年は興奮気味にいった。

「老人なのに、若者みたいだよ」

「なるほど。おしゃべりをしているときは、そんなぐあいですねえ」

ハルも認めた。

「思い出話をしても、ちゃんと現代と結びつけて話してるだろ。あれって、すごいと思わない？」

少年は絹枝に顔を向けていう。

「そうね」

「年寄りって、ふつうはたいてい繰り言だろ。昔はよかったって自分で自分を慰めたりしちゃってさ。

　きいてる方は、サービスしているつもりで相手になっているというのが多いのにさ」

「思わずきき入ってしまいましたね」

　ハルが、そういった。

「うん、うん。あの二人はどうして、あんなに魅力があるのか、おれ、考えてたのね。話をききながら」

「それで、どう？」

「なにがほんとうかということを、ずっと考えつづけて生きてきたんだなって、おれ、思った」

「ああ、なるほど」

　絹枝はうなずく。

「二人は芸術家だから、それは当たり前のことなんだろうけど、生きてる全部を、そう生きるっていうのは、やっぱりすごいことだと思う」

　絹枝は、自分の息子の顔をじっと見た。

「芸術家は孤高っていうけどさ。金とか名誉とかに背を向けて超然としている芸術家って、そんなにいる？」

「…………」

「おれは、あんまりいないと思うの」

「さあ……、それはいい過ぎじゃない」

絹枝はたしなめるようにいった。

「いや、そんなにいないと思う」

少年は確信に満ちていった。

「じいちゃんがいってる。芸術が特別だと思ってはいけない。

古代人は絵を描くことも、狩りをすることも、調理をすることも、同じ価値だった。それを忘れちゃいけないって」

「よく、そうおっしゃるわね」

「ね、そうだろう。だからかあさんからも、絵を見て楽しむのと同じように料理を楽しんでもらうように努力しようというセリフが出るんだ」

「そうね」

「ほんとの孤高を持っている芸術家は、そんなにいないとおれがいったのは、じいちゃんの、その言葉があるからさ。

たいていの芸術家はエリート意識で、仕事をしているよ。

そして、そう見られたり扱われたりすることに快感を覚えているんだ」

絹枝はいった。

「あなたの、その洞察は鋭いと思うけど、精神面の人の進歩にも必ずその道程があるということも同時に考えてほしいと、わたしは思うわ」

「一朝一夕に孤高の作家は成らず、ということ？」

「そう。芸術家も人間だということを忘れてほしくないの」

「おれ、そういうこともちゃんとわきまえて話しているつもりなの。だって芸術家も、いろいろだってことは、誰の目にも映ってる。権威に弱い奴、いばる奴、金に弱い奴、物真似ばっかりしている奴、そういうインチキ芸術家はごまんといるじゃない。

じいちゃんは、それをみな虚空といってる。つまり、なにもないのに等しいというわけ。虚《むな》しいものを追い求めているというのね」

絹枝がなにかいいかけた。

少年は、それをさえぎるように言葉を被《かぶ》せた。

「だからさ。おれがいいたいのは、じいちゃん、つまり維波翔太郎という一人の画家が、そのような思想を持つに至ったのは、なにかということ。その大事なことをいいたかったんだ」

「はい、はい。じゃ、うかがいましょう」

と絹枝は居住まいを正した。

ハルは微笑みを浮かべながら、じっと少年の目を見ている。

「維波翔太郎も樹鬼籐三も、画風はまるっきり違うけど、ものの考え方やとらえ方は、しっかり結びついてあるだろ。

　だから二人のことをいってるつもりなんだけど、じいちゃんが虚偽や邪悪を排しようとしたのは、そうすることで、自分を鍛えようとしたんだと思う」

「…………」

「わかる？　じいちゃんだって人間だよ。誰だって弱さを持ってる。神様じゃないからじいちゃんも籐三さんも、あれこれ迷うことだって、きっとあったんだ。

　そのとき、いつも、なにがほんとうのものなのか真剣に考えて、苦しんだ人だと、ぼくは思う。

　話をきいていると暮らしの一つ一つが、とても、とてもていねいで、いつだって、しっかり生きてきたんだなあと思わされるもの。

　小さいときからそうだったから、あの軍国時代にも流されずに、自分を見つめることができたんだ」

「若いあなたに、そんなふうにいってもらえて、どんなにうれしいことでしょうね。籐三に、確かに伝えておきますよ」

　少し涙ぐんでハルはいった。

「翔太郎さんも籐三も時代に逆らったというより軍国主義を懐疑しただけなのに、非国民のレッテルを貼られ、あなたも御存知《ごぞんじ》のように、二人は投獄をはじめ数々の苦難を受けるわけですけれど、籐三がいつも述懐していることは、二つの申し訳のなさについてです。

一つは、なんの罪もないのに陵辱され殺されていったアジアの人々に対して、自分はまったく無力だったこと、今一つは、自分は生き残り、たとえ間違った名分だったにせよ国の為にと命を捨てていった若者に対する申し訳なさ。それをいうのです」

「あ、じいちゃんもいっしょだ」

と少年は叫ぶようにいった。

「薫平ちゃんは、この話を知っていますか。わたしも籐三に教えてもらって、はじめて知った事実ですが、沖縄で、薫平ちゃんが先ほどいっていた生きて虜囚の辱めを受けず、という誤った教育の為に、多くの人が殺されましたね。

世間では、それを集団自決と呼んでいるようですが、あれは形はそうでも、実質は虐殺ですよね。

慶良間《けらま》諸島でも、それがありました。

ものの本を読むと、渡嘉敷《とかしき》島、座間味《ざまみ》島、阿嘉《あか》島、慶留間《けるま》島に人が住んでいて、そこで、この悲劇が起こったというふうに書かれています。

ところが、もう一島、人が住んでいたんだそうですよ」

「えっ。それはどこ？」

少年がたずねたところをみると、このことについて、いくらか知識があったものと思われた。

「渡嘉敷島のすぐそばに、前島《まえ》という島があるんですって。

今、無人島なので、誰も、この島に注目しなくなっているそうだけど、戦争のとき、二百七十名も人が住んでいたのに、ここでは集団自決はおろか、誰一人、戦争犠牲者を出さなかったそうですよ」

「なにか理由があったのですか」

「ええ。一人の校長先生の決断が、島民の命を救うのです。

この島も他の島と同じように、前線基地にしようと、兵隊がやってきて測量をはじめるのですが、校長先生はこの島は自分たちが守ると、兵の撤退を求めます。

軍事優先の時代ですから、これは大変なことですよね。

口出しされた兵隊はいきり立つのですが、文字通り決死の覚悟で、駐屯は思いとどまってもらいたいと懇願しつづけ、責任は自分がとるという約束と引きかえに兵隊は引き上げていくのです。

兵がいなければ敵は攻撃しない、という体験にもとづいた信念が、この校長先生にはあったというのですね。

そしてその通りになります。

やがてアメリカ兵も、この島へ上陸しますが軍事施設がないことを知ると、ここは攻撃しない、安心して平常通りの生活をしなさいといって去っていきます」

少年は真剣に、その話をきいた。

「わたしが話したかったのは、ここからのことです。島民の命を救ったのだから胸を張ってもいいのに、この校長先生は、この事実を戦争が終わってから何年も何十年も、決して口外しなかったというのです。

島民も、また、そうしたそうです。

薫平ちゃん。なぜ、そうしたのか、この人たちの気持がわかりますか」

少年は、こくりと首を折った。

「わたしも、この人たちの気持が痛いほどわかりました。

自分たちは助かったけれど、自分たちの目の前で、虐殺、集団自決、玉砕という阿鼻叫喚《あびきょうかん》の地獄を見ているのですからね。

胸のしめつけられる思いがしたでしょうね。みんな傷つき殺されていったのに、自分たちだけ平和に暮らしているという思いが、この人たちの心の痛手になって、後々までも残り、いくら時間をかけても、ついに、それは癒《いや》されることがなかったのですねえ。むごいですねえ。つらいですねえ」

ハルは細い声で、それをいった。

少年も、絹枝も言葉がなかった。

沈黙の後、ハルはいった。

「この話を、籐三がなぜ、わたしにしてくれたのか。わたしには、ようくわかりました」

少年と絹枝はうなずいた。

「自分の気持を、いいたかったのですよ。自分は、アジアの人に無力だったこと、国の為に命を捨てた若者に申し訳ないという気持が、どうしても払拭《ふっしょく》できないでいる自分の心を伝えたかったのでしょうねえ」

「きっと、そうだと思います。わたしの父も、戦争中の話は、まったくといっていいほどしませんものね。

時代に異を唱えたことは、今なら、それは正しいことだといえるのに、そんなふうに自分のことを語ることは決してしませんから」

ハルは深くうなずいた。

「戦争中は非国民だと、ののしられはしましたけれど、二人こそが、ほんとうのもののふというものじゃありませんか」

ハルはいった。

少年はうなずく。

「薫平ちゃんに知ってほしいのですが、あのころ、時代に逆らうなんてことは誰もできなかったというのが一般の認識ですが、そんなことはありませんよ。

数こそ多くはなかったですが、戦争そのものに反対した人も、異を唱えた人もいたんです。真っこうから立ち向かって、官憲の手で虐殺された小林多喜二《こばやしたきじ》のような人もいたんです」

「ああ小林多喜二」

と少年はいった。

「じいちゃんの本棚から、『蟹工船《かにこうせん》』を見つけて、ぼく読みました。すごい小説だった」

「ああいう人の存在を忘れてはいけませんよね」

「はい」

「あの時代を見据えていた人は、翔太郎さんや籐三だけじゃなかった。

たくさんの翔太郎、籐三が、当時の日本の国にはいたことを、薫平ちゃんに知っておいてもらいたいのです」

「そういう人は、自分のことはいわない」

と少年はいった。

「そう。いわないんです。だから、その人たちの存在を人々は知らないだけなんです」

「そうかァ」

少年は小さくいってうなずく。

「戦争を見つめた人に、大岡昇平《おおおかしょうへい》という作家がいるでしょ」

「あら。薫平ちゃん、よく知っていますね」

「じいちゃんが、大岡昇平は読め、読めっていうもんだから、だいぶ読みました」

「まあ、えらい」

とハルは感激したようにいった。

「じいちゃんに教えてもらったんですが、その大岡昇平がいったんだそうです。

今、享楽の中にいる若者のことをうんぬんするのはいいとしよう。

一つ、心に留めておかなくてはならないことがある。これも一つの平和であり、もし、それを侵そうとする者が現れたとき、わたしはその勢力とたたかうだろう。

およそ、そんな意味だったと思います」

「ああ、わたしも、籐三から、その話をききました」

とハルはいった。

「先ほどから、おハルさんの話をうかがっていて、じいちゃんの、その話を思い出したのです。

ほんとうに戦争を見つめた人だけがいえる言葉だと、ぼくは思います」

「その通りですね。戦争を見つめた人が、戦争責任の問題を真摯《しんし》に受け止めるのですね。それが未来を見つめることにつながると、わたしは思うのですけれど」

少年は
「はい」

といった。

「自分が、じいちゃんの年になって、あんなふうに世の中を見たり、人や社会を語ることができるかなと思うと、ちょっと自信がないけど、あの二人を目標にはできると思います」

「うれしいこと」

とハルはいった。

「二人はすごく記憶力がいいでしょ。もう、ほんとにびっくりしてしまうくらい」

少年はいう。

それは誰も感嘆するところだ。

ハルは笑いながらいった。

「ここへくる道々、貝原益軒《かいばらえきけん》の『養生訓』を、ひとしきりきかされたところですよ。はじめてきいたという振りをしていますけれど、わたしも、この本を読んだことがあるの。

一字一句、間違わないで、復誦《ふくしょう》しますから、もうびっくり。

なんだかおかしなくらい」

「歌詞の暗誦《あんしょう》なんか天才かと思うくらいだもんナ」

少年も同感なのである。

「汽笛一声、新橋を……、という歌があるでしょ。

あれはずいぶん長くつづく歌ですが、籐三はおそらく、みな、諳《そら》んじているんじゃないですか」

絹枝が口をはさんだ。

「薫平は、記憶力がいいといったけど、わたしは、お二人は集中力がすごいのじゃないのかと思うの」

少年は、小さく

「あ」

といった。

「おれも、そう思ってる」

少年は勢いこんでいった。

「二人の話をきいていて、それをつよく思ったんだ。どんなことでも、すごく気合が入っていて、遊びでも勉強でも、とことんやらないと気がすまないというふうでしょう。人の関係もそうで、だから二人は親友になれたんだ」

「ああ、なるほど。そうかもしれませんね」

とハルはうなずいた。

「あれほど影響しあった人間同士も、めずらしいのじゃありませんかねえ。わたしは翔太郎さんと籐三は、もともと同じ人間だったものを、神様がいたずら心を起こし二つに割って、この世に送りこんだんじゃないかと思うくらいですよ」

「そうかもしれなくてよ」

絹枝は笑って、あいづちを打った。

「でも二人は、そんなふうに思ってるのかな」

少年は懐疑的にいった。

「思ってない、思ってない」

と絹枝は、つよくそれをいった。

「そう。思っていないでしょうね」

ハルも同調する。

「………?」

「けっこう反発しあってもいるのよ。二人は。

好敵手というの?

相手に負けたくないという気持が、人一倍つよいのも二人なの。そうですね、おばさま」

と絹枝は、あいづちを求めた。

「そうですよ。そこがおもしろいところなの。反発しあっても、ひかれるものがお互いあるので、結局は似てくるというところがおかしいわ」

「つまり理想的な友愛関係なんだ。そういうのは」

と、ちょっと小生意気に、少年はいった。

「くやしいけど、ぼくたちの世代は、ああいう友情はつくれないんじゃないかな」

「そんなことはありませんよ」

言下にハルはいった。

「どんなに時代が変わっても、人間関係を深めたり高めたりすることはできますよう」

つよい調子で、ハルはいうのである。

「あなた、あのお二人のどこを、いちばん見習いたいと思うの?」

絹枝は、薫平にたずねた。

「少年的なとこ」

ちゅうちょなく少年は答えた。

「あの精神のありようは、ぜんぜん年寄りじゃない」

と少年は、つけ加えた。


二人は小一時間ほど昼寝をして起き出してきた。

「なんだ。まだ、話をしていたのか」

翔太郎は、ハルと薫平に目をやっていった。

「いくら話をしても話し足りないくらいですよう」

とハル。

「そう、そう」

と少年は受けた。

「よかろう。ところで絹枝はどこへいった?」

「夜の宴をひらいてくださるそうで、一足先に、お店、レストランの方へいかれました。わたしたちも、六時に車を呼んで、ここを出てほしいとのことでした」

とハルが答えた。

「ああ、さよか。ところで、わしたちが眠っているあいだ、御身たちはなにを話しておったかのう」

ハルはフフフと笑った。

「わしたちのことじゃろ」

と籐三はずばりといった。

「当たりィ」

と少年。

「悪口か」

「はずれェ」

と少年は笑って答えた。

「まさか、ほめておったわけでもあるまい」

「その、まさか、でした。ほめておったのですよ。ね、薫平ちゃん」

「うん。まあ、ね」

少年は思わせぶりたっぷりにいった。

「録音して、きかせてあげたかったくらいですよ。

お二人は、涙をこぼしてよろこぶこと受け合いですよ」

籐三と翔太郎は、顔を見合わせた。

「おまえ、どう思うか」

「おぬしこそ、どう思うか」

「うーん」

「うーん」

二人は首をひねった。

「一つだけ教えてあげましょうか」

「もったいをつけるな」

と篠三はいった。

「じゃ、やめますか」

「こりゃ、こりゃ」

と篠三。

ハルは笑う。

「お二人は、まこと少年的なんですって。精神のありようが、まるで年寄りじゃないそうですよ」

「誰が、そういったのじゃ」

「薫平ちゃん」

「薫平か。よしよし。いいところを見ておる」

気取って翔太郎はいった。

「二人いっしょだと、そうなるといったんだよ。一人だと、ただのじいさんかもしれないよ」

　少年も、けっこう皮肉家である。

「ばか申せ。一人でも二人でも、心はいつも少年じゃ」

「その通り」

　籐三が大声でいって、それから二人は豪快に笑った。


　その欧風レストランは見晴らしのよいところにあった。

　木立に囲まれて、向こうは海である。

　ガーデンはさり気なく手が入れられ、自然が満喫できるあんばいに設《しつら》えられてあった。

　入ってすぐの広間に、砂漠をいくラクダを描いた籐三の絵、控えの間に、廃墟《はいきょ》のパゴダを描いた翔太郎の絵がかけてあった。

　しっとり落ちついた空間が演出されていた。

　ハルは、そこをしげしげと眺めた。

「さすがですねえ。さすが武さんと絹枝さんダ」

　感嘆の声を上げた。

「おばさまは、ここ、はじめてでしたね」

「はい。わたしははじめてです」

「ここにレストランを移してから、もう六年になります」

「ずっと昔から、これが、ここにあるような気がしますよ」

「そうですか。そういっていただくと、とてもうれしいわ」

と絹枝はいった。

三組の客があった。

「別室をとってありますからね」

「そんな心遣いをしていただかなくてもいいのに……。どこでも天国ですよ、ここは」

少年が口を入れた。

「あんまりほめない方がいいよ。いい気になって、あぐらをかいちゃうから」

絹枝は少年のおでこを、ついと突いた。

「ほめられて、あぐらをかくほど、お調子者じゃないの。わたしは」

「どうですかねえ」

少年は、手を後ろに組み、臭いでもかぐようなしぐさで、部屋を歩いた。

「嫌な子」

と絹枝がいって、みな、笑った。

控えの間に座ったところへ、絹枝の夫の武が、シェフ姿で現れる。

「いらっしゃい。お久し振りです」

と頭を下げた。

「いいお店になりましたね。繁盛もうなずけますよ」

ハルがいった。

「このひとのセンスです。わたしは無粋で」

武は絹枝を立てた。

「ちょっとふつうの、フランス料理店の趣と違いますね」

「そうですか」

そう思われますか、と絹枝が、口を入れた。

「なんだか、そんなふうに感じられたのですが」

「うん。そういえばそうだな」

籐三もいった。

絹枝は、にっこりした。

「絵ですよ。お二人の絵が雰囲気を醸し出しているのですよ。そう思いません？」

「なるほどねえ……」

ハルはうなずいた。

「あなた。お役に立ててよかったですねえ」

「ふむ」

籐三は少し複雑な表情になる。

「じゃ、わたしは厨房《ちゅうぼう》の方に引き下がります。お相手は、わたしの料理で、ということにさせていただいて、デザートの時間にでも、またごいっしょさせていただきます」

「ありがたいことです」

ハルは両手を合わせた。

「武君、真心をこめてな。よろしいな」

と少年がいった。

武は動じず
「かしこまりました。薫平さま、お支払いの方も真心をこめていただきますれば」

と返した。

少年は
「おえ」

とむせて、そこで大笑いになった。

武は下がっていった。

「作品を、店にかけるのは、お二人とも反対だったでしょう？」

「そうでしたねえ」

ハルも、その間の事情は知っている。

「でも無理にお願いしてよかった」

「はい」

「どんなに意匠をこらしても、作品の持つ力にはかないませんもの」

「当たり前じゃん」

と少年はいった。

「自己顕示になってはいけませんから、必ず一点しか展示しません」

「あなたのお心遣いはわかりますよ」

ハルはいった。

翔太郎が口をはさんだ。

「美術館にしか絵を置かないという気位の高いのもおるが、これも、また邪心じゃ。絵はどこにあって、どなたに観《み》ていただいても、けっこうだが、絵を描く方も、観る方も無心ということが大切になる。

そこに、よこしまなものというか、くもりがあってはならん。

籐三もわしも、それを気遣ったのじゃ」

籐三は黙って、こくっとうなずいた。

「娘として、父の仕事を誇る気持はありますが、それを、ひけらかしては父のいう邪心になります。そのことを戒め、父の仕事を人様に観ていただくのは許してもらえるのじゃないか。いつも、そう思っているのですよ。おばさま。父とおじさまは、わたしにとって同義語です」

ありがと、と小さくいって、ハルはまた、手を合わせた。

「なにかして、それを誇るのではなく、そうしても人様に許してもらえるのじゃないか、と思う心があるうちは、人は、それほど間違いは犯さないですむものじゃ。

おまえの気持に、それがあったので、絵をかけることを、わしは許したのだ。籐三。おまえはどうだ」

「大筋は、おまえと同じじゃが、わしが自分の作品を何点か絹枝さんに預けておるのは、わし自身を、絹枝さんのそばに置いているのと同じくらいの気持じゃな。

おまえもよく知っておるが、わしは一時、幼い絹枝さんを、まるで憑《つ》かれたように描いた時期がある。

子どもというものは、なんと可愛いものか、なんといとしいものか、なんと気高いものか。

わしはほとほと子どもに参った。

あのときの仕事が、わしの、今の人間観になっとる。

岸田劉生《きしだりゅうせい》の麗子《れいこ》像が、わしにはよくわかる。人はもともと、あのような存在なのじゃ。生きるということは、人が人になる道程ともいえるが、それは備わっておる自己の内なる善や美を掘りおこす営みでもあると思う。

どんな人間も、そのもとは、いとおしく気高い生命に支えられてあるものじゃ。

これは何人も侵すことのできない人間の資質だな。

人が、おのれや他者に向き合うことができるのも、社会の悪や不正義とたたかうことができるのも、このもとになる人間への信頼感があってのことだ。

わしは作品をつくることで人間になった。作品はわしの魂そのものじゃ。

作品を人様に観てもらうのは、その恩返しじゃと思うとる。翔太郎も、この気持はわかるだろうが、それが、なんであれ人様の目にさらすことは気恥ずかしい。できるなら、そっとしておいてもらいたい。わしはお勤めじゃと思うとる。絹枝さんに預けた魂を、絹枝さんの意に添って、けなげにお勤めをしとる。そう思うとる」

「おまえはなかなかうまいことをいうな。そんなふうにいわれてしまうと、わしの立つ瀬がないではないか」

翔太郎がそういったので、みな、笑った。

「恥ずかしいという気持、お勤めだという気持、どれも、わたしはわかるような気がします。おじさまに描いてもらったわたしの像を、おじさまから三点預かっているけれど……」

「あれは、あなたにあげたものじゃ」

と籐三はいった。

絹枝は首を振った。

「父の作品も、おじさまの作品も、どれも社会のものです。私物化している意識は、わたしに毛頭ありません。

それはともかくとして、あの絵は、どうしてか他人の目にさらすのがこわいような、また、それをしてはならないような気がして、美術館に乞《こ》われて出品する以外は、外へ出しておりません。

歴史的な作品ですので、画集にも収録されていますが、ページを繰るのもこわいくらいです」

「それこそ邪心だよ」

と少年は批判した。

「そうよ。それは私情だから、いけないことだとは思うのだけど、気持は、そういうふうに動かないのよ」

と絹枝はいった。

「人間の気持は理屈通りには動いてくれない場合もある。

それは仕方のないことだ。

しかし絹枝さんの審美眼は、なかなかのものだな。わしのあの絵は熱情は認めるが、人間に対する剝《む》き出しの感情があるので、息苦しい。もし、ここに飾ったならば、この空間が落ち着かなくなる。

おなじ童子を描いても、岸田劉生のものは祈りを感じさせる。

ここにかけてあるわたしの絵も、翔太郎の絵も、その祈りに近い情感をいくらか漂わせているから、少なくとも人の気持のじゃまにはならない」

「そんな……」

　と絹枝はいった。

「いや、絵はそれでいいのじゃ。表現というものは自己主張がなければ成立しないが、ほんとうの芸術は、最終的には、それが消えていなければならぬ。そうして、人ははじめて、その作品と対峙《たいじ》し、やがて対話をしだす」

　少年は
「うーん」

　と唸《うな》った。

「月に一度、絵をかけ替えていますが、父はまだ、一度も文句をいったことがないので、一応、合格かなァと思っているのですけれど……」

「なにィ、翔太郎より絹枝さんの方が確かかもしれん」

「なにをいうか」

「怒るな、怒るな。絹枝さんの精神はしっかりしとる。絵によって恥じらいを持つなんて、たいしたものだ。これはな、翔太郎。わしの絵の未熟さを指摘しているということでもあるんだぞ」

「違います」

　叫ぶように絹枝はいった。

「わたしが、おじさまの絵を独り占めしようとしている、わたしのいやしさなんです」

「まあまあ」

　とハルはいった。

「ね、翔太郎さん。これは絵をはさんで恋の心のやりとりですよね。わたしは、やきもちを焼きたくなりました」

「なるほど。おハルさんも、また、うまいことをいうもんだな」

　と翔太郎は感心したようにいった。

「あのぅ……」

　若いウエートレスが遠慮がちに声をかけた。

「……お話がはずんでいるようなので、お声がかけにくかったのですが……、支度ができました」

「あら。ごめんなさい」

　と絹枝はいった。

　従業員に対する言葉遣いではないところに、絹枝の人柄がうかがえた。

　別室からも海がよく見えた。

「どうだ。ワインを少しいくか」

　翔太郎は籐三に声をかけた。

「よかろう。銘柄はおまえにまかせた」

　ハルは呆《あき》れたような顔をした。

「まだ、お飲みになりますか」

「酒と花と友あれば、人生これ、すべて極楽」

と籐三はいった。

「花は、わたしですか」

「ハルちゃんも花、絹枝さんも薫平くんも、これまた花。あなたも花じゃな」

籐三は、傍《そば》のウエートレスにもサービスした。

「ありがとうございます」

顔を赤らめ、若い娘はいった。

中年のウエーターがやってきていった。

「ふだんは料理の説明をいたすところでございますが、シェフに、本日はそれをしないようにといわれております。省略させていただきます」

翔太郎はいった。

「よほど自信があるのかな」

「なんだか、いやに張り切っていましたよ、武さんは」

絹枝はいう。

「おじさまとおばさまに、ほめてもらいたいのでしょ」

ありがたいことですとハルはいい
「人様に感謝されるってことが生き甲斐《がい》っていう人は、いいですねえ」

といった。

まず白でいこうと翔太郎がいって、よく冷えたワインで、みな、乾杯した。

そんな翔太郎の好みを見透かしたように、オリーブソースに浸したヒラメのえんがわと生野菜を合わせた前菜が出た。

黒胡椒《こしよう》が利いていた。

「いい味だ。白ワインにぴったりだ」

籐三はほめた。

次に、殻つきのウニが出た。

「ほう」

籐三は、また声を上げた。

フランス料理にはめずらしく、いっさい手をかけていない。

「料理道の行き着く先は、いのちそのものの味だといって、素材の持ち味にまかせた料理を一品は必ずお出しするように、最近は心掛けているようですよ」

絹枝が解説した。

「どうやら今夜は、海のものづくしのようだな」

翔太郎はいったが、だいたいそんなふうになった。

大ハマグリを殻ごと塩で固めて焼いた料理が出るころから、話題が、また絵の話になった。

「わしはな、この年になって思うことは、人間のうちで、いちばんえらい奴は、いちばんえらくない奴だと思うようになった」

と籐三がいった。

「どういうこと、どういうこと？」

さっそく少年は食いついてきた。そういう話がおもしろくて仕方ないといったあんばいだった。

「先に、この年になって、子どものころのことを、よく夢に見るという話になっただろう。当たり前のことだが、子どもの世界や生活に、えらいとか、そうでない意識なんてものは、これっぽちもない」

「うん。そうだな。仮にあったとしても、悪い大人の入れ知恵だ」

翔太郎が、籐三の話を補った。

「おまえもわしも、ま、それなりに苦労をして絵描きになった。

先生と呼ばれたり、華やかな場所に出ることもあった。はじめのころは賞のようなものも受けておった。

にもかかわらず、人に、ちやほやされたことや、そのころのことが、一向、夢に出てこないというのはどういうことだ」

「なるほど」

と翔太郎はいった。

か」


「その点、わしもおまえもいっしょのようだな」

「そうだろう。と、いうことは絵描きになってからの生活というものは、言葉をかえていえば世に出てからの暮らしというものは、絵を描くことを除けば、実がないといえないか」

「実がないか。いわれてみればその通りだな」

と翔太郎はいった。

ハルも絹枝も、もちろん少年も、真顔できいている。

少年は心のうちで思っていた。

(芸術家の邪心を、じいちゃんは虚空だといっていたな。虚《むな》しいものだといっていたな。藤三さんも同じことをいっている)

藤三は言葉をつづけた。

「だから夢に見ないんだ。どうだ。わしはそう思うのだが」

「おまえが、そういう気持は、わしにはわかる。

昔は特にひどかったが、画壇の権威主義や封建制は目に余るものがあった。金にまつわる汚い話も山ほどあった」

「そうだな」

「反逆児のおまえが、それを見過ごすはずはない」

「なに、おまえだって同じじゃないか」

「今は、そういうものと無縁にいられるが、昔は嫌でもその悪気流に巻きこまれた。反抗すると、いっそう、もろもろのお返しもきて、身の避《よ》けようもなかった」

「よく悲憤慷慨《ひふんこうがい》したもんだ」

「ああいうとき、おまえという友がいて、ほんとうによかった」

「お互い様だ」

「作品はくだらぬものでも、世渡りのうまい人間というのは、いつの時代にもいるものだ。わしたちが、ひそかに心寄せていたのは、熊谷守一《くまがいもりかず》だ」

「あれは本物だった」

と籐三はきっぱりいった。

「世渡りの不器用な男だった」

「そうだな。子どもが次々できて、なにかと金がいるのに、仕事に手がつかない。やる気がないのに絵を描いても仕方がないと、自らいうような男だ。

ま、いえば傍迷惑もいいとこだ。質屋通いをして奥さんが家計を助けた。

それだけなら、ただの怠け者だが、純粋性を貫き通すところが凡庸じゃない」

「あの作家の言動を通して、わしたちは無心ということを、とことん考えさせられたじゃないか」

「そうだった、そうだった」

少年が口をはさんだ。

「それは、どういうこと？　具体的に話して。とても興味がある」

「そうだな……」

翔太郎はしばらく考えていた。

「熊谷守一が月を描く。シルエット風の木の幹と葉の間に、半月が上っている。輪郭も色彩も、すべて単純化されている。ディフォルメととれなくもない。それは誰にも描けない強烈な個性だ。が、この作家はいう。

月が出ている
何ということもない

どうだ。薫平、どう思うか？」

「うーん」

と少年は唸《うな》った。

それから少年は考え考えいった。

「ものごとをありのまま見て、よけいなことは考えない。自分の感情で、思い入れしない……そういうことなのかなあ……。そうだという確信はないけれど……」

「うむ。おまえの感性はなかなかのものだ」

翔太郎は、まず少年をほめた。

「何ということもない、ということによって、自分の心を無心にしようとしたのだろうな。

彼は、こういうことをいっている。

紙でもキャンバスでも、なにも描かない白いままが、いちばん美しい」

「すごいことをいう人だね」

「おまえは、そう思うか」

「思う」

と少年は、はっきりいった。

「彼は、こういうこともいっているのだ。

わたしは名誉や金はおろか、ぜひ、すばらしい芸術を描こうなどという気持もないのだから、ほんとうに不心得なのです、とな」

「全然、価値観が違うね、一般の人と」

と少年はいった。

「化石みたいな人だ」

少年らしい感想をつけ加えた。

「化石か。現代への痛烈な批判だな」

と翔太郎は呟《つぶや》いた。

「熊谷守一は無心になることで、結果的には集中力をつよめたのだろう。こういう述懐もある。


わたしは石ころ一つでも十分暮らせます。石ころをじっと眺めているだけで、何日も何日も暮らせます。監獄に入って、いちばん楽々と生きていける人間は、広い世の中で、このわたしかもしれません。


どうだ。すごいことをいうだろう」

少年はいった。

「それはね。じいちゃんを見ていると、その言葉は、ぼくにも少しはわかるような気がするよ。

じいちゃんは一日、黙って絵を描いている。おれは、ときどき、じいちゃんは石ころじゃないかと思うからね」

「いや、たいしたものだ」

籐三はいった。

「翔太郎。よろこべ。薫平くんはおまえを石ころだといっている。最大級のほめ言葉だ。

このしあわせ者め」

「そうか。わしは石ころか。熊谷守一に一歩近づいたか」

翔太郎は相好をくずした。

「はい、はい。そこで薫平ちゃんにも翔太郎さんにも一杯注《つ》いで進ぜましょう」

とハルはいって、二人に新しくワインを注いだ。

「お料理も召し上がって、そして話をしてくださいね」

絹枝もいう。

「そうだ、そうだ。武くんの真心をいただいておるのだ。こっちの話も必要だ」

と籐三はいった。

「熊谷守一に、いっとき休んでいただこう」

「いえ、いえ。召し上がりながら話していただいてけっこうですよ」

微笑んで絹枝はいった。

「このオマールエビは、ソースとの相性が抜群だが、なにかね、ソースの中味は」

籐三はきいた。

「オマールは味が淡白ですから、生きたカワハギの肝をすりつぶして、ソースのベースにしているのです」

「なるほど。日本料理の材料を、うまく使うわけだ」

「そうですね。味に変化をもたせることができますから」

「ほんとに、おいしゅうございます」

ハルは心からいった。

「料理の話なんていいじゃない。食べておいしければそれでいいの。熊谷守一、熊谷守一」

と少年は駄々っ子のようにいった。

「おいしい料理に、楽しい会話だな。もう極楽じゃ」

籐三は上機嫌だった。

「よし、よし。翔太郎に代わって、熊谷守一の話を、わしが今少し、つづけてみようか」

「はい、はい」

少年にも、上機嫌が移ったようである。

「彼は絵を教えているときに、こんなことをいうんだ。

下品な人は下品な絵を描きなさい、ばかな人はばかな絵を描きなさい、下手な人は下手な絵を描きなさい。

ま、自分にないものを無理して出そうとしてもロクなことはないといいたいのだが、こういう言い方は、人を楽にさせる効果というか、人を自由にさせる雰囲気があるじゃないか。

巧《たく》まずしていったことだから、逆に、その言葉が力を持つ。

ま、人を楽にはさせるのだが、さて実践するとなると、この言葉は人を金縛りにする。

下品な人は下品な絵が描けるかね、ばかな人はばかな絵が描けるかね、下手な人は下手な絵が描けるかね。

もし、それができれば、その人は、もう下品でもなければ、ばかでもないし、ましてや下手であるはずはない。

熊谷守一は言葉の上では人を楽にさせながら、その実、途方もない創作の道を、人々にさし示しているといえる。

そこが彼のすごいところでもあり、こわいところでもあるんだな」

「その通りだ」

翔太郎もあいづちを打った。

「この人、複雑な人？」

少年がきいた。

籐三は、おや、という顔をした。

「薫平くんは、どうして、そういうことをたずねたのかね」

「この人が、そういう考えに、たどり着くまでに、なにかあったのかと思って」

籐三と翔太郎は顔を見合わせた。

籐三はいった。

「きみは、なかなかの人間だ。人が、そうあるということは、そうなっていく道筋というものがある。

人というものは、きみの直観が、いみじくもいい当てたように、複雑なものだ。

一面で、人を判断してはならない。

熊谷守一は、自然体であること、自然に生きることを大事にした人だが、彼の人生をさかのぼると、そうありたいと願った理由のようなものが、仄《ほの》見えるのだよ」

翔太郎もうなずく。

「彼は、人のこしらえた価値や価値観を信じようとしなかった人間だ。

これは徹底していて、虚無的でさえある。

守一は自分の作品すらも、描いているときは結構むずかしいが、できあがってみると、たいがいあほらしいというんだ。

人は、それに価値をつける。あんなものを信じようとする人間はかわいそうだというんだね」

「すごいなあ」

と少年はいった。

「他人を、ばかにしていっている言葉じゃない」

「そうですね」

「きみは今、そうですねといったが、どうしてそう思う？」

「いったことは自分に返ってくるから」

と少年は答えた。

「そうだ。きみのいう通りだ。吐いた言葉は我が身に返ってくる。たいがいあほらしいとすれば、あほらしくない作品を描かなくてはならない。熊谷守一は、そうして、おのれの芸術世界を無限に深めていったのだ。自分の絵を観《み》る者も、自分の絵を批評する者も、彼にとっては問題じゃない。問題なのは自分なのだね。ひたすら自分なのだ」

少年はうなずく。

「彼の、この姿勢は一貫している。国が褒章するというと、これ以上、人が来るようになっては困ると、とぼけたようなことをいって断る。勲何等とかをやるというと、放っといてくれといって、やっぱり断る。徹底しているんだな」

「気持いいなァ。おれも大きくなって、そういうのをやってみたい」

少年はいった。

「あげるといわれるほどの仕事を、まず、してね」

絹枝はいった。

「もちろん」

と少年。

「よかろう」

大きな声で翔太郎は叫ぶようにいった。

「薫平」

「うん。なに？」

「わしは今から予約しておくぞ。将来、おまえになにか勲章がきたら、じいちゃんに叱られますので、お断りさせてもらいますっていうのを」

「まかせといて」

と少年は胸を張った。

ハルはよろこんで手を叩《たた》いた。

一同、大笑いだ。

「熊谷守一は、あっけらかんとした自然児という印象が世間にあるが、彼の中にある虚無主義とすれすれのところにあるものを、一応、吟味はしておく必要があるな」

と翔太郎はいった。

「うん。わしもそう思う」

と籐三も賛成した。

籐三の方が、先に発言した。

「守一の生まれた家は名家だな。そこのところは、おまえの境遇といくらか似ておる」

「あっちは名家中の名家だ。守一の父親は岐阜《ぎふ》市の初代市長で、後に、衆議院議員になる。生糸商を営んでいて、岐阜に製糸工場を持っておったんだ」

「守一は確か七人兄弟の末っ子だったな」

「そうだ。三歳のとき、生母と離されて岐阜の家へ住むことになる。ここに実権を握っている二人の妾《めかけ》がいて、その女の子どももいるという複雑さだ。

　生家の母は、風呂桶《おけ》の漏れを、豆で詰めて修理し、細々暮らしているというのに、妾は日化粧で、その子らは一人一人に乳母と家庭教師がつくという有り様であったのだな」

「昔の分限者《ぶげんしゃ》に妾はつきものだったのだろう？」

「そうだ。わしのおやじも外に女を囲っておった。つくづく嫌気がさした守一の気持が、わしにも少しはわかる」

「彼の回想録を読むと、ともかく家の中がごちゃごちゃしていて、今、思い出しても嫌になるというておるな」

「子どもに大きな影響を与えるんだ、こういうのは。虚偽、虚栄の生活を早くから知るわけだからな。

　守一は、この有り様を、なんたることだろうと述懐している」

「彼が若いころ、カラフト調査隊に加わって北海の島々を回ったことや、生母の死をきっかけに帰郷し、六年間、裏木曾《きそ》で山中生活をおくるのも、生活の真実というものを追究しようとしたからではないか」

「そうだろう。山中生活のうち、ふた冬は、日傭《ひよう》、あっちの方では材木を水に浮かべて運ぶ人のことを、そう呼ぶのだが、彼は、その重労働に従っている。

　絵を描くことを特別なこととしてとらえなかったことも、このときの体験が大いに生かされていると考えるべきだろうな」

「そうだな。名家に生まれて、それに反逆することは自ら逆境を選ぶようなものだが、それが人間になる道だったんだ。共感を覚えるが、おぬしは、その思いがひとしおだろう」

翔太郎は深くうなずいた。

「守一は、自ら不幸をつくり、そして、それを乗り越えたといえなくもないが、守一を襲った確実な不幸は、わが子の死だろう」

「これぱかりは乗り越えようもない。このことに関しては、彼は、まことに不運というしかない。

三人の子に、死に別れる親というのも、稀有《けう》だ。

四十八歳のときに三歳の次男を、五十二歳のときに一歳の三女を、六十七歳のときに二十一歳の長女を失っている」

「断腸の思いだったろう。人の死は、人を虚無的にする。

わしは、それを戦場で経験した」

「そうだな。おまえはわしと違って、最前線に送られた。

アカの疑いで、それを強いられるのだが、よく生きて帰ったものだ。アカの容疑ということなら、おまえもわしも同じだが、出身というか階級の違いが、その差になった。

生きて帰ったからよいものの、死の公算が大きかった。

死と生とでは大きな違いだ。大きな差別だ。終生の、わしの心の傷だ」

少年の目が光り、絹枝はそっと面《おも》を伏せた。

「ま、それは、もういうな」

と籐三はいった。

「自分の所為《せい》でないことでもって、自分を責めてはいかん。もっと大きなものに怒りを持とう」

「そうだな」

翔太郎は素直に応じた。

絹枝は、ほっとしたような顔をした。

「人の死を目の前にすると、すべてのものが無価値に思えてくる。

ましてや人間のこしらえた権威などというものは、笑止の極みだ。

それが人間の真実というものだろう。そのことを踏まえた上でいうのだが、戦場で死んでいく者が、お国の為に……、天皇陛下の為に……と叫ぶのは、また思うのは、自分の死が無価値であることに耐えられないからだ。

母さん……といって死んでいった者も数多いが、それは母に会いたいという願いをはるかに越えて、母の胎内に、今一度、入りたいという血の出るような叫びだと、わしは思いたい」

無言で翔太郎はうなずく。

「わしは思うのだ。熊谷守一の奔放とも思える無執着の精神は、いのちのみなもとをしっかり見据えた結果、生まれ溢《あふ》れ出てきた清水のようなものだと思う」

しばらく沈黙が支配した。

「少々、理屈っぽかったか」

ちょっと照れて籐三はいった。

ううん、と少年は首を振った。

「籐三さんの話をきいていて、おれ、なんだか、今すぐにでも、なにかやりたくなった。なにか、すごく勇気をもらったような気がする。生きることがおもしろくなった。そう思ったんです」

「ありがとう」

と籐三はいった。

「年寄りの話を、そんなふうに受け止めてくれて、わたしは今、しあわせを感じているよ」

「ほんと」

とハルもいった。

料理も終わりに近づいたようだ。

武が姿を見せた。

「いかがでしたか。味の方は？」

「腕を上げた。うん、確かに腕を上げた」

と籐三は大きな声でいった。

「おいしゅうございました」

ハルは頭を下げる。

「まだまだ未熟者ですよ。しかし、わたしが未熟者ということは、おじさんやおばさんが長生きしてくだされば、さらに腕を上げて、もっとおいしい料理を味わっていただける可能性があるということですから」

「かなり点数の高いあいさつをしよったな」

と翔太郎はいった。

「あなた。後はデザートですから、それを、みなさんと、ごいっしょしません？」

絹枝が武にすすめた。

「そのつもり」

いすを一つ入れ、武が割りこむようなかたちになる。

「お二人が、ごいっしょの旅行というのはめずらしいのでしょう？」

武は二人の、どちらへともなくたずねた。

「そうだな。このひとは出不精だし、わしは仕事柄、出歩くことも多いから、あまり、いっしょということはないな。そうだな、ハルちゃん」

「久し振りでございますよ。二人そろっての旅行は」

「いいもんでしょう？」

「いいものです。こういうものなら、前からついて回っておけばよかった」

とハルはにこにこしていった。

「これから、どんどんやればいいじゃありませんか」

「あなた、どうですか」

ちょっと謎めいた笑みを浮かべて、ハルはいった。

「うん。う……ん」

なんだか煮え切らない返事を、籐三はするのであった。

「今のうちに旅行をしておこうというような消極的な考えはダメですよ。これから、しっかり楽しもうという気持で、何事もやってください。お二人は超人ですから別格ですが、一般的にいえば、今の、この国の老人は、なんだか、まわりに遠慮をして生きているようで、わたしは、はがゆい思いがするんですよ。戦争をはさみ、とても苦労して、この国を支えてきた世代なんですから、わがままに生きたっていいのに、今、気まま放題、わがまま放題に生きているのは若者の方ですからね。逆だっていうの。わたしは」

ワゴンで運ばれてきたチーズを選びとりながら、武はいった。

「年寄りを大事にしない政治や、社会のありようも問題ですが、老人はもっと発言をして、威張って暮らしてほしい。

若い者に遠慮することなんて、なにもないんですから」

翔太郎が茶々を入れた。

「おまえさんを日本の首相にしたい」

「立ちますか。首相公選制になったら」

武は笑っていった。

「おばさん。チーズをとりましょう。どれがいいですか」

武はしゃべりながらも、気配りをしているのであった。

「ああ、わたしはカマンベールしか食べられませんので、それを少しください」

「はい、はい」

「はい、首相。ワインをどうぞ」

少年はクソ真面目な顔をして、赤ワインの瓶を突き出した。

「ありがとう」

武も、同じ顔で、それを受けた。

「薫平ちゃんは、お父様ともいい関係のようですね」

「いいえ、危険な関係」

と少年は澄まし顔でいった。

「なんですか、それは」

「冷戦じゃなく熱戦をやるんです。この親子は」

と絹枝がいった。

「…………？」

「いい合いが多いんです。どちらも一歩も引きませんから。親子というより兄弟みたい」

「ああ議論をする？」

「議論っていうほど良質なものばっかりでもありませんけどねえ……」

　二人の顔を見比べて、絹枝はいうのである。

「でも、それはいいことじゃありませんか。このごろ新聞紙上を賑《にぎ》わしている少年犯罪に関わる家庭のほとんどは、親子の対話というものがありませんね。共通しているところがこわいじゃないですか。

　わたしは表向きのことをいってるんじゃありませんよ。心のつながりは、やはり、なにかの行動につながって生まれてくるものでしょうから」

　とハルはいった。

「冷戦はダメですが、熱戦はいいじゃありませんか」

「いいですかねえ……」

　と絹枝は、ため息を吐《つ》いた。

　少年はいった。

「心配しない、心配しない。親子の関係なんて、成るようにしか成らないんだから。成り行き任せでいいの」

　と、こっちは楽天的である。

「おまえ、よくいうねえ」

と、武は少年にいった。

「ざっくばらんって大事なんだよ。うちの人間関係にはそれがあるから、ま、いいちゅうの。じいちゃんみたいな大人物もいることだからさ」

と少年。

「なにをいうか」

と翔太郎は苦笑いした。

「ところで、どことどこを回る予定ですか」

武は二人にたずねた。

「ま、気ままな旅ですからねえ……」

ハルは、そういって籐三の顔を見る。

「一応の予定はあるのでしょう?」

ハルは籐三の顔を見ている。

「そうだな。まずは東京から長野に回って、上田にある無言館にいくことは決めてある。ハルちゃんと約束した」

籐三はいった。

「戦没画学生の慰霊美術館ですね」

と武。

「そうか。無言館にいくか」

翔太郎が思いをこめていった。

「おまえとは三度、いっしょしたか」

「三度だったか、四度だったか」

「ハルちゃんと、よく、その話をするのじゃ。

わたしも、ぜひ、いきたいというものだから、とりあえずは、おまえのとこと無言館はいこうということになった」

「そりゃ、いい」

「そこから、どこへ回られますか」

武は、さらにたずねた。

「なんじゃな……」

籐三は目を遊ばせた。

その目を、ハルはじっと見ているのだった。

「……ま、気の向くままだから、どこということもないが……、新潟《にいがた》へでも出てみるか。良寛さんの足跡をたどるもよかろう。そこから津軽へ回るか、北海道まで足をのばすか……」

やっぱり籐三は、目を遊ばせている。

「……ま、ハルちゃんと相談して、足の向くまま気の向くまま気楽に歩いてきましょう」

「スケッチくらいはするのか」

翔太郎はたずねた。

「いや、仕事はしない。ハルちゃん孝行をするつもりで、のんびりだ」

「それは、ようございますよ。そういう旅がいいわ。羨《うらや》ましいわ」

と絹枝がいった。

氷菓子に果物が運ばれてきた。

「あなた。東京には泊まりませんか」

ハルは籐三にたずねた。

「なんだ。東京に泊まりたいのか」

「東京に泊まりたいわけじゃありませんが、少し東京を見たいような気もしてきて……」

とハルはいった。

「どうして、そういう気になったんだ。大都会は頭が痛くなるといっておったのに」

「いえ、なに……。ほら。ここへくる前に、モナコ苑《えん》とかいう焼肉の店に入りましたね……」

「え。あんなとこへいったの？」

驚いたように少年はいった。

「なに、間違って入ったようなもんだ。とんでもない店だ」

「焼肉食べ放題の店でしょ。最近できた店だけど、あれって子どもの教育にメチャ悪いよ」

少年はいう。

「薫平ちゃんもそう思う?」

「思いますよ。ああいうとこへ子どもを連れていく親って最低」

「営業妨害よ、あなた」

と絹枝がいった。

「いや、たいへんな店でした」

とハルがいい、薫平と、ひとしきりその話になった。

「おい、おい。その話と、東京見物はなんの関係があるんだ」

と籐三が割って入った。

「あ、ごめん、ごめん」

と少年が謝った。

ハルはいった。

「いえ、東京を見ると、日本は変わったということがわかるかと、ふと思ったもので」

「東京の繁華街ってもんは、あれは植民地そのものだな」

と翔太郎はいった。

「日本なんて、どこにもない」

吐き捨てるように、つけ加えるのだった。

「わしもそう思う。それをハルちゃんは見たいというわけかい」

「ええ、ま……。好奇心でしょうかねえ」

「好奇心か……」

呟《つぶや》いて、籐三はなにか考える目つきになる。

「たいしたもんだ、ハルちゃんは……」

感心したように籐三はいった。

「いけませんかねえ」

「いや、そんなことはない」

「社会勉強ということで」

「うん」

「薫平ちゃん。東京のどこを見るといいですかね」

ハルは少年に意見を求めた。

「じいちゃんと籐三さんがいう最新植民地文化ちゅうとこですか」

「ええ、ま、わたしなんぞ古い人間の知らないところとでもいったらいいですかねえ……、そういうところがあれば」

「うーん」

少年は考えた。

「あなた、ご案内したら」

と絹枝がすすめた。

「それがいい」

と武もいった。

「いいですよ、ぼくでよかったら」

少年は気軽に応じた。

ふと気がついて
「でも籐三さんと二人っきりの方が、いいんじゃないですか」

といった。

ハルは
「フフフ」

と笑った。

「それもいいですけれど、薫平ちゃんといっしょだと、もっと楽しいですよ。ね、あなた」

「うん」

と籐三はうなずいた。

「夕方から夜にかけてがいいと思うな」

少年はいう。

「キンキンギラギラで、超刺激的。血わき肉躍る」

絹枝がいった。

「あなた、躍るの？」

「躍らない、躍らない。これ、ヒョーゲン」

と少年。

みな、笑った。

「じいちゃんもいかない？」

少年は誘った。

「そうだな」

「いい提案ね。お父さん、そうなさったら？　その日はお茶の水のYホテルに泊まって、夜、みんなであのホテル、ご自慢の天麩羅《てんぷら》をいただくなんていいじゃないですか」

「うーん。そうだな」

翔太郎の気持は動きかけている。

絹枝は駄目押しした。

「楽しい時間は長いほどいいのでしょう？　おじさまもおばさまも、よろこんでくださると思うのだけど」

「翔太郎。いくか」

籐三も誘った。

「そうしていただくと、うれしいのですけれど……」

ハルは遠慮がちにいった。

「おハルさんの好奇心に敬意を表すか」

と翔太郎は上機嫌でいった。

その日、籐三とハルは翔太郎の家に泊まり、よく日、みんなそろって、ゆっくり朝食をとった。

「おばさま。ご気分はどうですか」

絹枝は、ハルの体を気遣った。

「こんな素敵な時間を過ごさせていただいて、気分の悪かろうはずはありませんよう」

とハルはいった。

「いつもより顔の色がよいように思うが」

と籐三もいった。

「好《よ》い日を過ごしていると、病気なんかどこかに吹っ飛んでしまいますよ」

「ええ。そうですよね」

ハルは絹枝の言葉にうなずいていった。

少年の提案通り、夕方に東京へ向かうことにした。

その間、時間があるので、富士山を見にいこうということになり、二台の車で出発した。

武の車に、籐三と翔太郎が乗り、絹枝の車にハルと少年が乗った。

「薫平ちゃん。学校まで休んでもらうことになり、すみませんねえ」

ハルは恐縮していた。

「いいんですよ。気にしないでください。たいしておもしろくない学校だけど、めったに休むこともないし、それに正直に、担任に事情を話しましたから」

「ああそうですか」

「樹鬼籐三を案内するといったら、羨《うらや》ましいな、なんていっていました」

「まあ、まあ」

とハルは、いっそう恐縮した。

伊東《いとう》の近くまで南下し、右にとって亀石《かめいし》峠から伊豆《いず》スカイラインに入った。

「あいにく薄ぐもりだわ。ざんねんだけど富士山は見えないかもしれなくてよ、おばさま」

「冬はいいんだけど、春や初夏は、めったに富士山の姿は拝めない」

少年もいう。

「いいんですよう。こうして、あなたたちといっしょにいるだけでしあわせ」

言葉通りハルは、うっとりしているのだった。

「なにかを食べて、ああ、おいしいなと思ったり、いい人と楽しく話をして、ああ、うれしいなと思ったり、生きているしあわせをしっかり感じている自分が、ほんとにありがたいのですよう。今まで生きてきて、人生のおしまいの方で、そう思えるのですから」

「まあ。人生のおしまいの方だなんて」

と絹枝はいった。

「終わりよければすべてよし、というじゃありませんか」

「終わりなんて神様以外、誰もわかりませんよ。

と、いうことは人はみな、誰だって、いつだって、これからなんです」

「あら。絹枝さんはいいことをおっしゃる」

感心して、ハルはいった。

「うん、うん」

と少年も同意を示した。

やはり富士山は姿を現さなかった。

展望台があったので、みな車を下りて、そこに立った。

「さっぱりだわ。いっそうガスってきて、なにも見えない」

絹枝は愚痴をこぼす。

「あの辺りが富士で、この先が沼津です」

指さして武が説明するのが、こっけいなほどだった。

「仕方ないな」

翔太郎は憮然《ぶぜん》としている。

「富士山に日の丸というのは、われわれにはなぜか相性が悪い」

籐三がいった。

「なるほど、そうか。そうだ、そうだ」

一転して、うれしそうに翔太郎はいった。

「富士には月見草がよく似合うと、太宰治《だざいおさむ》がいっただろう」

「いった、いった」

「あれは富士山や日の丸という権威主義の象徴みたいなものに逆らう気持があって、いったことかな」

「皮肉っぽい男だから、ひょっとすると、そうかもしれん」

と籐三はいった。

ちょっと寒いくらいだった。

「記念撮影しましょうよ」

と絹枝がいった。

「えっ？」

とハルは小さく叫ぶようにいって、思わず籐三の顔を見た。

籐三は感情を面《おもて》に表さない。

「みな、並んで」

絹枝はカメラを構えていった。

「富士山をバックに富士山の映らない記念撮影」

と武がいって、みな、少し笑った。

「はい。こんどは武さんが撮って」

絹枝が列に入って、もう一枚。合計二枚の写真を撮った。

それから十国峠《じっこくとうげ》まで車を走らせた。

ケーブルカーの前の土産物店で休息をとった。

「おばさま。疲れません？」

「はい、はい。大丈夫ですよ」

とハルは答えた。

記念撮影をした後、車に戻ったハルが放心したような表情をしているのに気づき、絹枝は気になっていた。

気遣う言葉をかけると、ハルの顔にいつもの微笑みが戻っていた。絹枝は安心した。

「ここから熱海《あたみ》に下りますか。それとも箱根まで足を延ばしますか」

武が問うた。

相談して、夜があるのだから、ということで、三時間ばかりの小旅行は、そこで打ち切られた。


一行は新宿の歌舞伎町を歩いていた。

ハルは車椅子に乗っていて、少年がそれを押していた。

折り畳み式の車椅子は少年が借りてきた。

それに乗るのを、少し嫌がったハルに
「どんどん、どこへでもいけるでしょ。でないと、ぼくらが遠慮して、あちこちいけないもの」

と少年が説得したのだった。

少年に参っているハルは、少年の言葉に従った。

雑踏だった。

「こりゃ。どいた、どいた。車椅子優先！」

少しでも前が詰まると、少年は大声を上げ、先をいく人間に道を明けさせた。

知らんぷりする若者のカップルが、ときどきいる。

少年は、わざわざ単身、前に出て
「車椅子優先ちゅうてんのが、おまえらはわからんのけ」

と凄《すご》むのである。

翔太郎は呆《あき》れた。

「おまえはどこで、そんなもののいい方を覚えてきたのじゃ」

「人を脅すのは関西弁に限るの」

少年は、そういって、けろりとしている。

「維波家の血筋に、こういうのは、おらんかったはずじゃが……」

翔太郎はぶつぶついっている。

「生兵法は大怪我のもとだぞ」

翔太郎は少年を叱った。

「はい、はい」

いっこうに応《こた》えていない。

「なまじ空手の有段者というのが、困る」

翔太郎は憮然としていった。

「老人や車椅子を受け入れる街でないことだけは確かだな」

籐三も同じく憮然としているのである。

「こういう街は、いつ、できたのか」

「いつ、できたのかな」

二人の老人にとって、呆れるためにだけあるような街の意匠だった。

性風俗店が軒を連ねる通りに差しかかった。

ハルはキョロキョロと、めずらしげに、それを見た。いかにも無邪気なのである。

「薫平ちゃん」

「はい。なんですか」

「これは、どういう店ですか」

「どういう店といわれても……、つまり、こういう店です」

「なに、するのですか。それとも、なにか売っているのですか」

「う……ん」

　と少年は困った。

「おまえはなにをきいておるのじゃ。見て、わからんのか。困った奴だ」

　と籐三は、ぶつくさいった。

「エッチするところ」

　と少年は、ハルに教えた。

「ああ」

　とハルはうなずいた。

「それで、血わき肉躍るのですね」

　キンキンギラギラ、血わき肉躍る、という少年の言葉を覚えていて、ハルは、そんなことをいった。

「世界にも類のないほどの見栄えの悪い街《まち》になってしもうたが、昔の新宿は、弱い者にやさしい街だったという側面もあった。

　籐三も知っておろうが、売れない小説家や画家、演劇人やミュージシャン、水商売の人など、独り立ちしていなくても、お互い助け合うというか、寄り添うようにして、なんとか生きていける場所でもあったんだが……」

　翔太郎の話を受けて、籐三もいった。

「……そうだな。そういう意味でなら、楽しむ場所というのは、人にとって必要なものだ。

そこで、さまざまな芸事や芸術も生まれてくる。

なにかを育てることが大事なのに、今の、この街は、ただ、ひたすら金儲《かねもう》けだけに走っているという印象を受けるな。ま、それは、この街だけではなく、どの街も、もっといえば日本全体、そんな流れの中にあるともいえるが」

「よき新宿に戻そうと、地元の人たちが努力しているようだが……」

「ままならぬというところか」

「うん。そのようだな」

ハルが少年にきいた。

「薫平ちゃん、独り笑いしているけど、なに？　どうしたの」

「うん……いや、なにもないです」

少年は、ごまかした。

じつは少年には思いがあった。

二人の老人は、しっかりと且つ真面目なのだが、ハルは相変わらず好奇心旺盛《おうせい》で、たえず目がなにかを探していて、その取り合わせが、少年には、おもしろおかしいのである。

売れない芸術家がたむろしていたという今はさびれてしまっている飲み屋横丁を最後に歩いて、そこで新宿は切り上げることにした。

みなは表参道にいた。

「ここは並木があるので、少しは落ち着きますね」

「うん。ここはそうだけど、これからいく原宿は、おハルさんにとっては、やっぱり刺激的かもしれないですよ」

少年は、ハルにいった。

「いいの、いいの。わたしはなんでも歓迎ですよ」

ハルは屈託ない。

「わたしは少し鈍いのですかね」

ハルは、そんなことをいう。

「おハルさんは少女の心があるのです」

と少年はヨイショした。

「あら、薫平ちゃんにそんなことをいってもらって、わたしはうれしいですよう」

籐三は、こほんと一つ咳払《せきばら》いをした。

「なんですか」

とハルはいった。

「モダンな店が多いですね」

ハルの目は、いっときとして、じっとしていない。

すごいな、と少年は思っていた。

「あれは、なんですか。なんの店ですか」

少年は、しまったという顔をした。

交差点の角に、その店はある。

「風船の絵が描いてありますよ」

風船じゃないんダ、あれは。

少年は観念した。

「コンドームの店です」

「コンドーム!?」

ハルは目を白黒させた。

「あれって？　つまりコンドームです」

「コンドームって、あれですか」

とんちんかんなやりとりになった。

「薬局に売っているものでしょ。そういうものって」

「あ、そうですか」

どこまでも、とんちんかんな会話になる。

「その専門店なのか」

翔太郎がきいた。

もう説明するしか仕方ないな、と少年は思った。

「知らない？　評判になって、報道なんかされたので、知ってる奴の方が多いよ」

「どういうことだ」

どうして、おれが、じいさんらに、こんなことを解説しなくちゃなんねえのと、きこえるか、きこえないくらいの声で、少年は呟《つぶや》いた。

「なんだ。なにかいったか」

「いや、なにもいってない、いってない」

「いい出したことは、ちゃんと説明しなさい」

と翔太郎はいった。

「よくは知らないけど、ああいうものは買うとき気恥ずかしいからさ。こそこそ買ってたんだろ。ふつう、たいていの人はさ。

若い奴の中には、そんなの平気つーのが出てきたんじゃないの。

女子高生が、お守りがわりに、コンドームを買って持ってるというわけ。

いざというときに役にも立つからさ」

「なに」

「なにって、おれに詰め寄っても仕方ないだろ」

ハルが、ホホホと笑った。

「じゃ、なにか、そんな高校生のような若い者が、この店にくるというわけか」

「中学生だって、きてるかもしれないよ」

「ふむ」

翔太郎は唸《うな》った。

「公衆の面前で、ひどいもんだ」

ハルが風船と見たのは、ショーウインドーに描かれたコンドームのマンガだったのだ。

「おもしろいじゃありませんか」

とハルがいった。

「なに」

こんどは籐三が、それをいった。

「そりゃまあ、わたしたちの世代から見れば、ひどいというしかありませんけれど、よく考えてみれば、なにもかも隠し事にしてしまって、女だけが、その後始末を引き受けなくてはならないというのもどんなものでしょうかねえ。分別も知恵もない者が、手軽に、こういうところを利用するのも困ったものですが、自分の心と体を守る知識が得られる場所として活《い》かしていけば悪くはないと思いますけどねえ」

「ほう」

と翔太郎はいった。

「そういう考えがあるか」

なるほど……と翔太郎はうなずいた。

「問題が一つあるだろう」

籐三が口をはさんだ。

「どういう問題がありますかね」

「商業主義がのさばれば、ハルちゃんのいうところの精神は活かされないだろう」

「お金儲《かねもう》けに走られると、それはそうですね」

「今、若者がいちばん、そのえじきになっているんじゃないか」

「そうだな」

翔太郎も合点する。

「鋭いなあ」

と少年はいった。

「ここは、そういう街《まち》なんだよ。今からいく竹下通りを見れば一目瞭然《いちもくりょうぜん》」

「いきますか」

ハルがいちばんにいった。

「この店は入らなくていい？」

少年はきいた。

「わたしはちょっと見てみたいです」

ハルは正直だった。

「社会勉強でしょう？」

「そう、そう。社会勉強、社会勉強」

と、ハルはいたって明るい。

「わしはいかん」

「わしもいかん。じさまがコンドームを見てどうする。様にならん」

二人は憮然《ぶぜん》としている。

「薫平ちゃん。いきましょ、いきましょ」

かまわずハルはいった。

「いいのがあれば、薫平ちゃんに買ってあげましょう」

「ばかもの」

と籐三はいった。

ハルと少年は店へ入っていった。

「おハルさんは、あんなおもしろいとこがあったのか」

「昔から、子どもみたいなところがある」

取り残された二人は、そんなことを話している。

十分ほどで二人は出てきた。

「あなた、おもしろいですよ。ああいうものが、あんなにいろいろあるなんて、わたし、ちィともしらなかった」

ハルは嬉々《きき》としていった。

少年のいう通り、竹下通りは若い子で溢《あふ》れ返っていた。

少女が多かった。

「東京へ修学旅行にきて、ここへ寄るのがコースになってんの。今は、情報の時代だから、地方にいるハンデなんて全然ない。田舎の子の方が、東京の事情にくわしいって場合なんてざらね」

少年は解説した。

「どんな店がどこにあって、どんなものを売っているかという情報が、いちばん多いのかね」

こういうことは孫にきくしかない翔太郎である。

「もちろん、そう」

「つまり消費的な情報が圧倒的に多い？」

「そう。おしゃれとか遊びの情報も、けっこうある。東京ディズニーランドへ、月に二、三回いってる奴もいるよ」

「お金はどうするんでしょうね」

ハルがきいた。

「親がいちばん悪いと思うよ。たいていは親が出すんだ。そういうお金を」

少年はいう。

「出しきれない場合だってあるだろう」

「バイトして自分で稼ぐというのがふつうだろうけど、なかには真っ当でない方法で手に

「ひところ援助交際という言葉がはやりましたね」

　ハルはなかなかくわしいのだった。

「こういう環境を作っておいて、自制しろというのが、どだい無理な話だな」

　篠三はいった。

「この通りを、アメリカの都市のどこか、といっても、なにも違和感はないな」

「わしも、それを思っていたところだ。まさしくアメリカだな、これは」

　ジーンズ屋、キャラクター商品の店、クレープ屋、ドラッグストアなどが軒を連ねている。

「第一、通り全体がアメリカの物真似というのが気に食わん」

「この軽薄さを、誰も指摘しないのかね」

　少年がいった。

「なにか、幼稚な感じがするでしょ」

「おまえでも、そう思うか」

「思いますよ。誰が見ても。ここで物を買っている子だって内心、思ってんですよ。流行ばかり追っかけているような子と話すこともあるけど、いつまでもこんなことをやってるわけじゃない、いずれ卒業するから、今のうちに精一杯遊んでおく、なんていってるもの」

「ふーん」

「おまえはどう思うか。そういう子のことを」

藤三は翔太郎にたずねた。

「そうはいかんだろ。消費するだけの生活では、その者の中に、なにも育っていかないから、気持を変えて、意志的な生き方をしようと思っても踏んばりが利かんだろう。そりゃあお互い人間だから、あるときは享楽に流されることはあっても、意識下は絶えず自分を鍛えているというのでなければ、自分を前に進めるだけのエネルギーはわいてこぬ」

「おれも、じいちゃんと同じ意見」

と少年はいった。

「そういってる奴は、いつか流行を追うのはやめるかもしれないけど、生き方そのものは、たいしたことないと思う。流行を追うのはしょせん物真似だから、ほんとうにしたいことをしているんじゃないと思う。きのう藤三さんに話しましたよね。藤三さんに教わったことというのを。

藤三さんは、したいことをするためには、全身全霊で抵抗しなくてはならないこともあるって。

したいことをするのは、わがままなんかじゃなくて自分を鍛えることだと教えてくれて、それでぼくは助かったことを。

自分にとって、なにがしたいことなのかを探すのはたいへんなことだよ。

物真似の世界とは、まるで反対の世界だもの。

ここを歩いている子を見るとわかるだろ。ルーズソックスがはやると、いっせいにルーズソックス、茶髪だというと、われ先に茶髪にする」

「みなに取り残されるのがこわいから、そうするって、テレビで誰かがいってましたね」

ハルがいった。

「それって自分をなくすことなのに、気がついていないのね。

他人と同じことをしてて、どうするちゅうの。いつまでたっても、自分を発見することが、できないじゃない」

「そんなふうに考えられる薫平ちゃんは、今の若い人たちの中では少数派なのかしら」

ハルはたずねた。

「悩んでいる奴は、けっこういるんだけどなァ」

と少年は答えた。

「おまえは身内に芸術家がいるから、そんなふうに、はっきりものがいえるんだっていう奴がいるけど、それって頭にこない？

おれ、いってやんの。

芸術家はごまんといるけど、物真似しない為に死ぬほど苦しんでいる芸術家はけしつぶほどもいないんだって」

「ほう」

と籐三はいった。

「芸術家を基準にしてものを考えるな。芸術家ほどインチキの多いのもいないんだって、いってやんの」

籐三はウハッハハと笑った。

ハルも笑いながら、少年をちょっと、からかうつもりか
「あなたのおじいちゃまは？　って、きかれない？」

ときいた。

「うん、きかれるよ。しんぱいすな。おれのじいちゃんは、ごまんの方じゃなくて、けしつぶの数の方に入っとる、と堂々と、いってやんの」

「まあ」

といって、ハルはおかしくてしようがないといったふうに笑った。

「価値観や基準を自分で作らないで、なにかに頼るって奴が、おれは、いちばんきらいなのね。

今風のかっこうをしてる奴の中にも、数は少ないけど、一応はなんでも験《ため》してやる、そこからなにか見つけてやろうぜというのもいるから、あまり外見だけで、ものごとを決めつけてはいけないけどね」

と少年はつけ加えた。

「それは大事なことだ。借り物の価値観も、一面の事実だけで、ものごとを決めつけるの

も、真実から、はるか遠退くことに変わりない」

翔太郎はいった。

少年は
「うん」

と、うなずいた。

「だけど、なんですねえ。これも平和でしょうけど、若い娘さんがぬいぐるみを買い求め嬉々《きき》としているようすを微笑ましいなんて、とてもいえませんねえ」

ハルは辛辣《しんらつ》な感想をもらした。


渋谷駅は、ハチ公口に降りた。

すぐには車椅子を開いて組み立てることもできないほどの人混みだった。

少年はハルをかばうようにして歩き、ようやく人の隙間を見つけて立ち止まった。

「たいへんな人出ですねえ」

「ここは、いつもこんな有り様。どこから人が湧《わ》いてくるのかと思うほど」

「すごいですね」

「チリメンジャコだよ、まるで」

ハルはフフフと笑った。

「おまえ。それは独裁者の発想だ」

翔太郎は苦い顔でいった。

「はい、はい。ごめん」

と少年。

「おハルさん。疲れませんか？　社会見学は、これで、おしまいにしますけど」

「気を遣ってもらってありがと。車椅子に乗せてもらっていますから、そんなには」

「じゃ、いきますか」

「薫平ちゃん。あそこで、ものを広げて、なにかしている人がいますが、あれはなんですか」

「ああ、あれ？　物売りには違いないんだけど……。ちょっと説明しにくいなあ。見ますか」

「ええ。ちょっと」

ハルの好奇心は留《とど》まるところがない。

長い髪を後ろで束ね、髭面《ひげづら》の、まだ若い男が、筆でなにか文字を書いていた。

書いたものを道いっぱい広げて、どうやらそれは、売り物でもあるらしい。

一行は覗《のぞ》きこんだ。

和紙に絵と文字が描いてある。

少年は口に手を当て、ククと笑った。それからハルの耳許《みみもと》でささやいた。

「あいつ、覗きこんでいる人間が、樹鬼籐三と維波翔太郎だと知ったら、どうするだろ。

いたたまれない思いをするよ、きっと。いってやろうか」

「悪い趣味ですよう」

とハルはいった。

「なにが書いてあるのでしょう」

ハルは、口で文字をなぞった。

「なにもとらわれない　じんせいぶらぶら……はァ？」

ハルは少し首を傾げた。

「すみませんがなかなかいえない　すこしにんげんになる……はァ？」

少年はいった。

「相田みつをの物真似だよ」

「誰かの真似なんですか」

がっかりしたようにハルはいった。

しばらく見ていたが、翔太郎は籐三に
「いこう」

といった。

「うん」

そこから少し離れて、籐三は、ぼそっと呟《つぶや》いた。

「小器用はいかん」

ハルがたずねた。

「あれは小器用な絵ですか」

「そうだ。それに心掛けが悪い。あれでは、とてもものにならん」

「ならんですか」

「ならん」

翔太郎も
「精神がいやしい」

と一刀両断だった。

「食べていこうという気持だけは買ってあげんといけませんでしょう？」

「糧を得るためなら、汗水たらして働けばよいのだ。インドのガンジーが、詩人タゴールにいった言葉がある。

パンは肉体労働でもって得よ、とな。大事な精神だ。あの若者は、なにか勘違いしておる」

翔太郎もいった。

「若いうちは体を使って働く経験が必要なので、ろくでもない絵や文を金に換えようとする性根がいやしい」

二人にかかると若者はさんざんなのであった。

類は友を呼ぶのか、同じように大道に物を並べている若者が、もう二人いた。

一人は若い女性で、やはりハガキに絵を描いて、オリジナルとして売っていた。

——あなたの友人、あなたの恋人にオリジナル絵葉書を。

ちょっと見て、籐三も翔太郎も顔をしかめた。

いかにも一般受けしそうな甘い抒情的な絵だった。

一行は、すぐそこを離れた。

「いかん」

と籐三はいった。

「あれはひどい」

翔太郎も不快げにいう。

「オリジナルという言葉は、独創的ということだ。どこが独創的か。他人に媚《こ》びるだけの、絵ともいえないしろものだな。若いときに、ああいうことをやっちゃあいかん」

「気持が悪いな」

やはり、この若い女性も、二人にかかると、さんざんである。

あとの一人は、若い外国人で、スチールや真鍮《しんちゅう》の棒を細工して、ペンダントなどのアクセサリーを製作しているのだった。

「まだ、こちらの方がましだな。表現と装飾を区別するだけの節度というものがある。

ま、知性の違いか」

と翔太郎はいった。

「大道商人の中に、芸術家や職人の資質を持つ者がいても、なにもおかしくないが、この国には、まだまだその水準に達する者がいないということだな」

「そうだな」

藤三が、あいづちを打った。

少年がいった。

「どんな世界でも本物はまれでしょ。安易な奴が多いのは事実だけど、路上で、なにかする者の中には、それを修行と考えて自分を鍛えている者もいることはいるんだよ」

「たとえばどういう者か」

「楽器の奏者に、まま、いる。最近では津軽三味線《じゃみせん》の奏者で本物が出た」

「ああ、なるほどな。路上を修行の場とするのはよい。安易に金儲《かねもう》けをするのはいかんが」

「本日は運が悪かったね。本物に出会えなくて」

少年はちょっと皮肉っぽく笑っていった。

「でも、わたしには、いろいろと、おもしろいですよ。社会勉強になりますねえ、ほんと」

ハルは、そういって、にこにこしている。

「ぼくも勉強になる。籐三さんやじいちゃんのいうことをきいていると、きびしいなあと思うけど、そのきびしいところを、いつも見つめていなくちゃいけないなと思えて」

「そうですね、ほんとにそうですねえ」

ハルは、しみじみいった。

一行は、ふたたび人の群れに戻った。

交差点の横断歩道を渡る。

巨大な街頭スクリーンが人間を見下ろしている。

センター街に入った。

けばけばしい化粧、それに劣らぬ服装の女の子が、急に多くなった。

ハルは目を丸くしている。

「すごいかっこうをしているでしょ」

少年はハルにいった。

「失礼だけど、わたしには化け物に見えますよう」

とハルはいった。

「こういう少女のことを、世間ではガングロとか、なんとかいうんですが、ぼくはラクガキ金魚って呼んでるんです」

「ラクガキ金魚……。なるほど。うまいことをいいますねえ」

とハルはいった。

「すごい目ですねえ」

「アイシャドーのきついのが特徴です」

「やたら高い靴ですね。ひっくり返らないのかしら」

「一応、歩いてますから」

少年の、そんないい方がおかしかったのかハルはクスクス笑った。

「どうして、つぎはぎだらけの服を着ているのでしょう」

「パッチワークといって、あれはおしゃれです」

「ああ、あれがおしゃれですか。まあまあ」

しばらくいくと、さらに、そんなかっこうの少女が増え、二、三人連れ、四、五人連れとグループになっているのが見られるようになった。

そのうちの何組かは道端にしゃがみこんでいたり、路上に尻《しり》をべったりつけ、足を投げ出していたりする。

そんな姿勢でタバコをふかしている者もいる。

「この子たちは、なにをしているの？」

ハルは少年にたずねた。

「たぶん、それを、きくと思った」

少年はいった。

「とても正確には答えられない」

まず、少年はそういった。

「それは、どういうことか」

翔太郎がきく。

「この子たち自身、よくわかっていないのじゃない」

「なに？　どういうことだ」

「なにかしにきているようでもあり、また、そうでもない」

「それでは説明にならん」

翔太郎は怒ったようにいった。

「じいちゃんはそういうけど、ラクガキ金魚のことを説明するのは、じっさいむずかしいんだよ。

じいちゃんが、それを直接、質問してごらん。返ってくる返事は、別にィ……だよ。別にィってなんだ、とたぶん、きくだろう。すると、また、別にィ……だよ」

「…………」

「どういう家庭の子でしょうね」

ハルがきく。

「それが、また、いろいろ。なにも家庭の荒れている子ばかりが、ここへくるわけでもないのね。

ごくふつうの家庭の子もいるし、なかには金持ちの家の子も、親が社会的に地位の高い家庭の子もいる」

「ますます、わかりませんねえ」

ハルはため息を吐《つ》いた。

「この子たちは、いつまで、ここで、こうしているのでしょう」

「たいてい遅いな。深夜から明け方まで、というところですか」

「じゃ、家で、娘や息子の行動の一端は知っているということになりますね」

「ま、そう」

「そして、この通りに、こういう子が多いというのも、どうしてでしょう」

「ああ、それは鋭い観察」

と少年はいった。

「この子らが、ここへやってくる目的をきかれても、はっきりとは答えられないけど、抽象的にならば答えられるんだ。つまりね、この子らは出会いを求めてるんだ」

「出会い？」

ハルはきき返した。

「そう。出会いね。もっと、かんたんにいうと友だちが欲しいんだ。話のできる友だち、自分の話のわかってくれる友だち、自分のことをわかってくれる友だちが欲しいんだよね。共通した、そんな願望があって、いつしか類が友を呼んで、この通りが、ラクガキ金魚のたまり場になったと、ぼくは思ってるんです」

「はあー」

とハルはいった。

「なかにはけんかしたり、カツあげまがいのことを……」

「なんですか。カツあげって」

「恐喝のこと」

「ああ」

とハルはいった。

「そんなことをやったり、不純交遊する奴も……」

「不純交遊って？」

「やっちゃうこと」

ハルは、また
「ああ」

といった。

「大人っておもしろいでしょ。おハルさんならわかってくれると思うけど、大人って、セックスって、ちゃんといえないのね。

セックスっていうと誰がやったって、やっぱりセックスだから、はっきりしていいんだけど、おれたちがそれをやると不純関係とか不純交遊っていうの。

不純交遊はいけませんといえるけど、セックスはいけませんといえないから、使い分けるのかなあ。

ああ、ごめん、ごめん。おれ、なにがいいたいんだったっけ？」

ハルは笑った。

「薫平ちゃんって、ほんと、おもしろい子」

とクスクス笑いながらいった。

「ごめん、ごめん。それでね、ま、そういうことが、ラクガキ金魚のあいだで、ないわけじゃないんだけど、そんなのは週刊誌やテレビがおもしろおかしくとり上げるだけで、じっさいはそんなに多くないのね」

「ああ、それをきいて、いくらかは気持がラクになりました」

とハルは真面目にいった。

「おおかたのラクガキ金魚は友だちが欲しいわけ。だらだらとしゃべっていたいわけ。だからさ。気が合えば、無邪気に誰とでも友だちになるのね。

おれなんか理解に苦しむようなカップルがあるよ。

行きずりのＯＬに声をかけてさ。気が合ったからと、相手の家へいって夜通ししゃべっていたとかさ。

じいさんと仲良くなったと思ったら、そのじいさんは有名な小説家だったとか、ラクガキ金魚に話をきいていると、けっこうおもしろい」

「おまえの友だちの中に、そういう子がいるのか」

翔太郎がたずねた。

「友だちはいないけど、話くらいはするよ。おハルさんと同じで、おれも好奇心がつよい方だからさ」

「うむ」

なにか思うところがあるのか、翔太郎は小さく唸《うな》った。

「時代は変わった」

籐三は呟《つぶや》く。

「変わったことは確かだ」

翔太郎の思いも同じである。翔太郎は、さらにいった。

「男女のことを、やっちゃったという言葉でかたづけてしまう時代だ」

「あれ」

と少年は声を上げた。

「気に障った？」

「薫平。そういうことを昔は、秘め事としたんだ。

おハルさんが指摘するように、その周辺で女性の差別が生じたのも確かだが、秘め事には、恥じらう心とか、ときめきとか、想像力とか、もろもろの精神性が伴っておる。やっちゃったの世界に、そういうものがあるかね」

「うーん」

と少年は頭を掻《か》いた。

「性が普遍性を持つようになって、女性の自由がいくらかでも取り戻せたことは評価しなくてはならないが、その解放の心を誤って操作すると、心と固く結びついてある性が、物のように扱われてしまうという危険性を生じる」

少年は、うんうんとうなずいてきいている。

「現に、女性の性が商品のように扱われ、商業主義の中で汚《けが》され冒瀆《ぼうとく》されているのを、おまえも知っているだろう」

「出版と映像のメディアの世界で、ひどい」

少年は、すかさずいった。

「そうだろう。秘め事は、日本文化の美徳という側面もある。古いものを、みな捨て去ることが革新ではない。おまえが、そこのところを、よく考えてくれれば、じいちゃんはうれしい」

「うん。わかった」

と少年はいった。

「やっちゃった、はやめる。永六輔《えいろくすけ》さんはいたす、というてた」

と少年がいったので、みな爆笑になった。

「ほんとに、おかしい子」

とハルはいって、目尻《めじり》から涙をこぼし笑っているのだった。

俗にいうウンコ座りをしている三人連れの少女がいた。

不思議そうな顔をして、こちらを見ている。

少年たちの一行が近づくと、声をかけてきた。

「おじいちゃん、お洒落《しゃれ》だね」

籐三は顔色も変えずいった。

「わしかね。それとも、こっちのじじいかね」

「どっちも」

と、声をかけた少女は答えた。

「そりゃ、ありがとう」

「車椅子の人は、奥さん？」

「そうだ。わしの妻だ」

ハルは軽く会釈した。

少しあわてたように、三人の少女は、ぺこっと頭を下げた。

そんなしぐさは、とても化け物のイメージでない。

「散歩？」

「うん。ま、そんなようなもんだ」

「おもしろい？」

「なにもかも、めずらしいですね」

とハルが答えた。

「東京ははじめて？」

「はじめてのようなものです」

「東京って変でしょ」

「変ですねえ、あなたはどう思います？」

「ぜったい変だと思う。わたしは」

「そう」

「そう」

他の二人も、あいづちを打った。

「ほう」

と翔太郎はいった。

「どうして？」

「コンクリートとネオンばっかりじゃん」

はじめに声をかけてきた少女が、そう答えると
「そこに、うちらも入るじゃん」

と、もう一人の少女がいい
「いえてる」

と、あとの少女はケラケラ笑いながらいった。

「変でないところって、どんなところですかねえ」

ハルは穏やかにたずねた。

「あっちこっちに木があって……」

最初の少女が、間髪を入れず反応してきた。

「なるほど……、あちこちに木があって……」

ハルは復誦《ふくしょう》した。

「家の塀なんかが並んでいて……」

「家の塀なんかが並んでいて……」

「お店屋もある」

「どんなお店ですかねえ」

「八百屋とか魚屋とか……、酒屋もあるか」

「なるほど。八百屋、魚屋、酒屋があって……」

「店の前に自転車が置いてあり、犬なんか寝そべっているといいなァ」

「お店の前に自転車、犬がいて……」

「うん、うん。お日さまが道に照ってて……」

「お日さまが道に照ってて……」

「しばらくいくと、小さな駅があるの。ツバメが出入りしている駅」

「ああ、いいですね。ツバメが出入りする小さな駅があって……」

「向こうから仲の良いおじいさんとおばあさんが歩いてくる。小さなきょうだいは、けんか、しながら歩いてくる」

「いいですねえ」

とハルはいった。それからそっと目尻を拭《ぬぐ》った。

「きみは詩人だね」

と籐三はいった。

フフと少女は笑った。

「ルミ。あんた、ほめられたのは、はじめてじゃないの」

と、もう一人の少女が冷やかした。

「いわんとってェ」

とルミと呼ばれた少女はいった。

「あんた、孫？」

少女は少年にたずねた。

「そう。孫」

少年は胸を張って答えた。

少年は、少女が籐三とハルの孫か、ときいているのに気がついていたが、そんなことを正すのは、なんの意味もないと思っていた。

「仲がいいのね」

と少女はいった。

「けんかもする」

「だから、いいんじゃない」

と少女。

「ずっと仲がいいのは嘘。そんな真似をしているだけ。ずっと、けんかばかりしているのは地獄。子どもはたまんない。けんかもするけど仲がいい、というのが、いちばんいいんだろ」

「あ、そうか」

少年は、わざと、とぼけていった。

「この人は、この人の友だち？」

籐三と翔太郎を順に指さしてきいた。

「そう。親友。子どものときから」

「うわ」

と少女たちは叫んだ。

「いくつ？」

「じいちゃんの？」

「そう」

「八十五歳」

少女たちは、また
「うわ」

と叫んだ。

「すごいじゃん。それって」

「ほんと。すごい。な、レイ」

「信じられない」

とレイと呼ばれた少女はいった。

「ね、ね。そんなに仲良くする秘訣《ひけつ》って、なに。教えて、教えて」

けたたましいという感じで、一人の少女はきいてきた。

「狡《ずる》いよ、サヤカ。そんなことは他人《ひと》にきくもんじゃないでしょ」

「そっか。それって自分で考えるもんね」

サヤカと呼ばれた少女は、あっさり引き下がった。

「いいねえ。あなたたちは素直で、正直で」

とハルは、心から、それをいった。


その日、お茶の水のYホテルに泊まり、よく日、籐三とハルは、翔太郎と少年に見送られて、信州上田に向かった。

少年の買ってくれた冷たいお茶でのどを潤し、車窓の眺めに目をやりながら、ハルはしみじみいった。

「いい時間を過ごさせていただきましたねえ、あなた」

「うん。いい時間じゃった」

「みんな、いい人たちで」

「うん」

「薫平ちゃんのような子に出会えたのは、なにか神様が、わたしたちに希望を贈ってくださったというか、わたしたちにごほうびをくださったようで、最後の旅の、いちばんの収穫でしたねえ」

「あれは、いい若者だ」

「いい若者ですねえ」

「うん。いい若者だ。わしたちがこの世から消えても、この先なんとかやっていくだろう、この社会は……、と思わせてくれるような若者だ」

「ほんとうですね。薫平ちゃんのおかげで、この世も見せていただきましたし」

「この世なあ……。ハルちゃんはおもしろいいい方をする。確かに、この世を見せてもろうた」

「薫平ちゃんや翔太郎さんといっしょでなければ、ただ驚くばっかりだったかもしれませんし、見掛けだけで、今の若者は……と嘆いていただけだったかもしれませんから」

「そうだ。ハルちゃんのいう通りだ。渋谷のセンター街で、少女に声をかけてもろうたのは、ほんとうによかった。……よかった」

　と籐三はいった。

「少女とハルちゃんの会話は絶妙だった。あれはよかった」

「そんなことはありませんけれど、あの子たちの心のうちが覗《のぞ》けたのは、ほんとうにありがたかったですよねえ」

「うん。ありがたかった」

「わたしはあの子たちのことを化け物にしか見えませんといってしもうて、後で恥ずかしい思いをいたしました」

「そりゃ無理もない。わしだって、かっこうだけを見て、ものをいえば、そういうしかなかった。

　ああいう子の全部を肯定することはできんが、ハルちゃんがいうたように、素直で正直な心もちゃんと具《そな》わっておるし、あの子たちなりに人間の勉強も、人生の勉強も、やっておったということを知ったのは、ほんとうによかった」

「よきにつけ悪しきにつけ、その時代や社会に敏感に反応するのは、子どもや若者たちですからね」

「そうだ。時代の流行《はやり》にどっぷり浸《つ》かる子もいれば、薫平くんのように、それを批判的に見て行動する子もいる。

　同じ若者でも、さまざまだが、心は、みな、なにかを求めて旅をしておるのだ」

「そうですねえ。わたしは、この二、三日の出来事や、出会った人たちや、そしてその人たちの話をうかがっていて、教育というものは、とても大事なものだと、今さらながら思いました」

「それはその通りじゃが、たとえば、どういうところで、その思いを、つよく持ったのか」

「とんちんかんなことをいってもいいですか」

とハルはきいた。

「なんでもいってみなさい」

「わたしは、教育というものは、すべて出会いだなあと思いました」

「うーん」

「心につながる出会いを、たくさん持った子が、しっかり教育を受けたことになるのだなあと思ったのです」

「うむ」

「薫平ちゃんと、きのう街《まち》で話した茶髪の女の子を見ていて、それを思ったのです。あの娘《こ》たちと薫平ちゃんは、ほぼ同世代でしょう?」

「そうだな」

「おかしかったのですよ。薫平ちゃんも、たぶんあの娘たちも、学校とは、それほどつよく結ばれているというふうではありませんよね」

仕方なくといった感じで、籐三はうなずく。

「そういう点は同じなのに、一見したところ、まるで違うタイプの人間に育っているところがおかしいじゃありませんか」

「いわれてみれば、その通りだな」

「どうして、そうなっちゃったのか考えてみたんですよ」

「うん」

「出会いには、物との出会い、人との出会いがありますね」

「もう一つ、自然との出合いがあるじゃろ」

と籐三はいった。

「ああ、そうでした」

とハルは素直にうなずいた。

「どんな出会いも、心はずむものじゃありませんか」

「そうなるか」

「物との出合いだって捨てたものじゃありませんよ」

「……？」

「いつもは二粒か三粒しかもらえないキャラメルを、一箱いただけたときの、天にも昇るようなうれしさ」

「なるほど」

「今、思い出しても胸がときめきます」

「うん、うん」

「あちこちの部品を寄せて、組み立ててもらった自転車が自分のものになったときの、どきどきするようなあのよろこび」

「女のハルちゃんでも、そうだったか」

「そうですよ。物があって便利なことは誰だってわかるのですが、物によって与えられた心のよろこびを大事にしている人は少ないのじゃありませんか」

「物が大事じゃなくて、心が大事ということか」

「物は、きっかけでいいんです。心が伴わないと、物自身も生かせられない」

「なんだ」

と籐三はいった。

「きょうはハルちゃん、なかなかむずかしいことをいっておるぞ」

「いつもと逆さになりましたか」

といってハルは、ホホホと笑った。

「わたしがいいたいのは、あの娘たちは物の有り過ぎる世界にいて、それを追うことはできても、どこかに心を留めることができないでいるということでしょうか。

あなたは、よく、子どもに罪はないとおっしゃるでしょう。

わたしにも、それがよくわかるようになってきました。

あの娘たちが人恋しいということは……」

「ああ、自分を理解してくれる友だちを求めているということな」

「はい。あの娘たちは心の置き場所を求めて、さ迷っているのではありませんか？物を追っているばかりで、心につながる出会いがない。その虚《むな》しさがいっそう物を追うことになる。その一つが、ああいう身の飾り方、化粧の仕方にもなって表れるのでしょう。

学校には縁の薄そうなあの娘たちが、ほんとうはいちばん教育を受けたがっている子じゃないのかなと、わたしは、ふと思ったのです」

「なるほどな。そうかもしれん。いや、たぶん、そうだろう。ハルちゃんのいうことは当たっている」

重く、籐三はいった。

「自信はありませんが、そう思えてきたんです。

薫平ちゃんは、考え深い子でしょ。

わたしは思うんですけど、茶髪のあの娘たちも薫平ちゃんも、現実を懐疑するところから出発しているんじゃないですか。

学校に反発するということは、そういうことでしょう。

あなたは先に、若者の生き方はさまざまだが、みな、なにかを求めて旅をしているのだとおっしゃいましたね。

そこに心そそられる物があったらそこへ気持が向くのは仕方のないことで、当事者から見れば、それも自然なことです。

しかし、しょせん物は物でしかない。そこで、さ迷っても、物だけの世界では心と魂の帰り場所がないというのが、あの娘たちの心のようすじゃないでしょうか。

でも、薫平ちゃんは少し違った。

なにか疑問を覚えると、そこで立ち止まって考える習慣が身についている子といえやしませんか」

「うん。その通りだ」

「満たされない心を物で埋め合わせるということはしなかった」

「うん」

「なぜ？　どうして？　と、薫平ちゃんは、いつも考えた」

籐三はうなずく。

「いつも自分があって、どう生きるかを考えている。そうですね。あなた、それで間違いありませんよね」

「うん。間違いない」

「薫平ちゃんが、そうできたのは、翔太郎さんの存在が、とても大きいと思うのですがどうでしょうか」

「その通りだ。よくわかる」

「薫平ちゃんは、物より人間がおもしろいのです」

「うん」

「翔太郎さんやあなたの話を、あんなにおもしろがってきくなんて。わたしはね、あなた。一昨日まで、そんな薫平ちゃんを特別な子だと思っているようなところがあったのです」

「……」

「このごろ、めずらしい子だと」

「うん。それで？」

「あの髪を黄色く染めている娘《こ》と話してみて、その考えは、どうかなと思うようになったんです」

「話してみなさい」

「あの茶髪の娘たちは、人間に興味がないと、あなた、思います？」

「いや、そうじゃないだろう」

「でしょう。物の世界に流されている部分はあるとしても、人に対する関心はとてもつよいのじゃないのかと」

「ハルちゃんはどこで、それを思ったのかね」

「あなたと翔太郎さんの関係に、つよい関心を示したじゃありませんか」

「うん、うん」

「仲良くする秘訣《ひけつ》を教えて、とある娘がきくと、別の娘は、それは他人《ひと》にきくもんじゃないと、たしなめましたね」

「うん、うん。あれはたいしたもんじゃ」

「たいしたものですよ。たしなめられた娘も、あ、そうかと、あっさり引き下がりましたが、あれも、なかなかのものですよ」

「うん。なかなかのものだ」

「神経がちゃんとしていないと、ああはいかないと、わたしは思いました」

「そうだな」

「それから、ずっと仲がいいのは嘘で、そんな真似をしているだけ、といった娘がいましたね」

「うん。いた。あの言葉は人生の深淵《しんえん》に触れておる」

藤三はいった。

「たいしたものです」

「たいしたもんだ」

「ああいうやりとりから考えて、あの娘たちも、やっぱり人に興味があるんです」

「うん」

「薫平ちゃんと本質的に変わらないのじゃないかと、わたしは思ってみたんですけれど間違っていますかねえ」

「うーん」

籐三は小さく唸《うな》った。

「あの娘たちに、薫平ちゃんの祖父翔太郎さんに当たる人がいないという不幸が一つありますね。

そういう人が、そばにいれば、あの娘たちの生活もまた変わったものになっていたかもしれないと、つい思ってしまうのですけれど……」

「翔太郎というキャラクターを一般に求めるのは無理だが、子どもや若者に、人生の師に当たる人物がいない、または乏しいという不幸が今の子にあるのは確かだ。

現今、その役割を荷なうはずの学校の教師の力がよわいという不幸もある」

「そうですねえ」

「一般的にいえば、親も、また然りだ」

「いえますねえ」

「人生の師というのは、説教を垂れる人物を指すのではない。

苦楽を共にしながらも、相手を突き放す勇気も併せ持つ人物をいうのだ。

今の子どもや若者が、他人《ひと》と同じことをしていないと不安を覚えるのは、ほんとうに愛されるべき人物に、突き放されたという経験を持っていないからだ。

人は、そうされて、はじめて自分というものを考える。生きるということは、どういうことなのかを考える。つまり自立と自律の道を歩みはじめるのじゃ。

翔太郎が薫平くんに及ぼしたものは、それじゃと、わしは思う。

翔太郎は自分の歩んできた人生というか道を、それとなく子や孫に伝えることはあったろうが、弁解やいっさいの意味を、つけ加えてはいない。

それを次代のものが、どう受け止め、または、どう受け流そうと、本人は、ただ、ひたすら毅然《きぜん》と生きていく。

薫平くんが、じいちゃんは石のように絵を描いていると、いみじくもいったのは、その人を寄せつけない翔太郎の気魄《きはく》を、彼が、しっかり受け止めているからじゃと、わしは思うておる」

ハルは大きな息をひとつ吐《つ》いた。

「薫平くんが、わしたちの話に関心を持つのは、いつも自分の所在というものを、確かめようとしているからだろう。

時代の中の自分、自然の中の自分、社会の中の自分を、しっかりと見ようとしているのだ。

風俗の中で、うろうろしないのは、そんな彼の主体というものがある所為《せい》だ。

茶髪の娘たちと、薫平くんに違いがあるとすれば、その部分だろう」

「なるほど。あなたは、よく見ていますね」

ハルは、しみじみいった。

「あの子は歴史をよく知っていますね。よく勉強していて驚かされます。

Ａ級戦犯や靖国神社に対して、あんなにはっきりものをいう少年がいるなんて驚きですよ」

「そうだな。侵略戦争だったということを認めながら、まだ謝っていないのが日本で、ちゃんと謝罪したドイツが一方にあるから、国際的に信用されないと明快にいっていたな」

「明快といえば、戦争には、必ず起こした側と起こされた側がある、それを勉強するのが大事だと先生にいったという話とか」

「あれは、本多勝一《ほんだかついち》の著作をよく読んでいる証《あかし》だな」

「ああそうですか。よく勉強していますね」

「勉強もさることながら、わしは薫平くんの感覚が好きだな」

「そう、そう。わたしも同じ」

とハルはいった。

「ちょっと小生意気なところも大好き」

ハルは手放しだった。

「男は生意気ぐらいが、ちょうどいい、か」

苦笑いして籐三はいった。

「一昨日、翔太郎さんとあなたが、少々飲み疲れて、昼寝をされましたね」

「うん。なにかあったか」

「あの間、わたしたちは、まだ話し足りなくて、いろいろ話をしていたんです」

「そうか」

「薫平ちゃんの話が、とてもよかったの」

「わしたちのことも話したとかいうておったのう」

「そう。そこのところがよかったの。薫平ちゃんが、二人は老人なのに若者みたいですごいといったということは話したでしょう。

薫平ちゃんはね、二人のえらさを、ただそれだけで尊敬するとか、立派だとかいっているわけじゃないんですよ」

「どういうことか」

「二人は、いつも、なにがほんとうかということをずっと考えつづけて生きてきたというんです」

「うーん」

「世の中に妥協しないことや、虚偽や邪悪を排するのも、そう生きることで、自分を鍛えようとしたんだと薫平ちゃんはいうの」

「うーん。そんなことをいうたか」

「はい。誰だって弱さを持っている、神様じゃないから、じいちゃんも籐三さんも、きっと、あれこれ迷って、そんな生き方にたどりついたんじゃないかという意味のことを、薫平ちゃんはいいましたよ」

「うーん」

篠三は、また小さく唸《うな》った。

「なにがほんとうかということを考えて生きてきたから、一つ一つの暮らしが、とても、ていねいで、だから、あの軍国時代にも流されずに自分を見つめることができたんだって」

「そんなことをいうておったか」

「わたしは薫平ちゃんに心のうちで、ありがとうっていいました」

篠三に、薫平ちゃんの、その言葉を確かに伝えますからね、とわたしはいいました。

「うん」

篠三は、少年の気持を受け止めるかのように大きく声を出し、しっかりうなずいた。

「人間を弱い者として見る。そして、そこから出発する。いいことだ。そう考えられるのが、あの少年のいいところだ。

わしは薫平くんの感覚というか感性が好きだといっただろう」

「はい」

「わしたちが熊谷守一のことを話しているとき、彼は、ことのほか熱心に、その話をきいていた」

「そうでしたねえ」

「熊谷守一の絵に対する信条を話しているとき……」

「下品な人は下品な絵を描きなさい、ばかな人はばかな絵を描きなさい、下手な人は下手な絵を描きなさいというあれですか」

「そうだ。あのとき少年は、わしに質問をした。

この人は複雑な人ですかと」

「そうでした、そうでした」

ハルは急《せ》きこんだようにいった。

「慧眼《けいがん》だ。そう思った。さすが翔太郎の孫だなと」

「人間を見る目が、しっかりしているんですね」

「それだけじゃない。あの少年には人間を見るまなざしに、ぬくみがある」

「ああ、そうですね」

「ハルちゃんの言葉を、そのまま使わせてもらうと、えらいものをただえらいと持ち上げるだけではなく、えらいものがえらくある、その道程にしっかり目を注いでいるのだな」

「はい」

「それは、その人が汗や涙を流し、ときには血反吐《ちへど》を吐いて、つくり上げてきたものだということが、あの少年にはわかっておるのだ」

「はい」

「えらい人は、いとしい人だということを、あの少年は感じているのだ」

「はい。わたしもそう思います」

とハルはいった。

「人はよく、あの人は才能があるとか運のいい人だとか、そういうふうに人を評するが、そう思い、それを口にする人間は怠け者なんだな。薫平くんの爪の垢《あか》でも煎《せん》じて飲ませてやりたい」

　籐三は、きついことをいった。

「薫平ちゃんは、翔太郎さんをほんとうに尊敬しているんですねえ」

「翔太郎からよく学んだ。そこが、ただものじゃない。たいした奴だ」

「薫平ちゃんは翔太郎さんから、もろもろのことを教わって学んだのじゃなく、感じて学んでいるんですね。わたしは、そう思いました」

「うーん……」

　籐三は、しばし唸った。

「ハルちゃんも、なかなかのものじゃな」

　籐三は感じ入ったようにいう。

「人間は成長するために、いろいろなことを学ぶわけだが、教わって身につけたものと、感じて自然に身についたものとでは、その確かさに差がある。

　芸術家とか職人は、このことをよく理解しているが、教えることを職業にしている者に、この意識が薄い。

　翔太郎は考えて、そうしたかどうかは知らぬが、薫平くんに接するとき、頭の先で理解させるのではなく、心と体で感じさせ、そして考えさせるというふうに仕向けたのではないか」

「その通りですよ、あなた」

我が意を得たりというように、ハルは勢いこんでいった。

「薫平ちゃんがね。翔太郎さんを身近に感じるときは、どんなときかという話をしてくれたことがあったでしょう」

「あったな。落ちこんでいるとき、耳許《みみもと》で、なにか、ぼそっと、翔太郎が呟《つぶや》いたとか……」

「そうそう。悩んでいるときや、落ちこんでいるときに風みたいにやってきて……」

ハルはフフフと笑った。

「……月がきれいなときは月を見ろ、とか、風に耳たぶはあるかね、きみィ、とか」

「気の利いたことをいうじゃないか。あやつ」

「なかなかの詩人ですよ。あの人は」

「そんなところにも才能があったか」

「ありますよ。月がきれいなときは月を見ろ、というのは、ま、わかりますが……」

「いや、これも、なかなか含蓄のある言葉だ。思いを、ちょっと横に置いて無心になってみろ、というのだから」

「そうですね」

「そういう言葉が、とっさに出るのだから、たいしたものだ」

「たいしたものですねえ。でも、風に耳たぶはあるかね、きみィ……は傑作ですよ。あなた、そう思いません？」

「風の耳たぶか」

　嘆息でもしているように、籐三は呟いた。

「わたしね、母の面影をね、耳たぶの感触で思い出すのですよ」

　ハルはちょっと若やいだ声でいった。

「うんと小さいときのことだから、人にそういわれていたことを実際にあったかのように思っているのかもしれませんけどね。

　わたしは母に抱かれると、いつも手を伸ばして、母の耳たぶをいじっていたんですよ。ほんのりあたたかくって、あるかないかというくらいの柔らかさで、この世のものとも思えない感触が、わたしを、とてもやさしい気持にさせてくれて……」

　ハルは、うっとりといった。

「人のやさしさは、その心のうちにあるのでしょうが、わたしは耳たぶに、人のやさしさが詰まっていると思って、今も、ときどき、そっと自分の耳たぶをさわってみることがあるのですよ」

「…………」

「あなた、不思議ですよ。耳たぶというのは、いくら年をとっても、その柔らかさは少しも変わらないものですよ」

「ほう」

籐三はいった。

「嘘じゃありませんよ」

ハルは、そういうと、ついと右の手を伸ばし、籐三の耳たぶに触れた。

「ほら。あなたの耳たぶも、とても柔らかい。わたしのは、どうですか」

ハルは籐三の右手をとり、自分の耳たぶに持っていった。

「うーん」

と籐三はいい
「うん。柔らかい。ハルちゃんのいう通りだ」

と、うなずいた。

「神様は人のやさしさを、耳たぶに、お詰めになったんですよ。きっと、そうですよ。翔太郎さんは、そんな感覚を、それとなく薫平ちゃんに伝えたかったのかもしれませんよ」

「ハルちゃんもまた、詩人だな」

と籐三はいった。

「風というものは、ふだん、あるかないかというようなものでしょう。繊細な人にだけ感じることのできる風というものもあるじゃありませんか。そんな、こまやかなところにある耳たぶを見つける心って、素敵と思いません？薫平ちゃんは、しらずしらずのうちに、自分の耳たぶを撫《な》でているといっていましたね。

人の心のこまやかさを、人の心のやさしさを、薫平ちゃんは、そうして感じていたのでしょう」

「うん。いい若者だ。翔太郎も、しあわせな奴だ。人の心のこまやかさを、おのれの心のこまやかさでもって見よ、と翔太郎はいいたかったのか」

「そうかもしれませんねえ。えらい人です。翔太郎さんは」

「うん」

篠三は、自分のことをいわれたように、うれしげな顔をした。

二人は上田駅で降りた。

「いっぱしの文明批判をしておいて、こういうことをいうのもなんだが、信州上田にくるのも、あっという間だな」

「早《はよ》うございましたね。東京から一時間半くらいでしょうか」

「そんなにもかかっていないかもしれない。今昔の感だな」

「道祖神に凝っていた学生のころを思い出しますか」

「そうだな。あのころは夜行列車だ。今でいう指定席なんぞ貧乏でとることはできん。座席の下の床に新聞紙を敷いて、そこで寝たもんだよ」

「いずれにしても、昔は苦労が多うございました」

「文明は苦労を減らすが、人間をダメにするな」

ハルは、ハハハと笑った。

「あなた。覚えていますか」

「なんだ」

「別所温泉」

ハルは、いたずらっぽい目つきになっていった。

「覚えておる。忘れるはずはなかろう」

籐三は、ぶっきらぼうにいった。

「照れますか」

「ばかもの」

無表情を装って、籐三はいい捨てた。

「今なら、あれは婚前旅行というのですか。大騒動でした」

ハルはけろりといった。

「みんな、昔のことだ」

「寄ってみますか」

「…………」

「感傷的に過ぎますか」

少し考えて籐三はいった。

「あそこは無言館にも近い。仰せに従おう。ハルちゃんといっしょに感傷旅行と洒落《しゃれ》てみよう」

別所温泉へは上田交通の電車でいった。

ウイークデーで乗客はまばらだった。

別所温泉駅は閑散としていた。

駅前で車が一台、人待ちしている。

「ここは、そんなに変わってはいませんね。昔ながら、というわけにはいかないでしょうが、それでも落ち着いていて静かなので、ほっとしました」

とハルは満足そうにいった。

二人は旅館街の中心の方へ向かって、ゆっくり歩いていった。

「ハルちゃんのいう通りだな。まちのたたずまいが落ち着いている」

「そうですねえ」

「温泉ブームが去って経営も楽でないだろうに、悪あがきをしていない良い温泉街だ。ハルちゃんが、ここに寄ってみようかといったとき、すっかり様変わりしていて、昔の夢が無残に壊されることを、わしはしんぱいしたんだ」

「そうでしたか。それはお心遣いをいただきました」

とハルはいった。

土産物屋が並んでいる。

その一軒に、籐三は足を止めた。

民家を、そのまま店に使っている。店先と飾り棚に陶器が並べられてあった。

それらをしげしげと見て、籐三は
「ほう」

といった。

「モダンなものですね」

ハルもいった。

「創作陶芸といったところだな」

実用の器類も並べてあるのだが、オブジェ風の壺《つぼ》や陶板も、あちこちに置いてある。

籐三は店に入った。ハルも後に従う。

品々を見ていると作務衣《さむえ》姿の目もとの涼しい中年女性が姿を見せた。

籐三たちに軽く会釈をして、それ以上は構おうとはせず、なにか手仕事をはじめた。

客のじゃまをしない心配りが感じられる。

籐三とハルは目で、うなずいて見せた。

「おたくの作品ですかな」

籐三は穏やかにたずねた。店の女性に好意を持っているふうだった。

「はい。わたしの作品もありますが、つれあいのものもございます」

「ああ、おつれあいとごいっしょに……」

「はい」

「おつれあいは、どこで焼き物の修業をなされたか」

「つれあいはアメリカ人で、あちこちで修業の真似事くらいのことはやったようですが、特にここで、というような、かくべつの経歴はございません」

「ああ、道理で」

藤三は納得した顔をした。

「こだわらないモダニズムが漂っているのに、日本の風土と心をきちんとおさえていらっしゃる。節度のあるいい作品です」

藤三がいうと、女性は驚いた顔をした。

「どちら様でしょうか」

「いや、いや……」

藤三は少しあわてた。

「名乗るほどの者ではありません。しがない絵かきですが」

女性は黙って、深々と頭を下げた。

二人は、しばらく店をうろうろし、あるときは作品を手にとって眺めたりした。

「これを一つ、いただきましょうかな」

藤三は一枚の小皿を差し出した。

ハルが
「え?」

と小さな声を出した。

小皿は全体が淡いブルーで、作意を感じさせない、無邪気ともいえる縦縞《たてじま》で意匠された
さわやかな作品だった。

「ありがとうございます」

その品を持って、二人は店を出た。

「お皿を買いましたが……」

ハルはうつむいたまま、くぐもった声でいった。

「うん。つい、買ってしもうた」

「つい、買ってしまいましたか」

「うん、つい買ってしもうた」

「使うことがございますか」

「うーん」

と籐三は困ったように唸《うな》る。

「ま、いいじゃありませんか。きれいなものが、そばにあることはいいことです」

ハルは気分を変えていった。

「うん」

篠三は少し大きな声で、安心したように返事した。

「どうだ。疲れないか」

「まだ、そんなに歩いていませんよう」

「いつでも休めばいいんだから、いうんだぞ」

「はい。あなた」

二人は、ゆっくり歩いた。

大きな旅館が見えてきた。瓦《かわら》屋根が何層にも重なり、それぞれ欄干がついている。古い建物なのに、堂々として媚《こ》びるところがないのであった。

「あなた。あの旅館じゃありませんか」

ハルは覚えていて懐かしそうにいった。

「遠い昔なのに、たたずまいは変わっていませんね」

「そうだな。何度も修理はしたのだろうが、建物の様式は、元のままを踏襲しているのだ、きっと」

「そうでございますね。残してくださったんです。ありがたいことです」

ハルは手を合わせんばかりにいった。

「そうか。そう思うか。ハルちゃんが今も、この旅館を気に入っているのであれば、今夜は、ここへ泊まってもいいのだぞ」

「え、ほんとうですか」

ハルは目を輝かせた。

「予約を入れてある長野のホテルは電話をして取り消せばいい。ウイークデーだから、たぶん部屋はあるだろう」

「ハルはうれしいです。あなたは感傷的なことを嫌う人だから、わたしはいい出せないでいたのです」

「なんだ。それなら早くいえばいいのに。ばかだな、おまえは」

と籐三は、やさしい口調でいった。

それから一時間ほど後、二人は旅館の庭園の茶室で、女将《おかみ》の点《た》てた茶を飲んでいた。

「先生御夫妻に御来館いただいて、とても光栄でございます」

まだじゅうぶんに若さの残る女将はいった。

「突然のことで御無理申した」

少々、恐縮して籐三はいった。

部屋があるかどうかをたずねて、名を名乗ると、それを受けた番頭格の者が、籐三を知っていて、女将に告げたのだった。

籐三は画家として名を成してから、二度ばかり、この旅館をたずねていた。

そのとき揮毫《きごう》してもらった色紙があり、今も大事に持っていると女将はいった。

店の者が、茶を飲んでいる籐三のところへ、その色紙を持ってきた。

人は日溜《ひだま》りにいる時
かなしみをおしのけて
つい微笑んだり
話しかけたりしてしまうものです
ここはそんな宿でした

文と共に、慈姑《くわい》が三つ、あざやかに描かれていた。

「いや、若気の至りだ。少々恥ずかしい」

照れて籐三はいった。

「いい言葉じゃありませんか」

とハル。

「そうでございますよね。家宝にいたしております」

と女将はいった。

無言館にいくのに、旅館から車を出してくれることになった。

その前に、二人は、しばらく休息をとることにした。

「あなたと最初の夜を過ごした部屋はどこだったのでしょうね」

ハルはいった。

二人が通された部屋は、その旅館の特別室だった。

「昔のことだ。間取りも変わってしまっておることとだろう」

部屋から見える見事な前栽《せんざい》に目をやりながら、籐三はハルを慰めるようにいった。

「あのときと同じ屋根の下におるのだ。それでじゅうぶんだ」

「そうでございますねえ。女将の御厚意を無駄にしてもいけませんし」

「そうだよ」

「こんな立派な部屋に泊めていただいて」

「今さら昔、泊めてもらった部屋はどこですか、ときけるか。

それに、あのころのことは先々代でないとわからないだろうといっておっただろうが」

「そうでしたね」

「ハルちゃんは覚えておるか。最初ここへ泊まったときの部屋のようすを」

「覚えておるような覚えていないような……。なにしろ、あのときは気持も動転しておりましたし、あなたと二人きりになるというだけで、もう、なにもかも上の空でしたから」

「つまり覚えておらんのだ。わしは覚えておるが……」

籐三は急に小さな声になっていった。

「……この部屋にはとても及ばぬひどい部屋だったぞ」

「え。そうでございましたか」

「わしらは駆け落ち同然で出てきたわけだ。金も、たいして持ってはおらん。こういう客商売に関わる者は人を見る目が抜けておる。わしらを尋常ならぬ連れと見たんだろう。

女中部屋とはいわぬが、それに近い粗末さだったぞ」

「あら、そうでしたか。わたしには、あのときは、もう、どこでも天国のようなものでしたから。そんな粗末な部屋だったなんて記憶は少しもありません」

籐三は、やれやれというような顔をした。

「人間は気持なんですねえ」

ハルは、けろりとしていった。

「ま、そこがハルちゃんのいいところだ」

と、思い直して籐三はいった。

「わたしはねえ、あなた」

「なんだ」

「あのときの、雲の上でも歩いているような、あのうわずったわくわくする気持を、一生忘れることはできませんよ」

「うむ」

「もう、それだけで、わたしは、つらいことも、なにもかも帳消しで、じゅうぶんしあわせなんです」

「そうか。じゅうぶんしあわせか」

「じゅうぶんしあわせです」

ハルは、きっぱりいった。

「今も、か」

「今も、ですよ。当たり前じゃありませんか」

籐三は、まじまじハルを見た。そして、おもむろにいった。

「わしは、ハルちゃん以外の女性に心を移したことがあったが……」

「二度、ありましたねえ」

「いや、三度じゃ」

「三度もあったのですか」

「確か、三度じゃったが……」

籐三は考えながら、ひい、ふう、みい、と指を折った。

「どういう気持で、そうなっていきましたか。今さらきくのも悪いですが」

「そうじゃなあ」

籐三は天を仰ぐようなかっこうになる。

「こう……どういうか……、なんだか妖《あや》しい気分に、心身がずぶずぶと沈んでいくちゅうあんばいだろうか」

「なんだか妖しい気分に、ですか」

「うん。なんだか妖しい気分じゃな。妖しいちゅうのはいかん」

「いかんですか」

「いかん。魅力的じゃが、いかん」

と籐三はつよくいった。

それから、籐三はハルにきいた。

「ハルちゃんは、わしを捨てて、他の男のところへ走ったことが一度あったが……、一度じゃったか」

と籐三は念を押すようにいった。

「一度ですよう」

とハルはいった。

「あれは、どういう気持じゃったか」

「あなたのように妖しい気分ということはありませんねえ。このひとは、わたしがいなければダメになるという思いこみでしょうかねえ」

「思いこみか」

「やっぱり思いこみでしょうね。わたしがいたっていなくったって、ダメなものはダメだし、なんとかなっていくものは、なんとかなっていくのですから」

「うむ。人間というものは、そういうものか」

「そういうものじゃありませんか。一心同体なんて、いやらしい言葉だとわたしは思いますよ。

子どもがいい言葉を使うじゃありませんか。仲良しって」

「ああ、仲良し、な。いい言葉だ」

「わたしは、あなたとわたしのことを一心同体だなんていわれるより、二人は仲良しだっていわれた方が、ずっと、うれしいですねえ」

「うん、うん」

「なにかのきっかけで仲良しでなくなったって、また、仲良しになれば、それで、いいじゃありませんか」

「うん、うん」

「男と女は争う前に、仲良しだったときのことを思い起こすといいのに、たいていの人は、嫉妬《しっと》と憎悪が先にくるようで、それがダメだと、わたしは思うの。

わたしは、この別所温泉で、あなたと過ごした時間が、なんたって、いちばんですから、それを思い起こせる間は、このいちばんに勝てる二番はあるはずないと思っています」

「うーん」

と籐三は唸《うな》った。

しばらくして籐三はいった。

「ひとつ、ハルちゃんにききたいが」

「どうぞ」

とハルはいった。

「品のない言葉を使って悪いが、翔太郎は一穴主義だ。

あやつが、しのさんと終生添いとげたことは、ハルちゃんもよく知っているところだが、ハルちゃんは、わしとの仲が、そうであってほしかったと思ったことはないか」

そういってから籐三は、すぐ言葉を継いで
「いや、あるだろうな」

と目線を落とした。

「ありませんねえ」

泰然自若といった感じで、ハルはいった。

「うん?」

「ありませんよ」

ハルは変わらない態度で、ごく自然に、それをいった。

「わたしは翔太郎さんも、しのさんも好きで、いい御夫婦とは思っていましたけれど、それを羨《うらや》んだことは一度もありませんよ」

「…………」

「かっこうをつけていうわけじゃありませんが、人のようすも、夫婦のようすも、さまざまと思っていますから、わたしには、比べて、どうという考えが思い浮かばないみたいですねえ。わたしは少し、おかしいのでしょうか」

籐三は、こんどはかなり大きな声で
「うーん」

といった。

「いや、参った。ハルちゃんに参った」

「どうしたんですか」

「そこゝところ、わしは少々、負い目を感じておったが……」

「あなたらしくありませんよ」

「男のダメなところだ」

「おやおや。わかって、おっしゃっているのですか」

とハルはいった。


無言館は里山のてっぺんに建っている。

山が低いので、中腹にあるように錯覚する。

車は、山裾《やますそ》を、ゆるやかに登って、砂利道の駐車場についた。

「ここでお待ちしておりますが、気になさらず、こころゆくまでお過ごしください」

送ってきた旅館の人はいった。

「ありがとう。せっかくですから、そうさせていただきます」

籐三はいんぎんに答え、二人、頭を下げた。

他に、車が三台停っている。いずれも自家用車だった。

もう、日は落ちかけていた。

その所為《せい》か、周りの緑は、しっとりと落ち着いた雰囲気をつくり出しているのだった。

「いい時間帯にきたようだな」

「そうですか。静かですね。さびしいくらいですね」

ハルは辺りを見回していった。

「でも、いいところに建っているわ」

「遠くに千曲《ちくま》川も見渡せるし、浅間山も見える」

「魂の、いい帰りどころですね」

「そうだね。ハルちゃんはいいことをいう」

「戦地で死ぬ間際、こんな景色を思い浮かべた人もたくさんいたことでしょう」

「うん」

と籐三はいい
「でも、わしは生きて帰ってきた」

と、ぽっつりと呟《つぶや》いた。

ハルは
「はい」

とだけいった。

美術館に向かって歩く。

「美術館というより、修道院を思わせますね」

建物に近づくと、ハルは、そう感想をもらした。

「巧《たく》んではおらぬのに、この建物は空の上から見ると、十字架の形に見えるそうだ」

「ああ、そうですか。おつくりになった人のおこころが、期せずして、そういう形になったということでしょうか」

「不思議といえば不思議なことだ」

「祈りなんですね」

「祈りだね。それが、この美術館を生んだのだ」

籐三は、しみじみいった。

その建物は、無駄なものがなにもなかった。

いっさいの装飾を拒絶するかのようなたたずまいだった。

無言館——その通りのイメージだった。

木戸に当たるところがなかった。当然、入場券を買って中に入るというのではなく、訪れる者は誘われるように館内へ足を進める。

そして、そこは、ごく仄《ほの》かな光に、ぼうと浮かび上がった空間となる。

そこに入った者は、胎内にでもいるような厳粛な気持になるのであった。

ハルは、そっと両手を合わせた。

館内は、しーんと静まり返っていた。数人の見学者がいたが、不思議と人の気配はしない。

深海のようだともいえた。

ひとつ、ひとつ絵を見る。

「裸婦」がある。「家族」がある。「自画像」がある。「風景」がある。「静物」がある。

ひび割れたものもあり、絵の具の剝落《はくらく》したものもあった。

「裸婦」の中に、我が妻をデッサンしたものがあった。

ハルは長い時間、その前に立っていた。

その絵の前でハルが涙を拭《ぬぐ》っているのを、籐三は見ていたが、声をかけることはしなかった。

時間をおいて、籐三は、そっとハルの後ろに立った。

ハルは口をひらいた。

「これは、もう絵ではありませんね」

意外に冷静な声だった。

「ここに描かれた方の体の温《ぬく》み、柔らかさや弾力、匂いまで、わたしには感じられます」

「うん」

籐三は無口だった。

「これを描かれた方は、二十九歳の若さで、戦死なさっていますね」

「うん」

「戦場に、妻を連れていくわけにはいかないでしょう。

この方が、これを描いたのは、自分の体の中に妻のなにもかも入れたかったからではありませんか。

ご自分の血の中に、骨の中に……。そうすれば、どこへでも、いつまでも、妻を連れていけますから」

「うん」

籐三はかすれた声だった。

このデッサンを描いた作者は、この作品を妻への遺言にして旅立っていったこと、学生だったころ、はじめてデートし、日比谷公会堂で聴いたヴァイオリン・コンサートのパンフレットを、今は美しく老いた裸婦の女性は、今も大切に持っていることなど、籐三は知っていたが、あえて、それをハルに話さなかった。

「お国の為なんて、嘘としかいいようがありませんねえ。みんな妻の為、家族の為なんですよねえ」

ハルはいった。

「うん」

やっぱり籐三は無口だった。

「家族の団欒《だんらん》を描いた絵がありましたね」

「ああ、あれか」

二人は、その絵の前へいった。

「この絵を見ていると、しみじみ家族というものが大事なんだなって思いますね」

「そうだな」

テーブルに果物とコーヒーが置いてあり、それを取り囲むようにして新聞を読む父、柔和に微笑む母、雑誌を手にする兄、編み物を膝《ひざ》にしている妹、その後ろに立つ作者自身、その「家族」と題された絵は、団欒と呼ぶにふさわしい作品だった。

籐三は、ある事実をハルに話そうかどうか迷った。

「この作者も、二十六歳という若さで亡くなっていますね」

籐三は、その事実をハルに話そうと思った。

「この絵に描かれた団欒の風景は、じっさいにはなかったんだ」

「えっ？」

とハルは小さく叫ぶように問うた。

「なんですって？」

「この作者の家は貧しい農家で、この絵に描かれているように、みな、一張羅を着て、一堂に会するなんてことはなかったということだよ」

「どういうことですか」

「うん。東京美術学校に入るときも、庭の欅《けやき》の木を切って、それで費用を捻出《ねんしゅつ》したらしい。食後に、果物やコーヒーの出るような家庭じゃなかったということだ」

「…………」

「作者の兄さんが後にいったそうだ。

うちは貧乏だったから、この絵のような団欒のひとときは一度も味わったことがない。弟は……、作者のことだね。弟は、幸福な食卓風景を空想して、これを描いたのだろうって」

「ああ、そうだったのですか」

ハルは、深くため息を吐いて呟《つぶや》くようにいった。

「願望だったんですか……。でも、そうであれば、この絵は、いっそう意味深いですね」

「そうだね。大事な木を切ってまで、自分を学校にやってくれた家族に、彼は報いたかったのだ」

「はい」

「この絵のように、父母を、兄を、妹を、暮らさせてやりたかった。暮らしてもらいたかった。

その志が果たされなかったんだ。無念だったろう。

そう考えると、絵に、これほど心がこめられたというのは、どういうことなのかと生き残ったわたしたちが考えなければ申し訳ない」

「はい」

「人の心につながろうとして、それを阻まれた無念を、どう生かそうかと考えなくてはいけないのは、今を生きている人間共だ」

あえて人間共といい捨てたところに、籐三の思いがあるようだった。

「そうですね」

ハルは静かにいった。

部屋には絵の他に、戦没画学生の遺品の数々が展示されてあった。

手紙やハガキ、手帳にスケッチブック、ペンや絵筆、使っていた画材とイーゼル、ベルトの留め金や鍵《かぎ》、等々。

ハルは時間をかけて、それらの一つ一つをていねいに見ていった。

あるものに目を留め、ハルは釘付《くぎづ》けとなる。

ハルは、また涙をこぼしていた。

籐三も、それに目をやる。

手帳に書きつけられた細かい文字群は、すべて食べものの名だった。

ゾーニ、ボタモチ、天プラ、ウナギ、支那《しな》料理、サシミ、アベ川、キントン、ツケ焼、ドーナツ、スキ焼、羊かん、五目飯、シルコ、玉子焼、干柿、赤飯、ホットケーキ、親子丼、ノリツケ焼モチ、パン類、コーヒ・コー茶、果物類、トンコロモチ、カレー、スープ(コンソメ)、カツ(牛豚)、天プラソバ、菓子類、センベイ類、アメ、フライ、寿司、うどん、アップルパイ、焼いも、ハム、ソーセージ、コロツケ、キス天プラ、マカロニ、カレーソバ、ビフテキ、ナベヤキウドン、正月用オニシメ類、玉子ゾーニ、肉ナベ、ゼンザイ、テリヤキ、チキンライス、ヤキソバ、蛤《はまぐり》ナベ、サンドイッチ、キンツバ、ゼリー、ポテト、ソバガキ、納豆、カキフライ、エビフライ、メンチボール、甘酒マンジュウ、肉マン、肉の醬油《しょうゆ》ヅケノフライ。

籐三はいった。

「戦地で、これを書き綴《つづ》っていった気持が、わしにはわかる」

「人間的で……ございますねえ……」

人差し指で、そっと涙を拭《ぬぐ》って、ハルはいった。

「食べたいものを書き綴ることは、本人の慰めであったかもしれないが、後世の人間が、そう受けとってはいけない」

「…………」

「これは誰も書き得ることのできなかった最も望郷的で、人間愛に満ちた前衛的な作品として、いつまでも大切にされるべきものだ。食べることが楽しめる世の中、言葉をかえていえば平和を切に願う心そのものの表現として受け止めなくちゃあいかん。

形こそ、吹けば飛んでしまうような紙片に過ぎないが、それをどれだけ大事にするかということで、今を生きる者共は、その人間性を問われるよ。

わしも、ここへくると、いつもこれに目を通して、心のうちで、ありがとうというておる」

ハルは、二度三度とうなずいた。

「ここへきて、なにかを見、涙をこぼしてはいけないと、わたしは自分にいいきかせるのですが、どうしてもダメですね」

「そうか」

「なに一つ、涙で流してしまうようなものはございませんでしょう」

「うん」

「ダメですねえ、わたしは」

「ハルちゃんは涙で、画学生の心を流してしまっているのではあるまい。自らの中へ流し入れておるのじゃから、心の感じるままに行動しなさい」

籐三は助け船を出した。

「そういってもらうと、少しは気が楽になりますけれど」

「こころゆくまでそうしなさい」

と籐三はいった。

「これも辛《つろ》うございました」

ハルは場所をかえ、目で、それを指していった。

「ああ」

籐三はすでに承知しているある遺品だった。

それは幼い我が子にあてた手紙である。

ス。

コウイチへ。オトウチャンハケフブジツキマシタ、イマ、セウトウラッパガナッテイマス。

コウイチハモウオカアチャントマサアキチャントネンネシテルコトトオモヒマス。コレカラノオトウチャンノセイカツハ、マイニチヒコウキトネンネシマス。

ゲンキデオリコウチャンヲシテパンツヲハイテアソンデクダサイ。

二人は、また、それを読む。

「うん、うん」

籐三も目に涙をためていた。

「なにがむごいといっても……子が……親と離されることほど……むごいことは……ありませんでしょ……」

「うん……」

「……パンツヲハイテアソンデクダサイ……だなんて……」

ハルはぽろぽろ涙をこぼした。

しばらく二人は、そこに立ち尽くしていた。おもむろに籐三はいった。

「ハルちゃんが裸婦のスケッチを見て、これを見て匂いまで感じることができるといっただろう。あれを描いた人が、この文を書いた人だよ」

ハルは小さく、え、と声を出し、それから

「そうですか」

と感慨深げにいった。

「こんな紙切れ一枚で……」

ハルは辛《つら》そうにいった。

ハルがいう紙切れには、次の文字がある。

海軍囑託《しょくたく》
佐久間　修殿
名譽《めいよ》の戦死を悼ミ謹ミテ弔意ヲ表ス
　昭和　廿《にじゅう》年三月二日
海軍大臣　米内光政《よないみつまさ》

「ハルちゃん。もう少し、絵の方を見ないか」

籐三は、そうハルにいった。

遺品に目を留め、それを語ることは辛過ぎるという思いが、籐三の、そんな誘いになったのかもしれない。

「はい」

ハルは素直に、それに応じた。

それから二人は連れ立って作品を見て歩いた。

「わたしは絵の上手下手はいえませんが、この絵はすがすがしいですね」

「和子の像」と題された作品の前でハルはいった。

「画学生というのは、いわば修業中の身だから、ハルちゃんいうところの上手下手をあげつらうのはどうかと思うが、この段階で、すでに相当の才能を見せる者もいれば、もう、ひとかどの絵描きだといえる者もいる。

この作者は、そんなうちの一人だね。なんでも彼の父君は、一流の友禅染めの職人だったそうで、その血もひいているのだろうが、よくできた作品だ」

籐三はハルに説明した。

庭の片すみだろうか、ゆかた姿の若い娘がしゃがんでいる。

庭の植木の緑、ゆかたの柄の青、帯の薄桃、その淡い色彩が、清潔なリリシズムを生んでいる。

「和子さんは作者の妹さんですね」

「そうだ」

「きっと仲がよかったんでしょうねえ」

「そう思うかね」

「絵に、その思いが出ているじゃありませんか」

「その通りだね。この美術館は心を寄せる多くの人々の浄財で成ったのだが、直接それをした窪島誠一郎《くぼしませいいちろう》さんは、著作の中で、この絵への思いを語っておる。絵を見ていると、どれだけ仲がよかったかわかるってね。

兄と、その兄を慕う妹との目に見えない心の糸のつながりをおっしゃっている。

今の、自分たちの時代に比べて、親と子、兄弟姉妹のむすびつきは、なんとつよいものだったのだろうと。

今は、家族で過ごす時間も、だんだん少なくなっていくし、きょうだい同士の会話も乏しいものになっているようだが、そんな時代からみて、それはなんだかすごくうらやましい時代の風景のように感じられる、というのだ」

「ああ、そうですか。その通りですねえ」

「和子さんは戦後ずっと、この絵と共に暮らしてこられたそうだ。

その大事な絵を窪島さんに預けられるとき、美術館ができたら、そこに、いの一番に、この兄の絵をかざってください、そうしたら、死んでもずっとわたしは兄といっしょにいられるんですから……と、いわれたということだ」

「そうですか」

とハルはいい

「……死んでもずっとわたしは兄といっしょにいられるんです……」

と、自ら、いいきかせるように呟《つぶや》いた。

「……死んでもずっと……ですか……」

ハルは遠い目になった。

「ここに、かけられている絵の一つ一つに、それぞれ重い人生が関わっていることを思うと、この空間は、なんと密度の濃い世界であることか。気が遠くなる」

「はい」

「この場所に身を置いて、——何か、みんなに見つめられているようで……、どうしようと思いました——と書き置いていった人がいたそうだ」

「その人の気持がよくわかります」

ハルはいった。

「そういう意味では、ここは辛い場所ではあるけれど、今、このくにで、生きるということを、いちばん考えさせてくれる場所でもある。

イスラムの人に、死ぬまで一度は訪れるというメッカがあるが、ここは、まぎれもなく、その、日本人のメッカだ」

「あなたのおっしゃることが、よくわかります」

ハルは、うなずいた。

「月夜の田園」という絵があった。

稲の刈りとられた山裾《やますそ》まで続く広々とした田に月の光があたっている。

「静かで、なにもなくて、見ていると、こちらの心まで澄んでくる不思議な絵ですね。わたしは好きです」

ハルは、ほっとしたようにいった。

「この作者のお兄さんがいっていたそうだよ。——弟はいつも、ふつうの人間の姿を描くのが好きで、戦争だからといって、特別に深刻で暗い絵を描くことを嫌ったと」

「あーそうですか。じゃ自然を描いた、この作品は珍しいわけですね。どこまでもふつうで、平和というものに、この人は価値を置いていたんですね」

「易《やさ》しい哲学だが、この時代にあっては、いちばんむずかしく、いちばん尊い哲学だったんだ」

「おっしゃる通りですね」

ハルはいった。

「母の顔」という絵の前に二人は立つ。

「どんな思いで、お母様の像をお描きになったのでしょうね。

ここに描かれているお顔は、典型的な日本の母ですね。やさしくて知恵があって、そして生きる力のつよさが表れていて……」

「ハルちゃんのいう通りだ。息子の戦死を信じず、息子の部屋をそのままにして、いつまでも待っておられたそうだ」

「そんな日本の母が、何人いたことでしょう」

二人は、二時間近くも無言館にいた。

我にかえった籐三は、あわてていった。

「いかん。おまえが疲れてしまう。夢中になって悪かった」

ハルも
「あら」

と驚いたようにいった。

「わたしの方こそ、夢中になってしまいました。

不思議ですねえ。体のことをなにも自覚していない」

ハルは自分の体を見下ろすようにして
「あなた。どうしたことでしょう。疲れというものを感じていませんよ。あら、あら、どうしたことでしょう」

と目を輝かせていった。

「そうか。それはありがたい。だが、ここで調子に乗ってはいけない。自重しよう」

入場料は志になっていた。

示されているいちばん高い方の金額を、二人分差し出し外へ出た。

そこから千曲川河畔がよく見えた。

「ハルちゃん。うまいぐあいに腰かけられるところがある。しばらく休もう。景観もいいぞ」

「いいんですかね。旅館の方が待っていてくださっていますが」

「今さら気がついても遅い。よく礼をいうことにして、五分でも十分でも休もう。休みなさい」

　おしまいは命令口調になった。

「はい、はい。仰せに従いましょう」

　ハルは、どっこいしょと腰を下ろした。

「いいところに建っているんですねえ」

　辺りを見渡してハルはいった。

「いい空気を吸わせていただいて感謝」

　ハルは、そういって、ちょこんと合掌してみせた。

「ハルちゃんの、そういうしぐさは、なかなか可愛いぞ」

「可愛いですか」

「うん、うん」

「あなたに、そういってもらえて、しあわせ」

　とハルはいった。

「このうえ、妖《あや》しいともっといいのでしょう？」

「なにをいうか」

　ハルはけろりといった。

「今夜、妖しくなりましょうか」

「ばかもん」

と籐三はいった。

若い娘が一人やってきた。

「先生。粗茶ですが入れてまいりました。お召し上がりください」

「やあやあ、お構いくださるな」

籐三は恐縮した。

「わざわざありがとうございます」

ハルも頭を下げた。

「あなたを知っているのですね」

娘がいってしまってからハルはいった。

しばらく二人は茶を楽しんだ。

「無言館で、わたしは生きるということと時間というものを、いちばんに考えました」

ハルはいい出した。

「うむ」

「あの人たちは絵が描きたかったんですよね」

「彼らにとって、絵を描くことと生きるということは同じだ」

「同じですよね。戦場にいくということは、いやでも死というものを意識することですね」

「出征は同時に死の覚悟だ。わしの場合、そうだった。たぶん誰もが、そうだったろう。

弾丸に意思はない」

「そうだとすると画学生たちにとって、時間は限りあるものということになります」

「そうだ」

「だからこそ、生き急ぐようにして絵を描いたのですね。一時間でも絵を描いていたかった」

「…………」

「あの人たちには、生きる時間を自分で決めることはできない」

「…………」

藤三は、じっとハルの目を見た。

「わたしは、それを考えるのです。一時間でも、たとえ三十分でも、もっといえば、それがたとえ十秒間であっても大切にしたいと考えたのじゃないのかと」

「…………」

「わたしは、それを思うのです」

とハルは、またいった。

目が、深いところの、なにかを考えていて、それが藤三の心を、ぐらりと揺すった。

目覚めたとき、日が部屋いっぱいに差しこんでいた。

どこかで小鳥の鳴き声がした。

「あなた」

ハルは寝返りを打ちながら、隣の籐三に声をかけた。

「なんだ。どうした」

「起きていましたか」

「うん。部屋に日が差すまで寝ていられないことは、ハルちゃんがよく知っているだろう」

「あらあら」

とハルは、はしゃいだ声でいった。

「ごめんなさいね。あなた」

「なにもあやまることはない」

「わたしは、ほんとうにぐっすりよく眠りました」

「よく眠っておったな。よかった」

と籐三はいった。

「おまえがよく眠っているのを見ると、安心する」

「このまま病気が治ってしまいそうな気がするくらいです」

「…………」

「それくらい気分がさわやかです」

「よかった」

藤三は、また、いった。

「少女に戻ったみたい」

「そうか」

藤三は苦笑した。

「おふろに入りましょうか」

「そんなに気分がいいか」

「はい」

「朝ぶろに入ると、もっと、さわやかな気分になるぞ。入ってきなさい」

「いっしょに入りましょう」

とハルはいい、ほんとに少女のように、勢いよく、ひらりと布団を撥《は》ねた。


「ご満足いただけたでしょうか」

女将はいった。

「いやいや、たいそうおもてなしを受けた。これが、とてもよろこんでおる。ありがとう」

藤三は会釈していった。

「ほんとうにお世話になりました。はじめて寄せていただいたときといい、こんどといい、わたしたちにとって、忘れられない別所温泉となりました。ほんとうにありがとうございました」

ハルも、心から礼をいった。

「至らないことばかりですのに、そんなふうにおっしゃっていただいて、光栄でございます」

女将は、しげしげとハルを見て
「今朝の奥さまは、なんだか晴れやかで、とても美しゅうございますよ」

といった。

「あら」

とハルは恥ずかしそうな表情になる。

「どうも、ありがとう」

わざと感情を圧《お》し殺して籐三はいった。

「これから、どちらをお回りになられますか」

ハルは、ただ、にこにこしている。

籐三は答えた。

「安曇野《あずみの》を少し回って、それから越後《えちご》にでも出ましょうかな。気ままな旅ですから、どこでどうするという目的があるわけじゃない。これの体も、じゅうぶんじゃないので、相談しながら、あちこち見て歩ければよいというくらいです」

「羨《うらや》ましゅうございます。わたし共も、年をとって、そんな旅ができれば、どんなによいことでしょう。一生懸命働いて、先生御夫妻をお手本にいたします」

まんざらお世辞でもなさそうに、女将はいうのである。

「いやいや」

少し照れて籐三は、あいまいにいった。

「お車がまいりました」

と旅館の番頭が告げにきた。

翔太郎のところへ樹鬼家の養女寿巳子《すみこ》から電話が入ったのは午後七時半過ぎである。武を除いて、みな、夕食をとっているときだった。

はじめ受話器をとったのは、絹枝である。

「寿巳子さんからだけど、お父さんにかわってくださいって」

ちょっと、けげんな表情になって、絹枝はいった。

「なにかな」

立っていった翔太郎は受話器を耳にあて、しばらく話していたが、突然

「えっ、なんだと」

と鋭い声を出したので、絹枝と薫平は驚いて、翔太郎の顔を見た。

翔太郎は青ざめ、きつい表情だった。

絹枝と薫平は顔を見合わせ、食事どころではなく、不安げな表情になり、箸《はし》を置いてしまった。

聞き耳を立てる二人に
「それで」

とか
「どうして、それが」

とか
「それじゃ、だめだ」

とか、まるで相手を叱りつけているようなつよい調子の言葉が、断片的に飛んでくるのであった。

(二人に、なにか起こったのだろうか)

絹枝も薫平も思いは同じで、どちらも青い顔をしている。

三十分近くもやりとりがあっただろうか。

「十分か二十分ほど時間をくれ。決断しだいすぐ電話をする。それから行動を起こしてくれ。

それまで待て。いいか」

つよくいって翔太郎は受話器を置いた。

戻ってきて椅子に座った。

苦渋の表情だった。

絹枝も薫平も声をかけかねた。

翔太郎は、こわい顔をして一点を睨《にら》んでいる。

しばらくして
「水をくれ」

といった。

絹枝がコップに水を入れて持ってきた。

翔太郎は一息に、それを飲み干した。

「じいちゃん。籐三さんらに、なにかあったの?」

たまりかねて、薫平がきいた。

翔太郎は
「うん」

といった。

「…………」

薫平は、じっと翔太郎の顔を見ている。

おもむろに翔太郎は口をひらいた。

「一応、話はするが、二人とも、落ち着いてききなさい」

自分自身に、いいきかせているようでもあった。

「おハルさんは癌《がん》だそうだ」

さっと血の気がひいた。

「長く持って三カ月という見立てだ」

「そんな……」

絹枝は悲鳴に近い声を上げた。

「お年寄りの癌は進行がゆるやかだというじゃありませんか。いくらお医者様でも、そんな断定をしていいのですか」

「発見されにくい膵臓《すいぞう》の癌で、見つかったときは手の打ちようのない状態だったというのだ」

絹枝は絶句した。

「今は医療が進んでいて、癌だからといって、すぐに命に別状はないというのが、ふつうなんじゃないの」

薫平もいう。

誰も、悪い方へは考えたくないのである。

「もちろん、ほんとうのことは神にしかわからないことだが、この場合、側の者は医者の判断にもとづいて考え、行動するしかない」

絹枝も薫平も、黙りこんでしまった。

しばらくして絹枝はいった。

「寿巳子さんは、そんな症状を前から知っていたんですか」

「いや、そうじゃない」

「どういうことなのかしら」

「体の具合がよくないということで通院をしていることは知っていたらしい。なにしろ、おハルさんはあの年で病気一つしたことはないという健康体だろう。絹枝は知っていると思うが、わたしは元気なだけが取り柄、というのが、おハルさんの口癖だ。

通院は知っていたが、深刻には考えていなかったといっている」

「どうして、ほんとうのことを寿巳子さんは知ったのですか」

「うん。それだ。それが問題なのだ。二人そろって旅行に出ることも、もちろん知っている。

寿巳子さんは、二人を見送ったぐらいだから。
二、三日後、部屋を掃除していて、異変に気づいたという」
「異変って？」

「身辺の整理をしたとしか思えないほど、持ち物やその他の整理整頓《せいとん》がなされていたというのだ。

特に、手紙や写真の類が、著しく減っていたらしい」

絹枝も薫平も、思わず息を飲む。

「寿巳子さんは十六の年から、あの家にいて、結婚してからも、ずっと夫婦のめんどうを見ている。

家のことは知り尽くしている。

そんな寿巳子さんがこれまで、そんなことは、かつてなかったという。

彼女は不吉なものを感じたらしい。もしや重い病気ではなかったかと考えても、不自然ではなかろう」

「………」

「それで寿巳子さんはすぐ、医者のとこへ走った。それが、きょうのことだ」

「………」

「その医者の用の終わるのを待ちかね、今から二時間ほど前、話をきいたらしい。

医者も驚いていたという。

二人の希望で、二人いっしょに告知を受けたそうだ。

動揺は見受けられなかったと医者はいったという。

さすが見事な仕事をなさった画家だと思ったともいったらしい。

お身内の方には通じているとばかり思っていたと医者は述べたようだ。

相談する方がいるので、とりあえず、このことは伏せておいてくれと頼んで、寿巳子さんは急いで、わしのところへ電話をしてきたというわけだ」

鼓動がはやくなっているのだろう。絹枝の顔は、いくぶん赤くなっている。

「覚悟の旅ということですか」

いいたくはない言葉を、絹枝は口にした。

「うむー」

翔太郎は、小さく呻《うめ》くような声を出した。そして考えている。

「書き置きのようなものは、残してない？」

「だいぶ探したらしいが、そのようなものはないということだ」

また、沈黙が支配する。

考えこんでいた翔太郎は顔を上げ、二人にたずねた。

「おまえたちに、なにか心当たりはないか」

「心当たりって？」

薫平は、逆に、きいた。

「二人は、ただ、旅に出ただけのことかもしれない。

今のうちに、おハルさんに、いろいろなところを見せてやろうと思い、物見遊山《ものみゆさん》の旅をつづけているのかもしれない。

そうあってほしいと願う。

絹枝のいった覚悟の旅というか、二人は自裁を考えているのではないかということも、一応は考えて、それで、そんな心当たりはないか、ときいたのだ」

「お二人が、ここで過ごした時間のうちで?」

「そうだ」

薫平は意味がわかったようだ。

絹枝も薫平も、真剣な顔つきになる。

しばらく、お互い考えていた。

薫平が
「あ」

と、小さな声を上げた。

「なにか思い出したか」

急《せ》きこんで翔太郎はきく。

「籐三さんとおハルさんを、おれは迎えにいっただろ。この家まで歩いてくるのは坂道で、たいへんじゃない。登り切って、おハルさんは自分で、よく、がんばりました、といったのね。そのとき、言葉を継いで、わたしの体もなかなかのもので、これなら夢を見させてくれるかもしれませんね、といったんだよ。

夢を見させてくれるって、どういうことをいってるのかなと、おれ、思ったもんだから、たずねたんだ。それで、このことは、しっかり覚えてる」

「おハルさんは、どう答えた?」

「長生きさせてもらえるかもしれませんよ、というくらいの意味です、といったよ」

「うむ」

「今になると、よくわかる話よね」

と絹枝はいった。

「でも、このことは、そこから先のお二人の考えを推し量る材料にはならないわ」

「そうだよね」

いい出した薫平がいった。

「ここへきてすぐ、二人は、しのの位牌《いはい》に参ってくれて、それで少し話をしたな」

「うん。おれもきいてた」

と薫平はいった。

「わたしはいなかったけど、どんなことを話したの？」

薫平が先に口を出した。

「もうじき、自分も、そっちへいくと思うと、死んだ者に近くなったような気がするって籐三さんはいったけど、でも、それは、じいちゃんが先に、もうじき、わしもそっちへいくっていったんだよ、ね。だから、じいちゃんの話を受けていった言葉だよ」

「うん。そうだった。あのとき、おハルさんが籐三に、わたしが死んだらどうですか、と問うた」

「うん、うん」

薫平はうなずく。

絹枝には、意味がよくわからない。

「なにが、どうだというんですか？」

「わしが死んだしのと、今も、よく話をしておるといったことを受けて、おハルさんが、そういう質問を、籐三にしたというわけだ」

「籐三さんは、どう答えたのでしょう？」

「おまえの質問の意味がよくわからん、と、そのとき籐三はいったが……。あれは、どういうことか」

「うん」

薫平も考えている。

「おハルさんが癌《がん》だということを、わしたちに悟られまいとして、わざと、そんなふうにいうたのだろうか」

「おハルさんは、なにかいいましたか」

「お骨と話をするのもいいな、って」

薫平がいった。

「二人に自裁の意志があったとすれば、籐三のいうことは、きわめてよくわかる。しかし、そうすると、こんどはお骨と話をするのもいいなというおハルさんの言葉が、よくわからん」

「うん。そうだなァ……」

薫平も真剣に考えている。

「あのとき、じいちゃんは、そんな話は止めなさい、生きている者は、今を、しっかり生きなくてはいかんと、お二人を、たしなめるようにいったんだ」

「ああ、そうだったの」

「不可解なことは、まだ、ある」

と翔太郎はいった。

絹枝と薫平は、思わず翔太郎の顔を見る。

「二人がきた日、ここで昼の食事をやっていて、わしたちが、機嫌よくしゃべっていると、絹枝が、みんな、ことのほか楽しそうだといっただろう。おハルさんも楽しんでくれていて、それを、冥土《めいど》の土産といった。

籐三が、そういうおハルさんを、ちょっとこわい顔をして睨《にら》んだ。

わしは籐三が、おハルさんをたしなめたんだと、そのときは思ったのだが、そのことと、もう一つの記憶を比べて腑《ふ》に落ちんことがある」

「……」

「あれは昼寝をする少し前で、おまえたちが布団を敷きにいって、いない隙に人の寿命の話になった。

死の覚悟は大事だが、長生きするのはいいことで、沖縄では年をとってからの死は忌み嫌うことではなく、祝い事の範ちゅうに入るという話をしておったんだ。そしたら籐三が、ここにいる三人は、いつ死んでも、もう、おめでたいことになるといいおった。

そこまではいいんだが……」

絹枝と薫平は、翔太郎の次の言葉を待った。

「……わざわざ、翔太郎、と名指しして、そこのところを、よく覚えておいてくれ、といったのだ。覚えておいてくれとな」

絹枝の顔色が変わる。

「なにを妙なことをいうのだと一瞬、思った。そこへ、おまえたちが戻ってきて、その話は、それっきりになってしもうた。

今にして思うと、意味ありげな言葉だが、では、なぜ、冥土の土産といったおハルさんを、籐三は目で咎《とが》めたのか。

それが、よく、わからん」

絹枝は、じっと考えていた。

青ざめた顔のまま絹枝はいい出した。

「お父さんの話をきいて、わたしも、妙に心に残ることがあったのを、今、思い出しました」

翔太郎、薫平とも、きびしい顔になる。

「みんなで伊豆スカイラインをドライブしたでしょう。展望台で写真を撮りましたね。あのときのことなの。わたしが、記念撮影をしましょうよ、といったら、おハルさんは、え、と小さく声を出されて、なにか問いたげに籐三さんの顔を見られたんです。それから、おハルさんはずっと上の空というか、放心状態に近い感じで、十国峠の土産物屋さんで、わたしが、お疲れになりません？　と、お声をかけて、ようやく、ふだんのおハルさんに戻ったというあんばいだったんです」

「うむ……」

翔太郎は唸《うな》った。

思いついて翔太郎はいった。

「薫平。あのときの写真は、もう焼きつけができておるか」

「うん。今、手許《てもと》にある」

いわれる前に、薫平は身をひるがえしていた。

みなの前に、それを持ってきて、薫平は震える手つきで広げた。

その写真を探し出す。

三人とも額をくっつけんばかりにして覗《のぞ》きこんだ。

「うーん」

翔太郎の口からもれたのは、ため息だった。

その記念写真は二枚あり、いずれにもハルは写っている。

しかし、その表情から、なにかを読みとるにしては、被写体は小さ過ぎた。

「これじゃダメだ」

「ダメですねえ」

「なにか手掛かりを、と思ったが……」

落胆を隠せない三人だった。

しばらくして翔太郎はいった。

「手掛かりがあろうがなかろうが、この事態をどうするか決断しなくてはならない。寿巳子さんが待っておる」

翔太郎は苦しそうにいった。

「具体的には警察に、捜索願を出すということですか」

絹枝がきいた。

「そうだ。寿巳子さんの一存ではきめかねて、わしの意見をきいてきたのだ」

「悪い方にいけば命に関わることでしょう。あらゆる手を打つべきよ」

ややヒステリックに絹枝はいう。

「おまえは、ほんとうに、そう思うか」

翔太郎は、じっと絹枝の目を見ていった。

「だって……」

翔太郎の真っすぐな目に、いくらかたじろぎながら絹枝はいった。

「情というか気持だけでものをいえば、どんなことがあっても、二人に生きていてもらいたい。

あれに、もう会えないと考えるだけで、わしは自分の魂を根こそぎ持っていかれたようないいしれぬ虚脱感と絶望を覚える。目の前が暗くなり立っておられぬような肉体の疼《うず》きだ。なんとしてでも生きてもらいたい。その為なら、わしはなんでもする。そんな気持はおそらく、おまえも、そして薫平も同じだと思う。

思いが、そこで留《とど》まる限りなら、なにも迷いはない。

おまえのいうように、あらゆる手を打って、もし、二人が自裁を考えているなら、それを止めようと思う。

そして、ちゅうちょなく、そうするだろう。

しかし、わしには、もう一つの考えがある。

籐三という人間と、まるで双子のように共に生きてきて、通常の人間の関係からいえば、なにもかも知り尽くしていると思えるほどあれの心のうちを知っているから、わしは、それを思うのだ」

薫平の目が、翔太郎の目に刺さり、異様と思うほど光っているのだった。

「それは人間の尊厳ということだ。何人といえども侵してはならない人間の尊厳を思うからだ。

仮に、一方の伴侶《はんりょ》の死期を知った二人が、共に、自らの生を、自らの手で終わらせようと決心したとする。

それを安易な同情と思うか」

絹枝も薫平も、ただ黙って、食い入るように翔太郎の目を見つめている。

「思わないだろう。深い考えがあってのことに違いないと、わしたちは思う。

深い考えとはなになのか。

籐三は八十五年の歳月を生きてきた。おハルさんも、それに準ずる。

籐三もおハルさんも、その長い年月を無為に生きてきたわけじゃない。

無為どころか、籐三もおハルさんも逆境の中を、ひたすら人間になろうと、汗を流し、ときには涙も、その血すらも流して生きてきた。

肉親、友、師と誠実につき合ってきた。

時代の逆境は、投獄、戦場、人々の死と過酷きわまりなかったが、ついに、その節操を時代に売り渡すことなく生き抜いてきた。

文明の爛熟《らんじゅく》にあっては、生命の尊厳を、わが芸術でもって思想でもって、訴えつづけるという人生を選択してきた。

そのような人間は、死もまた、その延長線上にある。

死まで含め、それは彼の、彼女の創造なのだ。人生という名の彼の、彼女の作品なのだ。

その尊厳に、他者の入りこむ余地はないとわしは考える」

絹枝はうつむいた。

薫平は、まだ、じっと翔太郎の顔を見続けている。

「絹枝」

いくらかやさしい声で、翔太郎は呼びかけた。

絹枝は肩を震わせ泣いているのだった。

「わしは、籐三とおハルさんのコンビに、自裁というかたちは、どうにも不自然に思える。その直感を信じたいのだ」

薫平の目が、やっと翔太郎から外れた。

「薫平。もう一杯、水をくれ」

と翔太郎はいった。

薫平の持ってきたコップの水を半分飲み
「少し独りにさせてくれ」

と翔太郎はいった。


翔太郎はついに、捜索願を出すことを許さなかった。

長い時間をかけ、翔太郎は寿巳子を説得した。

深夜、薫平は翔太郎の部屋の前に立った。

障子越しに声をかけた。

「じいちゃん」

「………」

「じいちゃん。もう眠ってるか」

「いや……」

くぐもった翔太郎の声がした。

「じいちゃん。すまん。ちょっと入っていい？」

「うむ」

薫平は障子をあけた。

机の前に、一回り小さくなった翔太郎の姿があった。

距離を置いたまま薫平は座った。

「じいちゃん」

「………」

「おれ、今、猛烈に、籐三さんとおハルさんに会いたい」

「そうか」

「会ったら、二人にいってあげたい。じいちゃんがおれにいってくれたように、籐三さんとおハルさんに、月がきれいなときは月を見ませんかって」

「うん」

「風に耳たぶはあると思いますかって」

「そうか」

「そういってあげたい」

「そうか」

薫平はそういうと涙をぽたぽた落とした。

籐三とハルは、弥彦《やひこ》山を左に、はるか遠くに佐渡《さど》の島影を見て、西へ、車を走らせていた。

良寛さんの五合庵《ごごうあん》にいくのなら、もっと早くいける道があると、タクシーの運転手はいったのだが、海が見たいのでと、その申し出を断り、海沿いの道を走らせてもらった。

「ハルちゃん。これは日本の国では、そう見られない、めずらしいような道路だよ」

籐三は満足げだった。

「ほんと」

とハルもあいづちを打つ。同じ思いなのだ。

「海と自然の他、なにもありませんね」

「この道を選んでよかった。看板やイルミネーションの連続というのは疲れる」

と籐三はいった。

「ドライブ・インのようなものが、まったくといっていいほど見当たりませんね」

「砂と防風林だけだから、冬は、少々さびしい景観になるかもしれんぞ」

「そうかもしれませんね。でも、わたしは街中より、こちらの方がいいわ」

「うん、うん」

二人とも、景色を眺めていると、なにも飽きることがないのであった。

「こんなに、ものの輪郭が美しいなんて、どうしてでしょう」

「うん」

「いつまでも寿命があると思うから、人は美しいものを見ても、どこか上の空という気持があるんです。わたしは反省しました」

とハルはいった。

仕方なく籐三は苦笑する。

車は、分水町《ぶんすい》に入った。

信濃川《しなの》の大河津《おおこうづ》分水路に突き当たり、左に、それを遡《さかのぼ》るように車は走る。しばらく走って、さらに左にハンドルを切ると、そこは山道で、それは、長く続くのである。

「良寛さんは里へ下りて、托鉢なさったり、子どもたちと遊んだりしたそうですが、これじゃたいへんじゃありませんか。

こんな遠い道程《みちのり》を歩いて、下りたり上ったりしたんですか」

あまり、その道が続くものだから、ハルは目を丸くしていった。

じっさいかなりの距離なのである。

「歩くということにかけては、昔と今とでは、概念がまるで違うのだろう。じゃが、これは昔からあった道ではなく、新しく通した道ではないか」

籐三はそういって、運転手に、別の道があるのかどうかたずねた。

「この辺の者じゃないから、くわしくはわかりませんが、なんでも麓《ふもと》の国上《くがみ》集落から石ころだらけの急坂道があるときいていますが」

たずねたことしか答えない無口な運転手はいった。

「ほら、みろ。いくらなんでも、これでは距離があり過ぎる」

推測が当たって、得意顔の籐三だった。

ハルがフフフと笑った。

「なんだ」

「あなたは昔から、そんなところがありましたね。可愛いです」

籐三は
「ばかもん」

といった。

杉木立が深くなる。

本覚院《ほんがくいん》、宝珠院《ほうじゅいん》に入る道を横に見て、車は走る。

空が広くなったと思ったら、そこが道の終わりだった。

駐車場の前は土産物屋や茶店風のレストランがあり、蕎麦《そば》や甘酒、それにチキンライスやカレーまでを商っていた。

「観光地になってしまっているのですねえ」

いくらか興醒《きょうざ》めしているハルに、籐三は
「きょうびのことじゃ。それは仕方あるまい。でも、五合庵と、そこへ至る道はなかなかいいぞ」

と慰めるようにいった。

「問題は、おまえがそこまでいけるかどうかじゃ。以前来たときのわしの記憶では、休み休みならなんとかいけそうな距離だったが」

「なんとしてでもいきますよう」

とハルはいった。

念の為、土産物屋の人にたずねた。

「おみ足でも悪いのですかァ」

人のよさそうな中年女性は気遣っていった。

「足は、まずまずだが、息が持つかどうか、しんぱいでな」

籐三が答えた。

「国上寺《こくじょうじ》までが上り坂で、そこをがんばれば下り道で、五合庵へいくのは楽ですよ。帰りは吊橋《つりばし》を渡って公園に出れば、駐車場はすぐそこですからね。がんばっていってちょうだい。せっかく、ここまで、きてくれたんだから」

女性は豪快にいった。

「はい、はい。そうしましょう、そうしましょう。せっかくきたんですものねえ」

とハルは調子を合わせた。

「はーい」

と、その女《ひと》はいい、ハルは
「はい、はい」

といって、二人、顔を見合わせ笑った。

「いくか」

籐三はハルの手をとった。

二人は、ゆっくり歩いた。じき上り坂になった。

「ハルちゃん。ゆっくりでいいんだぞ」

「はい、はい」

「何度、休んでもいいんだぞ」

「はい、はい」

ゆっくりゆっくり歩いた。

「休もう」

「まだ、いけますよう」

「いかん。ミミズのウンコでいこう」

「なんですか。ミミズのウンコって」

「ウンコをしながらでも歩けるスピードじゃ」

「へえ、そんないい方があるんですか」

「わしらは子どものとき、歩くのが遅いと、そいつを、やーい、ミミズのウンコ、ミミズのウンコちゅうて、からかったもんじゃ」

「いじめですね」

「アハハハ。ミミズのウンコはいつも、たいていは翔太郎じゃ」

「まあ、かわいそうに」

「あいつは、いじめられても根性の曲がらんとこがよかった」

「なにをいうとるんですか。根性が曲がっていたら、あなたの所為《せい》ですよ」

「わしの所為か」

「当たり前ですよう」

しゃべっている間は休憩である。

二人は、ふたたび歩き出した。

あいかわらず杉木立が深い。

寺が見えた。

「国上寺じゃ」

正面右手に、大きな石が、でんと座っている。その向こうにサルスベリの木があり、その少し右手にアジサイが今を盛りと花を咲かせている。

あちこち、ほどよく草も茂り、手入れされているような、されていないような、ちょうどいいあんばいといったたたずまいであった。

「国上寺は山上仏教の伽藍《がらん》じゃな。あちこち、かくれ寺がいくつもある」

「お山が霊地ということですか」

「そうじゃ」

「道理で、なんだか、しんしんとした気分になります」

ハルは神妙な顔つきでいった。

「うん」

二人は、寺の前で手を合わせた。

そこから少し歩くと、急に下り坂となり、道幅もせまく、ごろごろした石や岩のかけらが多くなる。

「いかん」

と籐三はいった。

「年寄りは、こういう道がいちばんいかんのじゃ。ハル、足を挫《くじ》かないように気をつけなさい。

よし。こうしよう。わしが一歩、先にいこう。おまえは、わしを杖《つえ》の代わりにしなさい。わしに足許《あしもと》をたしかめて合図をおくったら、力をあずけて、そろりと足を運びなさい」

「あなた、すみませんねえ」

土産物屋の女《ひと》は、下り坂で楽だといったが、こっちの方が、よほどたいへんである。

杖になる籐三も年より若くは見えるが、しょせん八十五歳の老人だ。

坂道を下りていく二人は、傍目《はため》に、危なっかしく映ったに違いない。

それでも二人は誰の助けも借りず、五合庵と書かれた指標のところまで下りてきた。

右に曲がると、ちょっとした広場になっていて、二人はそこで息を吐《つ》いた。

「やれやれ」

「たいへんでしたねえ。やがて山を下りられた良寛さんの気持がよくわかります」

「うん。年寄りにはそうとうきつい」

と籐三もいった。

五合庵が見える。

「まあ」

とハルは叫ぶようにいった。

そこへ足を進める。

「想像はしていましたが、これほど、ちっぽけな庵《いおり》とは思いませんでした」

ハルは、しげしげと五合庵を見る。

木造のかやぶきで、間口二間《けん》、奥行九尺、ぬれ縁つきで、それは今も昔も変わらない。

六畳一間と思えばよい。

木立の中に、ひっそりと建っている。

かやぶき屋根の勾配《こうばい》は雪国故か、やや、きつい。

二重軒が、広さだけでいえば、粗末としかいいようのない庵を、毅然《きぜん》とした風格を見せる役目を果たし、媚《こ》びがない。超然としている。

左に回って眺めると、板塀の上の白壁が、隅々、欠落していて、さすが、わびしさを覚えるのである。

部屋には良寛の木像が一つ、ぽつんと置かれている他に、なにもない。

さむざむしている。

「はー」

とハルは、ため息のように声をもらした。

「清貧で欲を近づけぬ方とはきいていましたが、これほど、きびしい暮らしとは思いませんでした」

「今は、新緑の季節で、そこへ頭は回らんが、ここは雪国だ。

冬のきびしさを想像すると、ここでの暮らしは言語に絶する」

「いろりもありませんが、暖はどうしておとりになったんでしょう」

「うむ」

「おふろもありませんね」

「この下に、湧水《ゆうすい》の流れる名ばかりの小川があるが、そこで行水されたのかもしれない」

「冬は、どうされたんでしょう」

「そうだな」

「お布団や着物は、どこに置かれていたのでしょう。

お米は……、薪《まき》は……と、次々そんなことを思ってしまいます」

「ま、今の人間が、そう思うのは仕方ない。良寛とて生身だから、生きていくために必要最小限の物は手許に置くしかなかっただろうが、それは極限に近いもので、良寛自身はあんがいあっさりしていたんじゃなかろうか」

「そうでしょうか」

「物とはそういうものだろう。客がきても、その辺で拾ってきた茶碗《ちゃわん》一つですませたというから、そこまでいけば、さっぱりしたものだ。

物はなくても身ぎれいにしていたと、わしは思うぞ」

「ああ、そんなものですかね。ここで良寛さんは、なにをなさっていたんでしょう」

「まず座禅は欠かさなかったはずじゃ。ふつう禅宗の修行僧は、一日四回の座禅を組むのだが、おそらく良寛は、自我や欲、邪心の気配を一瞬たりとも感じると、時とところを選ばず座禅したのではないかね」

「良寛さんは、なにもかも超越なさっていた方でしょう。

そういう人でも、そうなのですかね」

「超越な。たしかに良寛は超越しておったとは思う」

　籐三は少し目でなにか探し、そして、ハルにいった。

「少々、申し訳ないが、このぬれ縁に腰をかけさせてもらおう」

「いいのでしょうかね」

「良寛を偲《しの》んでおるのだ。許してもらえるじゃろ」

　二人はそういって、そこへ腰を下ろした。

「良寛はたくさんの歌や詩をつくっておるが、わしのいちばん好きな詩がある。ハルちゃん。きいてみるか」

「いいですねえ。五合庵で、良寛さんの詩を、あなたに、きかせてもらえるなんて」

　とハルはいった。

「こういう詩じゃ。

　世の中に交らぬとにはあらねども
　ひとりあそびぞわれはまされる
　あしびきの岩間をつたふ苔水《こけみず》の
　あるかなきかに世をわたるかも
　よもすがら草の庵《いおり》にわれをれば
　杉の葉しぬぎ霰《あられ》ふるなり

あわゆきの中に立ちたる三千大千世界《みちおうち》
またその中に淡雪ぞふる

どうかな」

「およそわかりますが、みちおうち、というのはなんですか。無学で、すみませんねえ」

とハルは正直だった。

「みちおうち、な。三千大千世界《さんぜんだいせんせかい》は、あらゆる仏のおわします大宇宙とでもいえばいいかな」

「ああ」

とハルはうなずいた。

「自我などというものは、すっかり消えておる。人の営みを、これほど謙虚に観照した者も、稀《まれ》ではないか。自然も人も仏も、ただ、ただ共にある。そのことのみが合掌の世界である。そんな境地なのだろう。

そう見れば、ハルちゃんがいうように、良寛は卓越しておるし、超越もしておると思う。けれど、良寛は人間であって、仏でもなければ神でもない。どうして、そんな境地に到達できたのかが問題だと思わんか」

「そうですね。良寛さんを、ただ、えらい人だけにしてしまってはいけないということですか」

「そうじゃ。その通りじゃ」

藤三は我が意を得たりという顔をした。

「良寛を、やたら善人にして持ち上げるのは気に食わん。子どもに易々だまされる底抜けのお人好しに描くのも癪《しゃく》にさわる。

だまされたのは、こういう教えや諭しが、その底にあったのだと、したり顔でいったり書いたりする輩《やから》を見ると反吐《へど》が出る」

「まあまあ」

とハルはいった。

「五合庵では清貧であったかもしれんが、良寛は煙草も酒もやった。

ふるまい酒に酔いつぶれて、道端で寝ておったなんてことも、しばしばだ。

あちこちで煙草を吸わんでください、火事がしんぱいだと村人にいわれていたという事実もある。

子どもと遊ぶ良寛は平和そのものだが、子どもの残酷さに出合って、辟易《へきえき》したという話は誰も、あまり書かない。

つまり、じっさいの良寛は、超越したものはもちろん大いにあったけれど、けっこう人間くさい男じゃったと、わしは思うとる」

「はい」

とハルは神妙にいった。

「そうだからといって、良寛のえらさはなに一つ変わるわけではない。むしろ、わしなんぞ、そうだからこそ、良寛のえらさの必然を感じるのだ。そこのところは、わしと翔太郎は、同じ意見じゃ」

「よく良寛さんの話をしていましたね」

「うん」

「もっともっと良寛さんの話を、翔太郎さんとなさりたいでしょ」

「うん?」

「まあまあ……。どうぞ話をつづけてくださいな」

とハルは素知らぬ顔でいった。

「じゃ、つづけよう。翔太郎は、良寛を、人生派というておるな。えらい坊様というイメージで良寛をとらえておらんわけだ。わしも、そう思う。もともと良寛は、人生の落伍者《らくごしゃ》の資格がある。

名主の伜《せがれ》として生まれ、跡を継がねばならんのに、そんな才はかいもくない。家が没落寸前だったこともあり、家族の人間関係も怪しいもんで、四方八方うまくいかない。

名主のひるあんどんと呼ばれて、良寛は、そうとう屈折しておったんだろう。やけを起こして放蕩《ほうとう》にあけくれた形跡もある。

放蕩というのは酒と女に溺《おぼ》れることだ。当時、遊女は身売りという過酷な、時代の波に翻弄《ほんろう》された哀れな存在だ。

そんなところでも、良寛は人間の勉強をしたのかもしれない。

後年、良寛が底辺の人たちに心を寄せるのも、この若いときの体験が、あったからやもしれぬ。

ここまでの話なら、わざわざ語るほどのことはない。

翔太郎が良寛のことを人生派というのは、ここからの良寛の生き方を指していうのだ。環境や自分自身がつくった逆境の中で、おのれにも絶望し、世間の邪悪にも愛想を尽かし、もはや身の置きどころもない。

栄蔵と呼ばれた良寛が家を捨て、出奔するのは十七歳か十八歳か。

いずれにしても多感な若者のときだったようだ。ちょうど薫平くんの年だな。

良寛が出奔して、どこで、どうしていたかは不明だ。

もともと良寛には史料が乏しく、残された詩歌や書、研究書の類《たぐ》いの書物で、ひとは、あれこれいうのだが、ほんとうのところは、誰にも、わからないというのが、たぶん正しいのだろう。

しかし、確実にいえることがある。ほとんど時を置かず、良寛は出家しておる。出家とは、俗縁を切ることだ。

縁を切るとは、どういうことか。

つながる縁者も切って捨てるということだが、非情といえば、これほどの非情もない。しかし、それを為《な》すことで見えてくるものもある。

そこまで自分を追いこめば、後は、我が心と向き合うことしかない。

良寛は、その道を選択したのだな」

「きびしい人ですね」

とハルはいった。

「うん。そうともいえるが、人が、人に向かう道というのは、たぶん、そういうものだろう。

たいていの人間は、それを嫌うから、文字通りの凡庸で終わる。

良寛のように、人も自然も、神仏さえも共にあるという普遍悠久の思想にたどりつくのであれば、その凡庸こそが、昏迷《こんめい》の人間と人間社会を救う光となるのじゃが……」

「むずかしいものですね」

「むずかしい。人は試行錯誤してこなければわからぬという厄介さを抱えておる。

だから人生派というういい方も出てくる」

「良寛さんは、薫平ちゃんの年のころに、もう自分の心と向き合う生活に入っているということは、人生の大半を、そう過ごすことができたということですね」

「そうだ。坊主には托鉢という自らを養うすべも必要だが、いわゆる暮らしを立てるという生活をおくらなくてもよい特典は与えられておる。

修行という名で、思索三昧《ざんまい》に入ることができるのは、当時にあって出家しかない」

「良寛さんは、その修行を、どこでなさったのですか」

「いろいろ紆余曲折《うよきよくせつ》はあったらしいが、備中《びつちゆう》の、今の岡山じゃな、円通寺《えんつうじ》住職、国仙和尚《こくせんおしよう》にひろわれ、随行して、その寺に入っている。『良寛』という名は、ここで与えられたものだ」

「ちゃんとしたお寺で修行をなさったわけですね」

「円通寺は格式の高い寺だ。国仙和尚自身は栄進せず、この地で没するのだが、歴代の住職は、それぞれ代々永平寺の高い地位にのぼりつめている。ま、いえば寺の名門だ」

「そういうところで修行なさった良寛さんが、なぜ、寺も持たず、地位も求めず……」

藤三は途中で、ハルの言葉を盗《と》り
「……弟子もとらず、経も読まず、葬式、法事いっさい御免で」

といった。

「どうして、そんな坊主になったのか、ききたいのじゃろ」

「先回りされましたか」

とハルはいった。

「ハルちゃんは、いつも、いいところを突いてくれる。たいしたもんじゃ」

と藤三はよろこんだ。

「まあまあ」

とハルはいった。

「そこじゃ。大事なとこは。自分の心と向かい合う修行ということをいったが、良寛のえらいとこは、自分の心と向かい合うということを、自分のいのちにつながるもう一方のいのちにも向けたところだ。

今風のいい方をすれば、社会というものから目をそらさず、それがなになのか、なにが悪で、なにが善なのかということを、容赦なく見つめたところだ。

良寛の生きた時代は、未曾有《みぞう》の災難に見舞われた、苦難の時代だった。ひでりに長雨、浅間山の大噴火といった自然災害の頻発。それにともなって疫病が流行《はや》る。農民一揆《いっき》はあちこちで起こる。

大飢きんで多くの人が死んでいく。

農村の疲弊はなはだしく娘の身売りは日常茶飯事というありさまだった。

人心も乱れに乱れたという。

民衆の苦しみをよそに、政治や行政の指導者は、私利私欲に走る。

心の救済を司《つかさど》る宗教家は、身過ぎ世過ぎと栄進にしか心はない」

「なんだか今の時代に似ていますねえ」

とハルはいった。

「うん。いえる」

と籐三は大きくうなずいた。

「明日いく隆泉寺《りゅうせんじ》の良寛の墓石に刻まれている良寛の詩は、そこを突いて痛烈だよ」

「ああ、それを批判しているんですね」

「仏門につながる人に対するものだが、これは、この時代の、地位ある者全般に通ずる言葉だ」

「覚えていますか」

「かなりの長詩なので、さすが覚え切れないが本意は覚えておる」

「あらまし教えてください」

「うん。僧侶《そうりょ》の身でありながら、口腹《こうふく》のためにだけ、声をはり上げる。なんという心の汚《けが》れか。

人はみな、はたを織り、田を耕して、生計を立てているのに、僧侶と称するものは行もなく悟りもない。いつになったら目が覚めるのだ。

僧侶は名利《めいり》の道に踏みこんではいけない。そんなものが、わずかでも心に入れば、海の水を注いでも洗えるものでない。

ま、そんなところだが、詩は、まだまだ続く。

おしまいの方で、人の命は朝露のようにはかない。悔いを残さないようにしなさい、といっておる。

よく考えて、その態度を改めるがよい。

これを読むと、当時の坊主がいかに身を持ち崩していたかがわかる。

おそらくそれは当時の地位あるものの常態であったのだろう。良寛は、それを許していない」

「そうですね。なるほど……、わたしにもわかりました。良寛さんが物を持たず、名を追わなかったのは、そのことが、その時代への反抗だったのですね」

「うん。ハルちゃんは聡明《そうめい》だ。その通りだ。批判を声高にいい立て、訴えることをせず、詩歌の中で、そして自分の身を律することで、それを表したといえる」

「やっぱり、えらい人ですねえ」

「うん。えらい」

「時代への反抗は、こうあるべきだと、わしたちは良寛に教えてもらったんだ」

「翔太郎さんとあなたが、良寛さんを論じていたのは、そういう大きな意味があったんですね。

こんなことをいうのは、だいそれたことかもしれませんが、翔太郎さんやあなたの、ものの考え方や生き方、それに、お二人が尊敬されている熊谷守一さん、いずれも、どこか良寛さんに似ていると、わたしは思いましたけれど」

「ま、そういうてもらうのは光栄だが、なかなかそこまでは……」

と籐三はいった。

「円通寺での良寛の修行は、後の良寛を、さもありなんと思わせるものがある」

「どんな修行をなさったのでしょう」

「書物を読み、経を唱え、座禅を組むだけではなく、体を動かし、労働することを大事にしたんだな。

これは国仙和尚の教えでもあったらしいが、心で学ぶ、体で学ぶことを実践したといえるだろう。

おもしろいエピソードがある。

良寛に一人の兄弟子がいた。この人は、経も読まず、座禅も組まず、ひたすら畑へ出て野菜づくりに精をだしていたそうだ。

はじめ良寛は風変わりな人くらいにしか思っていなかったらしいが、修行を積むほどに、彼の真価を知っていくという話だ。

後に良寛は、それを詩にしているのだが、そこで、その兄弟子のことを、こう、いうておる。

まさに我　これを見るべくして見ず
之《これ》に遭うべくして遭わず
ああ　今之《これ》に倣《なら》わんとするも得《う》べからず
仙桂和尚《せんけいおしよう》は真の道者

後の良寛の生活を思うと、この兄弟子仙桂和尚の影響があったものと思われるのだ」

「そうですか。そんなことがあったのですか。良寛さんはいろいろな人から学んでいるんですね」

「そういうふうに仙桂和尚の価値を認めた良寛もりっぱだ」

「そうですね。それで良寛さんは、その円通寺に、どれくらいいたのですか」

「およそ十年ほどか。年でいうと二十二歳から三十三歳くらいまで、ということになるのだろうか」

「人格形成の、しっかりできる時期ですね」

「そうだな。ここの修行は大きなものがあっただろうな」

「良寛さんが、円通寺を去るのは？」

「国仙和尚のさしずといえるのかもしれん。

病まれて死期を悟られたのか、良寛を枕もとに呼んで、『大愚《たいぐ》』という号を与えた。そして、こんな詩を読まれた。

良や愚なるがごとく道うたた寛《ひろ》し
騰々任運《とうとうにんうん》　誰か看《み》るを得ん
ために附す山形爛藤《さんぎょうらんとう》の杖《つえ》
到る処《ところ》　壁間《へきかん》、午睡《ごすい》の閑《かん》なり

かんたんに意味をいえば、おまえは一見愚かに見えるが、そうではなく、悟ったものは深く大きい。誰も、それを知ろうとしない。

印可のしるしとして杖を与える。どこへいってもよろしい。どこに宿をとろうと、昼寝をしようと自由だよ。

およそ、そういう意味だろう」

「愛弟子《まなでし》を、国仙和尚はどうして手放されたのでしょうね」

「それは定かでないが、良寛を深く知る水上勉《みずかみつとむ》は、――師匠も弟子も、当時の寺院生活に、いくらか背をむけたすがすがしい自由の道を夢みていたけはいがこい――というておられる。

師も弟子も、寺の名門意識を嫌っておったということだろうか。

それを説明するのに、水上勉は差別戒名の彫られた墓石を持ち出している」

「なんですか。差別戒名って？」

「差別戒名を、ハルちゃんは知らんか」

「知りません。すみません」

とハルは答えた。

「昔、最下層に位置された人が死ぬと、その戒名に、草男草女とか畜男畜女とか、ひどい名を冠したことをいうのだ」

「まあ」

とハルはいった。

「武士や金を持つ商人には、何々院大居士《こじ》などと、たいそう権威づけ飾った戒名をつけておるから、これは、あらわな差別だな」

「ああ、なるほど。そういうなごりが今も生きていて、戒名の違いで、御布施の額も違うのですね」

「いいところに気がついた。その通りだ。円通寺にもその差別墓碑があったことがはっきりしている。

国仙和尚、良寛の時代に、それがあったわけだ。こんな理不尽なものを二人が容認していたとはとうてい思われない。

良寛が絶えず学んでおった曹洞宗《そうとうしゅう》の開祖道元《どうげん》は、人間平等を説き、いっさいの権力におもねらなかった人物だ。

天皇に下賜《かし》された衣を投げ捨て、こんなものを着ると猿に笑われるといったという。

その道元の教えを学んだ良寛が、差別戒名を苦々しく思わぬはずはない。

しかし、当時の体制では、武士の世界も、僧侶《そうりょ》の世界も、幕府の権力に従わなければ打首だ。

ましてや、その歴代の住職が、永平寺貫主《かんじゅ》や監院に栄進しているとあっては、それに異を唱えることなどできようはずはなく、仏の教えに背くことを口とは裏腹にやっていた。

このような事情に良寛は嫌気がさしていたのではないかというのが、水上勉の推論だよ。

じゅうぶんに考えられることだと、わしも思う」

日が翳《かげ》ってきた。

寒くもないのに、籐三はぶるっと体を震わせた。

「そういうことにも、きちんと向き合った良寛さんはえらいと思いますが、孤独だったでしょうねえ、きっと」

「民衆に加えられる理不尽を、心底、怒《いか》っておったのが良寛で、その怒りから学んだことを、生きる規範として我が身を律したのも良寛で、仏法をそんなふうに生かしたのも良寛で、良寛の前にも後ろにも、良寛はいない。

ほんとうの仕事を為《な》すものは、どこかに極限の孤独を抱えているものだと、わしは思うよ」

ハルは、ただ
「はい」

とだけいった。

「その象徴が、この五合庵だ。ぎりぎりまで無駄を絞りこんで、この上なく質素で、孤高で、良寛いうところの、あるかなきかに世を渡るかも……というそんな微光がここに射している」

五合庵には、二時間近くいた。

無口な運転手は嫌な顔一つせず

「お気に入られましたか」

と二人にいった。

「ありがとう」

と籐三は礼をいった。

「長い時間、待っていただいて申し訳ありませんでした」

ハルも頭を下げた。

「じゃ、旅館にやってください」

諏訪《すわ》神社の近くですから、といって、その旧《ふる》い旅館の名を、籐三は運転手に告げた。

ハルの体力を考えて、その日の泊まりを、分水町に決めていたのである。

車の中で、籐三はハルにいった。

「この運転手さんに明日もきていただこうか」

車の中でだらだら話しかけられるのを嫌う籐三の意を察して
「運転手さん、お願いできますか。新潟からきていただくのは、ほんとに申し訳ないのですが」

と先回りして頼んだ。

運転手は少し驚いて
「そんなことをしていただいて、よろしゅうございますか」

といった。

「きょうは良寛が晩年を過ごした木村家と、良寛のお墓を、ゆっくり回るが、ハルちゃん、体の具合はどうかな」

旅館で朝食をとりながら、籐三はたずねた。

「どういうわけでしょうかね。こうして、あなたと旅に出てから、自分の病気をすっかり忘れてしまうくらい調子がよろしいですよ。不快感も痛みもありませんもの。こわいくらい」

とハルはいった。

「ほら。お食事も、こうして、すすむでしょう。

家を出てからこちらというものは、あれを見ても、これを見ても感心したり驚いたり、あなたやみなさんの話が勉強になったりで、わたしの心はうれしさばっかりです。気持がそうだと、体が生き生きしてくるのでしょうか」

「たしかに顔色もよいし、なにより目に光がある」

籐三もいった。

「ね」

と、ハルはいって微笑んだ。

「ところで桑原《くわばら》家に、電話を入れておいてくれたかね」

「はい、はい。きのうのうちに入れておきました。おばあさまと長男さんが、わざわざ、が在宅なさっていらっしゃるそうで、必要なら説明いたしましょうといってくださったとか」

「木村家にも、桑原の方からお願いしてくださったようです。ちょうど、きょうは御当主

「それは申し訳ない」

わたしたちを待っていてくださるとのことです」

「それはありがたい。じゃ、なにもしんぱいすることはないな」

「手土産もちゃんと買ってありますし、あなたは気遣いなさらないでください」

「わかった。それにしても、ハルちゃんの実家と、良寛との間に、つながりがあったとは驚きじゃ」

「つながりというても偶然みたいなものですよ。良寛さんと血のつながりがあったわけじゃありませんから」

「良寛さんの主治医桑原祐雪《ゆうせつ》の子孫ということじゃろ?」

「わたしのおばあさんはシズというのですけれど、それから三代か四代遡《さかのぼ》ると、その祐雪さんになりますね」

「良寛が、木村家に移り住むようになったのは桑原祐雪の尽力もあったと、ものの本に書いてある」

「ああそうですか。わたしがきいているのは、世話になっている木村家にいると客も多く、きゅうくつなので、良寛さんは、よく、斜め向こうの桑原の家へ、よっこらしょと逃げて

きていたということでしたよ。ちょっと桑原の家へ息抜きにいこうか、というようなことだったのでしょうか」

「桑原家は、いいことをしておったわけじゃ」

「いくらかはお役に立っていたんでしょうかね。そうだと、うれしいですけれど」

とハルはいった。

桑原家は、橋のすぐ左岸にある。

二階建て三重屋根の、なかなかりっぱな家で、風格がある。

ところどころの白壁と、玄関横の形のよい松が、うまいぐあいな装飾になっているのだった。

「ああ、ここが良寛さんの息抜きの場所か」

籐三は仰ぐように、その家を見た。

「わたしのおばあさんの生家なのですが、その嫁ぎ先の遠藤家の人とは、父の生まれ育ったところですから、おつき合いはあるのですが、こちらは、その前の代になりますから、うんと遠い親戚《しんせき》のように思っていて、わたしも訪ねるのは、こんどがはじめてです」

とハルはいった。

しみじみした調子で

「訪ねてきてよかった」

と、ほっとしたような顔をした。

「わたしのいのちのつながっているところですもの。知らないままというのでは、いくらなんでも」

とハルはいった
「うん。よかった」

と籐三も、あいづちを打った。

品のよい小柄な媼《おうな》が、玄関すぐの廊下に、ちょこんと座って待っていた。

二人は恐縮した。

あいさつを交わし、手土産を差し出すと
「お会いできただけで、うれしゅうございます」

と彼女もまた恐縮したようにいって深々頭を下げるのである。

当主も姿を見せた。勤めの都合で新潟市内に住んでいるのに、わざわざ帰ってきたようである。

籐三が、それを謝すと
「お気になさらないでください。おふくろがおりますので週末には必ず戻っておりますから」

と、その人はいう。

「え?」

とハルはびっくりした。

「じゃ、ふだんはお一人でお暮らしなんですか」

媼嫗はにこにこして
「はい」

と、ごく当然のように答えた。

籐三は
「はあー」

といって、畏《おそ》れ入りましたというふうに、ゆっくり二度ばかり頭を下げた。

座敷に案内される。

座る前に
「ああ、これが……」

と呟《つぶや》いて、籐三は、まじまじそれを見た。

欄間に「指月楼《しげつろう》」と書かれた良寛の書がかかっている。

「これも、ものの本で読んで知ったことでありますが、良寛は、お月見に、すすきなど持ち、よく当家に立ち寄ったそうですね。

いつの日か、そのつもりでやってきたら、月が出ない。

仕方なく指月楼と書いて、ふすまに止めて眺めいっていたと。

はあ、これが、その、ほんとうのものでありますか」

篠三は感慨深げに眺め入った。

「良寛さんはお月さまを見て、なにを思われるのか涙ぐむことがおありだったとか。そんな良寛さんを、家の人たちは、そっとしておいてさしあげたと、いつか、母からきいたことがあります」

とハルはいった。

「そんなことがあったのかもしれませんね。後世の人は、いろいろといいますが、作った話もあるでしょうし、なにもかも信じるわけにはいきませんが、いい話は、いい話として大切にしていきたいものです」

端正な当主は穏やかな口調でいった。奥深そうな人である。

ちょっと失礼しますといって、その人は奥の部屋にいった。

じき姿を見せ

「こんなものを見ますか」

といって、軸を、二人の前に広げて見せた。

「ああ、これは……」

水神相傳《すいじんそうでん》とある。

水神とは河童《かっぱ》のことである。

「ご存知《ぞんじ》だと思いますが、祐雪は止血薬で知られていまして、これは世話になった河童が恩返しに、その製法を教えたという、ま、そんな話を書いたもので、良寛さんの直筆です」

「はあ、これが有名な、良寛の水神相傳ですか」

籐三は感激して、しげしげと見《み》た。

「良寛の世話をなさったことといい、このような話が伝わることといい、桑原家代々のみなさんは医療や、その他の行いで、人々にお尽くしになったということでしょうか」

「さあ、どんなものでしょうか」

当主は、あくまで謙虚だった。

嫗嫗《おうな》が口をはさんだ。

「良寛さんのめんどうを看ていたころはよかったのですけれど、女の血筋がつよいのか、女の子ばかりつづいて、わたしの親の代からは医者をやめてしまっておるのですよ」

「ああ、そうですか」

「昔、女は医者になれんかったのですかね」

彼女は、ちょっと残念そうにいった。

それからも、しばらく話がつづいた。

当主が思い出し
「木村さんが待っているかもしれん」

と口にしたのがきっかけで、二人は立ち上がった。

「お会いできて、とても、ようございました。うれしかったです」

とハルはいった。

「あなたとわたしは、どういうつながりになりますか」

嫗嫗《またい》はハルにきいた。

「又従姉妹《とこ》ですか。そうですか、又従姉妹ですかァ」

嫗嫗はいって
「まあまあ」

と、さも、いとしげに、ハルの手を包むように撫《な》でさすった。

ハルはちょっと涙ぐみ
「いついつまでもお元気でいらして……」

といった。おしまいは言葉はかすれていた。

そんな二人を、籐三はじっと見ていた。

木村家は、桑原家から、ほんのわずかな距離しかなく、良寛が、よっこらしょと逃げ出したという話が、おもしろおかしく、現実味をおびて、よくわかるのであった。

木村家の正門は、屋根つき、観音びらきの戸で堂々としたものである。

瓦《かわら》の隙間から、名もない草がそろりと生えているのが愛嬌《あいきょう》であった。

その門の、向かって右前に、良寛禅師遷化之地《せんげのち》と刻まれた石碑が立っている。

門の脇は潜《くぐ》り戸風になっていて、庭までは、いつ、誰が入ってもいいようになっているらしかった。

「りっぱなお家ですけれど、しっとりと落ち着いていますね」

ハルはいった。

「うん。そうだな」

中に入ると左は母屋で、白壁と黒板塀の、見る者の気持をさらに落ち着かせるようなたたずまいだった。

庭も家も古色蒼然《そうぜん》といえなくもないが、じっさいに人が住み、隈無《くまな》く掃除されたあとも見られて、清潔さと温かさが感じられるのである。

声をかけると、すぐに、当主じきじき姿を見せた。

中年と呼ばれる年ごろだが、目がきりっとしていて、つよい光があり、若さを感じさせた。

「どうぞ」

口数は少ないが、冷たくはなく、ごく自然な立ち居振舞いに、籐三もハルも好感を持った。

部屋の中は広々としていた。

襖《ふすま》を入れれば、それぞれの部屋に仕切られるのに、すべて取り払って、大きな空間にしている。

当主の感覚の確かさを思わせた。

何本もの太い柱やかもいは、どれもよく磨かれ、渋い光沢を見せている。

そこに、書や、五合庵の写真や、雪の五合庵の絵などが、かけられてあった。

四畳ほどの畳の上に、良寛の書が並べてある。

「これは？……」

籐三はたずねた。

「良寛の書簡や墨跡を木版刷りにしています」

「ああ、なるほど」

「良寛の書を多くの人に見てもらいたいという気持です」

「そうですか」

木村家には書をはじめ、良寛ゆかりの遺品が、数多く残されている。

それを独り占めしないという心構えらしかった。

広げられている良寛の書を、二人は、ていねいに見た。

「わたしは良寛の楷書《かいしょ》が特に好きです」

籐三はいった。

「ああ、そうですか」

「良寛は、道元の愛語を書き写していますね。あれなど、格別に好きです。

良寛は、書家ノ書、歌ヨミノ歌といって、もっともらしいものや、気取ったものを嫌ったことはよく知られた話ですが、あれはいうは易く、行うは難《かた》しで、わたしは良寛の楷書を眺めていて涙のこぼれるときがあります」

当主は、籐三の横顔を、じっと見た。

「わたしも絵描きのはしくれなもんですから、ものをつくる、表現する、ということのきびしさは、いくらか、わかっているつもりですが、無心と邪心というものがあるとすれば、人間というものは、なまじ、ものを考える動物ということが災いして、どうしても自己顕示が、どこかに出てしまう。

下手なら下手で、もっともらしいものをくっつけようとする。上手なら上手で、どうだ、うまいだろうと、どこかに気取りが出てしまう。

そうして無心から遠退いていく。

良寛の書には、それが、いっさいない。もう少しいけば、子どもの書く文字と同じになる。

そこに、たどりつくまで良寛はどれほど苦しんだか、どれほど悩んだかと思うと、わたしは涙が出るのです」

「そうですか」

当主は静かにいって、ゆっくりとうなずいた。

「勝手なことを申して申し訳ない」

籐三は詫《わ》びた。

「なにをおっしゃいますか」

と当主はいった。

良寛にまつわるあれこれの話をきき、部屋のあちこちを案内してもらい、二人は恐縮したのだった。

「この上、ご無理を申し上げるようじゃが……」

籐三は切り出した。

「なんでしょう。なんなりといいつけてください」

「良寛終焉《しゅうえん》の地が、ここにありますが……」

「はい。裏の庭です」

「そこで二人で良寛を偲《しの》びたいのです。許してもらえるでしょうか」

当主は意を察していった。

「どうぞ、どうぞ。おじゃまはいたしません。いくらでも、ご自由にお過ごしください」


そこは草が生えていて、なにもない空地であった。

良寛禅師庵室《あんしつ》跡の碑が立っているので、それとわかる程度である。

籐三とハルは、そこに立った。

「ここで良寛さんはお亡くなりになったのですか」

「今は、もうなにもないが、ここに小さな庵《いおり》があったらしい。

木村家では、良寛のために庵室を新築するつもりだったようだが、良寛は迷惑をかけるのは、こころもとないといって、ここにあった薪《まき》小屋を掃除してもらって入ったようだ。

広さ六畳一間とか八畳一間くらいと伝えられておるから、五合庵と似たようなものだ」

「死ぬまで質素な生活をつらぬいたのですね」

「そうだ。孤独で、きびしい生活ではあったけれど、良寛自身それを望み、思いの限り修行生活をつづけ、そして、果てたのであるから、本望だったと思う。

生と死を、そうして完成させたのじゃ。それは、つよい意志がなければできないことかもしれないが、良寛の詩、あるかなきかに世をわたるかも……、の心に従えば、人目には、そうであっても、良寛自身は、川の水の流れるごとく生きたいという思いだったかもしれない」

「今、あなたは孤独といわれましたが、良寛さんの生涯の大半は、そうであったかもしれませんが、お年を召してからの出会いとはいえ、良寛さんには貞心尼《ていしんに》さまという女性が現れ、最期を看《み》とられたということは、なによりの救いじゃありませんか」

藤三は
「うん？」

と小さくいい、しばらくハルをじっと見ていた。

「そう思うか」

「思います。わたしは、あなたや翔太郎さんが良寛さんの話をしていても、側《そば》で、いつも安心してきいていられたのは、良寛さんには貞心尼さまがいる、という思いがあったからですよ。

どんなにりっぱな仕事を残されても、孤独に生き、孤独に死んでいったというのでは、あまりにつら過ぎますもの」

とハルはいった。

「そうか」

篠三は、ぽっつりいった。

「わしはな、ハル。貞心尼と良寛が交わした歌のおおかたは諳《そら》んじているぞ」

「お話の中に、ときどき出てきますね」

「これぞこのほとけのみちにあそびつつ
つくやつきせぬみのりなるらむ」

と篠三は読んだ。

「貞心尼さまが、はじめて木村家の庵に良寛さんを訪ねられたときの歌ですね」

「そうだ。良寛は、そのとき留守だった。貞心尼が置いていった手まりと和歌一首を見て返歌した。

つきて見よひふみよいむなやここのとを
とうとおさめてまたはじまるを

これは、また、いらっしゃいということだ」

「貞心尼さまは、よろこんだことでしょうね」

「それはそうだ。貞心尼は、今でいうところの良寛の大ファンだ」

「たいへんなファンだったようですね」

「わしが貞心尼に好意を持つのは……」

「おやおや」

「なにが、おやおやだ」

「良寛さんが、やきもちを焼かれないかと思って」

籐三は、ちょっと笑った。

「ハルちゃん流の混ぜっ返しじゃのう」

「すみません。話の腰を折りました」

とハルはあやまった。

「ファンというても、今どきの歌手に群がるファンとわけが違うぞ。良寛の詩歌や書をしっかり読んでおる。それだけじゃない。良寛が托鉢して歩いた出雲《いずも》崎《ざき》や寺泊《てらどまり》の地を、同じように托鉢して歩き、思いだけで良寛に近づこうとしたのではなく、学びつつ行動しながら、良寛への敬慕の念を深めていったのだ。たいした女性《にょしょう》じゃ」

「その点、わたしはぼんくらで、怠けもんですみませんね」

ハルはちょっと、ふくれた。

「なにをいうとる。ハルちゃんにはハルちゃんのよさがある」

「はい、はい」

とハルはいった。

「この年の秋に、能登屋《のとや》で……、木村家の屋号じゃな。良寛と貞心尼は、はじめて会うことになる。

そのときの貞心尼の歌が、なんとも可愛い。

きみにかくあひ見ることのうれしさも
まださめやらぬゆめかとぞおもふ

良寛は、それに対して、こんな歌を返しておる。

ゆめの世にかつまどろみてゆめをまた
かたるもゆめもそれがまにまに

時のたつのも忘れて語りあかしたのだろうな。

貞心尼は

されどあかぬここちして……と前ふって、こんな歌も詠む。

むかひゐて千よもやちよも見てしがな
そらゆくつきのこととはずとも

良寛の返歌はこうだ。

こころさへかはらざりせばはふつたの
たえずむかはむ千よもやちよも

このとき、良寛は七十歳、貞心尼は三十歳だ。

なんという若々しさと、ハルちゃん、思わないか」

「もう、どちらも、ひたむきですね」

「ひたむきも、ひたむき。目も眩《くら》むばかりじゃ」

「ほんと」

とハルは可愛くいった。

「能登屋で数日、すごすのだが、貞心尼は良寛から、むさぼるように話をきいたのだろう。

仏教や歌の道について教えを受けたのだろう。

良寛にわかってもらおうとして、これまで励んできた和歌や書のことを、貞心尼はけんめいに語ったことだろう。

残された二人の歌を読むと、そのことが、ひたひたと伝わってくる」

「貞心尼さまにとって、夢のような時間だったのでしょうね」

「そういう気持の弾《はず》みが、歌にこめられているな。

こうして会った二人が、別れていくときの歌が、ほんとにいい。わしの好きな歌だ。

たちかえりまたもとひこむたまぼこの
みちのしばくさたどりたどりに」

「貞心尼さまの歌ですね」

「そうだ。良寛は、こう返すのだ。

またもこよしばのいほりをいとはずば
すすきおばなのつゆをわけわけ」

篠三は、どうだ、というような顔をした。

「ああ、いいですね。少しも、ものを覚えないわたしですが、この二つの歌は、覚えられそうです」

　とハルはいった。

「そうか。覚えるか」

籐三は、うれしそうにいった。

すぐにハルは口をひらいた。

「たちかえり、また……、えーと、なんでしたっけ」

さっそく詰まった。

「またもとひこむ　たまぼこの」

籐三が読む。

「はい、はい。はじめからね。

たちかえり

またもとひこむ

たまぼこの

みちのしばくさ

たどりたどりに」

「なんだ。一発じゃないか」

「はい、はい。

またもこよ
しばのいほりを
いとはずば
すすきおばなの
つゆをわけわけ」

籐三は呆《あき》れた。

「どこが、もの覚えが悪いのじゃ」

「あ、そうですか。この歌は覚え易いんですよう」

とハルは、けろりといった。

「あなた」

「なんだ」

「これは、別れるときにうたった歌なのかもしれませんが、まるで別れ歌になっていませんよ。熱《あつ》、熱ゥ……」

とハルはいった。

「参ったな」

と籐三はいった。

「じゃ、もっと、熱、熱の話をしてやろう」

少し意地になったのか、籐三はいう。

「二人が出会って三年くらいになるか、貞心尼は信濃川を渡り、良寛は塩入峠《しおいりとうげ》を越え、与《よ》板《いた》の地で、二人は数日、野に遊んだ」

「今でいうデートですね」

籐三は、ちょっと白い目で、ハルを見た。

「そのときの歌だ。

やまがらすさとにいゆかば子がらすも
いざなひてゆけはねよはくとも

良寛は

いざなひてゆかばゆかめどひとの見て
あやしめ見らばいかにしてまし

と返している」

「やまがらすは良寛さんで、子がらすは貞心尼さまですね」

「そうだ。そして貞心尼は、こんな歌を詠んだのだ。

とびはとびすずめはすずめさぎはさぎ
からすとからすなにかあやしき

貞心尼自身が、そういうのだぞ。からすとからすはなにかあやしき、とな」

「もう恋文ですね」

「うん。恋文そのものだ」

「わたしの心まで、ぽっと明るくなります」

とハルはいった。

「これを最後に良寛は体調を崩していくのだが、貞心尼とともに過ごしたこの時間があったからこそ、良寛のきつい人生を語っていても、ハルちゃんがいうように、いつもわしたちに温かいものを感じさせてくれるのじゃ」

「ほんとに、そうですねえ。よかった、と思いますもの」

「この与板の出会いは春のことだが、その夏には、良寛は吐瀉《としゃ》をつづけ、四肢が萎《な》えるという状態になる」

「赤痢とも直腸癌《がん》ともいわれているそうですね」

いっしゅん、どきっとした籐三は、思わずハルの顔を見たが、ハルは、さらりと平気な顔をしている。

「うん。おのれの病をうたった長歌も残っておる。

一進一退をつづけるのだが、十二月も半ばに入って、ますます悪くなる一方だ。

貞心尼のうたった歌に、こういうのがある。

かひなしとくすりものまずいひたちて
ふりぬるゆきのきゆるをやまつ」

「覚悟の良寛さんを見たということですか」

「さあ、どうだろう。良寛自身は、こんな歌を返している。

うちつけにいひたつとにはあらねども
かつやすらひてときおしまたん」

「ああ、なるほど。貞心尼さまは、ずっと良寛さんを看《み》られたのですよね」

「良寛の危篤の報が、弟の由之《よしゆき》と貞心尼にもたらされたのが十二月二十五日、良寛入寂《にゆうじやく》が一月六日。

わたしたちにとっても救いであるが、良寛は愛する二人に最後まで看とられて、息をひきとっておる」

「それがここですね。今、わたしたちは、そこに立っているのですね」

「そうだ」

仄《ほの》かな風に、幽《かす》かにゆれる名もない草を、二人は黙って眺めた。

しばらくして籐三は口をひらいた。

「もし赤痢であったなら、人の嫌がる病気だ。いずれにしても、激しい下痢は、異臭も放ったはずだ。

そんな良寛を何度も湯で拭《ふ》き清め、昼夜分かたず、ぴたりと寄り添うておった貞心尼や由之を思うと、人は、かくありたいと思う。

良寛は貞心尼に、こんな歌を残した。

いついつとまちにしひとはきたりけり
いまはあひ見てなにか思はむ

弟の由之には

さすたけのきみとあひ見てかたらへば
このよになにか思いのこさん

と、遺《のこ》した。

良寛は、もはや、なにも思い残すことはなかったのであろう」

「はい」

とハルはいった。

それからしばらくして、二人は隆泉寺《りゅうせんじ》の良寛の墓の前で、静かに手を合わせていたのだった。

「すみませんねえ。あちこちひっぱりまわして……。とても助かります」

ハルは運転手にいった。

「なにをおっしゃいますか。一日、貸し切りの運賃にしていただいて、助かるのは、わたしの方です」

「そういっていただくと気が楽だ」

籐三もいった。

「ちょっとわかりにくいとこで……」

ハルは手描きの地図を運転手に見せた。

「この辺りで、入軽井《いりかるい》というところです。以前にいったことがありますので、近づけば、その辺りの景色を見て思い出すかもしれません」

ハルは、地図の、その部分を指さしながらいった。

「ともかく、いってみましょう」

そういって運転手は車を走らせた。

青々とした田圃《たんぼ》が広がっている。

「この辺りは減反の田が見当たらぬな。あれを見ると無残で、気が滅入る。こんなふうに、稲が元気よく育っている風景を見ると、気が晴ればれするわい」

籐三は、気分よさそうにいう。

「なんといっても、ここは米どころですからねえ」

ハルもあいづちを打った。

「今から寄せてもらう家は、ハルちゃんの義理の従姉妹《いとこ》さまが住んでいらっしゃるのだな」

「はい、はい」

「ハルちゃんが、よく、あねさま、あねさまと呼んでいるお方だな」

「あら。よく、心に留めておいてくれましたね。

おばあさんの嫁ぎ先の遠藤家とは、これまで行き来があったのです。

わたしの父の兄の長男の嫁が、そのあねさまですね。

今は、独りでお暮らしですが、お体も、お心も、かくしゃくとして、ほんとに気持のよいお人ですよ」

「お会いするのが楽しみだな」

と籐三はいった。

山裾《やますそ》に集落が見えてきた。

「運転手さん。次の道を左に折れてください。あの奥の方です」

車は狭い道に入った。

昔ながらの旧《ふる》い農家が、点在している。

石垣の向こうに大きなクスノキがあり、そこを行き過ぎ、二股《ふたまた》路の右の突き当たりが、目差す家だった。

声をかけると白髪の老女が姿を見せた。

いくらか腰をかがめていたが、やや背が高く、目が張っている所為《せい》か、老いを感じさせず、どこか瓢々《ひょうひょう》としている。

「まあまあ。こんな遠いところまで、よく、きてくださいました。どうぞ、どうぞ」

しっかりした声だった。

あいさつを交わす。

「りっぱな木が多いですね」

籐三は前栽《せんざい》を見渡して、いった。

松の枝っぷりなど、ほれぼれする。

「手入れが欠かせませんでしょう。年寄り独りなもんで、手が足りず、その分、いくらかお金もかかります」

ホホと笑って老女はいった。

見事な庭で、そして庭につづく畑が、また、広い。

そこで栽培されている野菜は、サトイモ、ネギ、カボチャ、トマト、インゲン、葉菜類と数え切れない。

「これを、お独りで？」

籐三は驚いてたずねる。

「はい。今は、これが、わたしの楽しみですよ」

二人が、すぐに家に上がらず、庭から畑へと回ったことが、老女の気に召したようだった。

「八十二歳ときいておりますが？」

「はい、はい。畑をするのは、わたしのリハビリみたいなもんです。独り立っておるより、鍬《くわ》を持っておる方が、ずっと楽でありますよ。鍬は友だちというより、三本目のわたしの足みたいなものです」

「ああ」

籐三は深くうなずいた。

「六十年余り、この家に在って、土の香りと共に生きているしあわせを噛《か》みしめております。

土の上で働くことは、自分に対するリハビリと頭を切り替えて、畑の作物に日夜、お礼をいっている愚か者でありますけれど、土や畑の作物は、わたしを、いつも心豊かにしてくれます。

年齢というものは、体験で学んだことが積み重なって、それがいい具合に醗酵《はっこう》しておりますから、つくづくしあわせを感じさせてくれる、なかなかいいもんでありますよ」

「はー」

と籐三は頭を下げた。

「あねさまは、三人の子をそれぞれ独立させて、人間のことはお役目御免の身だけれど、畑に、次々、子や友ができ、そのつき合いに忙しゅうて、さびしさを感じるひまがないのだそうですよ」

とハルは籐三に教えた。

「畑のもんは、子や友だちでありますか」

籐三は、老女に問うた。

「はい。みんな友だち。みんな子どもでございますよ」

と老女はにこにこして答えた。

畑の隣は、下草の生えた広い場所で、ところどころ桐の木が立つ。

「いいところだ。絶好の散歩場所だが、こりゃ、ぜいたくだな」

「ここと畑と家の敷地を入れると二千坪はありますか。

桐の木を育てて売っておったときもあったのですが、そんな生業《なりわい》も、今は叶《かな》いません」

と老女はいった。

「おかげさまというのは変ですが、緑の真んまん中で寿命の限り存分に生きさせてもらって感謝しております。おっしゃるように、ぜいたくさせてもろうております」

「寿命の限りでありますか」

籐三は問うた。

「天命という言葉が、わたしは好きです。自然の中で生きていますと、自分が素直になっているのが、よくわかります。

生きているなんて、えらそうなことは思わなくなりました。

もう少し早く、そういう気持になっていたら、と思って、くやしくなりますね。だから、わたしは自分を愚か者だと思っております」

籐三は黙って、二度、頭を下げた。

家の裏手に回ると、白壁の堂々とした蔵があった。

見上げて
「こりゃあ、りっぱなもんだ」

と籐三は呟《つぶや》いた。

「昔、庄屋だったもので、これだけが、その名残をとどめているといったところですか」

老女はいった。

まるで民俗館を見学しているようで、その横の屋敷内には、動物小屋、焚《た》きもの小屋、米蔵、煙草乾燥室と並んでいる。

「本屋と呼ばれるりっぱな茅葺《かやぶ》きの母屋があったのですが、だまされて、みんな取られてしまいました。

文化財みたいなものだったのでしょう。解体して持っていきました。

しょせん浮世の話です」

こともなげに老女はいう。

「自然は持っていけません。持っていけないものを残してくれたのが、なによりでございましたね」

ホホと老女は笑った。

老女の振舞いは、畑の枝豆と、トマトとキュウリだった。

「はしたないと思われるかもしれませんが、粗末な物ですが……と、わたしはいいませんよ。

いちばんの御馳走《ごちそう》です。どうぞ」

と老女はいって、勧めた。

二人は、合掌してから、それを口に運んだ。

味わって
「うん」

と籐三は大きな声でいった。

「まあ、とびっきりの味！」

とハルはいった。

篠三が老女に質問した。

「数年前に、おつれあいを亡くされたそうですが……」

みなまできかず老女は答えた。

「ときどき枕もとに出てきます。お迎えは、ちーと早い、というて、追い返しております」

「いい日じゃった」

篠三は満足だった。

「ほんとうに、いい日じゃった」

「そうでございましたね。いのちの洗濯をさせてもらいました」

とハルもいった。

「このまま新潟に向け、車を走らせていいのでしょうか」

運転手はひかえめにきいた。

「そうしてください」

「わたしに気を遣わず、なんなりといいつけてくださいよ。どこへでも回りますから」

「ありがとう。また海沿いの道を走ってくれますか」

「承知しました」

運転手は、二人に好意を持ったようだった。めずらしく話しかけてきた。

「年をとってから二人で旅行っていうのはいいですね。人生の華じゃありませんか」

「そうだね」

籐三は素直にいった。

「お二人を見ていると、わたしの気持にまで、なんだかこう、じわっと、ぬくいものが伝わってくるようで……」

「あ、そうかね。それは、ありがとう」

「いえ、なに。どうも、すみません。余分なことを申しまして」

運転手は、少しあわてていった。

わきまえてか、それ以上、話しかけてこようとしなかった。

こんどは左手に海を見て走るあんばいになる。

佐渡の島影が見えてくる。

籐三はだんだん無口になった。

ハルは、それに逆らおうとせず、座席にもたれ目を閉じた。

そうして車は二十分ばかり走る。

籐三が、ふと見ると、ハルはうっすら口もとをゆるめ眠っているのだった。

籐三は微笑み、しばらく、そんなハルの顔を眺めていた。籐三の目が、なにかを決断した。

ハルは四十分ほど眠り目を覚ました。

籐三は運転手にいった。

「すまないが、ちょっと、ここで降ろしてくださらんか。砂浜へ出て、海を見たいのじゃが」

「あ・そうですか。はい、はい」

運転手は車を道の際《きわ》に寄せた。

「三十分ばかり時間をもらってよろしいか」

「時間は気にしないでください。心ゆくまでお過ごしください」

と運転手はいって、ドアをあけた。


海は凪《な》いでいた。

砂浜というより小さな砂丘のような海岸だった。

人影はなかった。

ときおり、なんの鳥か飛翔《ひしよう》していく。

「ハルちゃん、少し座らんか」

籐三はいった。

「はい」

二人は波打ち際を遠くに見て、腰を下ろした。

「静かですねえ」

「うん。静かだ」

「二人っきりですねえ」

「うん。二人っきりだ」

かすかに波の音がきこえた。

籐三は手提から、小さな瓶をとり出した。キャップをひねり、小さな瓶を二つにした。キャップを器の代わりにして、そこへ、琥珀《こはく》の液体を注ぎ入れた。

籐三は、それを静かに飲み干す。

新しくして
「ハルちゃん。どうかね」

と、その小さな器を突き出した。

ハルはそれを受けとり、くちびるに当て、ほんの少し薫《かお》りだけ吸いこむように飲んだ。籐三に返すと、籐三は、それを、ふたたび飲み干し、微《かす》かに
「ほう」

と息を吐《つ》いた。

「最期に飲むお酒でしたのに」

とハルはいった。

「雪の上で、二人並んで」

とハルはうたうように呟《つぶや》いた。

「うん」

籐三は手提から、別の瓶をとり出し、てのひら一杯、白い錠剤を盛り上げた。

「ハル。おいで」

と籐三はいった。

「はい」

二人は、ゆっくり歩き、波打ち際に立った。

籐三は、その右の手を、空に投げるように振った。

「ほれ」

いっしゅんの突風に散る花片のように、宙に舞い、それは、じき消えていった。

沈黙が流れる。

「そうでしたか」

ハルは納得していった。

籐三は無言だった。

「そうでしたか」

とハルは、また、いった。

二人は、まさぐるようにして、手をつないだ。お互いの気持を確かめるように、力をこめ、握り合った。

二人は、また、ゆっくり歩き、もとの場所へ戻り腰を下ろした。

「とくべつ上等の、目ン玉の飛び出るほど高価なブランデー」

ハルは童謡でもうたうようにいって、砂の上に置いてある瓶を手にとった。

「一生にいっぺんだけ、ぜいたくするぞ、とあなたがいって買ったお酒ですね」

ハルはフフと笑い、キャップをしめ
「はい」

と籐三に渡した。

「うん」

籐三は、それを受けとり手提へ大事そうに入れた。

「よかった」

とハルはいった。

「これで、よかったか」

「よう、ございました」

ハルは二度、うなずいた。

「わたしは欲張りな女ですから、いっしょにあっちへいってもらうより、貞心尼さまが良寛さんにそうしたように、下《しも》の世話をあなたにしていただいて、ほんとうに図々しく一足お先に向こうへいき、あなたを待っている方がいいですよう」

「そうか」

「申し訳ありませんけれど……」

「そうか。わしはハルちゃんのババとりするか」

「ちょっと、しあわせ過ぎて罰《ばち》が当たりそうですが」

「いいや。罰は当たらん」

「当たりませんか」

「当たらん。わしの仕事の半分は、ハルちゃんに助けてもろうたお陰じゃ。お世話になり申した」

と籐三はいった。

「なにをおっしゃい……」

おしまいの方は声にならないハルだった。

長いこと二人は黙って海を眺めていた。

「この旅のあいだ、ハルちゃんはりっぱだった」

籐三はしみじみいった。

「………」

「取り乱すところは、なにひとつなかった」

「それは、あなたも同じではありませんか」

とハルはいった。

「いつもと変わらず良寛さんの話をしていらっしゃったじゃないですか。翔太郎さんと話しているときも薫平ちゃんと話しているときも、青年みたいで」

「そうじゃったか」

「そうでしたよ。あなたは、いつも、いさぎよいです。悔しいですよ。わたしは、あなたの、そんなところに惚《ほ》れたんですよう」

「ハルちゃんは、わしに惚れておったか」

「今さら、なにをいうんですか。惚れていましたよ」

「そうか。惚れておったか」

「もう、たまらんぐらいに」

「そうか。たまらんぐらいにか」

「そうですよう」

「そうか。それも、ま、わしの半分くらいじゃな」

藤三はぬけぬけといった。

「そういうことをいうところだけは、いさぎよくありませんよ」

と、ハルはいった。

藤三はきこえないふりをして
「そうか。わしはいさぎよいか」

と、わざわざいった。

ま、いいか、という顔を、ハルは、した。

「わたしが、あなたの言葉に逆らわないで、あなたといっしょに旅に出たのは、ひとつ、わけはあるのです」

と、ハルはいい出した。

「あなたは、どこか死場所を求めていると、わたしは思っておりました。

母一人子一人の家庭に生まれて、お母さまは苦労のすえ早死されたことを、あなたは自分を責めることで、納得しようとなさっていたでしょう。

あなたの、生きることのきびしさ、仕事のきびしさは、そんな、あなたのいさぎよさから、生まれてきたものと、わたしは思っておったのです。

平々凡々、親をはじめとして肉親の愛を受けて、何一つ不自由なく育ってきたわたしは、あなたを尊敬する分、自分への劣等感が募っていきましたが、あなたは、そんなわたしを、ハルちゃんは、おおらかでいい、おおらかだからいい、といつも励まし、育ててくださいました。

あなたを尊敬しながら、あなたに危ないものを感じていたことを、今、告白しますが、あなたは、その上、獄中で死んでいった友、戦地で死んでいった友のいのちを、いっぱいに抱えて生きてきましたね。

あなたは友と同じく、自分の散華《さんげ》のことが、いつも頭におありになったのではありませんか。違いますか」

藤三は身じろぎ一つしなかった。

「あなたから、こんどの旅の話が出たとき、わたしは、やっぱりと思いました。

だから、わたしは、あなたの申し出を、ありがたがるふりをして受けたのです。でも、よかった。ほんとうによかった」

ハルの顔は晴ればれとしていた。

「いっしょに死んでいくという、これ以上ない愛の中に、ほんとうでないものがあったなんて、そんな……」

籐三は動かない。

「……散華というのは、戦死を美化する言葉ですね。わたしが、あなたにひかれたいさぎよさは、そんなんじゃなかった。人は、生きているあいだの振舞いに、いさぎよさというものがあったとしても、いのちのゆくすえに、いさぎよさなんて、なにもないのですよね。あるのは、ありのままを、ただ、ていねいに生きさせていただくということしかないのですね。

こんどの旅を通して、あなたもわたしも、そのことを……」

微《かす》かに、ほんとうに微かに、籐三はうなずいた。

「……。生意気なことを申しました。許してください」

「うん」

二人は黙って、ふたたび、海を、それが、すべてであるように、ひたすら眺めつづけた。

ようやくにして、籐三は口をひらいた。

「ハルちゃん」

「はい」

「ありがとう」

「……………」

「ありがとう」

二度、いったので、ハルは
「え？」

と籐三の顔を見た。

「わしの驕《おご》りを、ハルちゃんが取ってくれた……」

ハルは、そのまま、じっと籐三の顔を見つづけた。

「ここへきて、わしは生まれたときのまゝまのすっぽんぽんになり申した」

「そうですか……」

ハルは顔をもとへ戻した。

「……そうですか。すっぽんぽんになりましたか」

「うん」

「すっぽんぽんはいいですねえ」

「うん」

「わたしはやがて、それがもっとすすんで、まともなことがいえなくなっていくのでしょうけれど……」

「そのときゃ、わしは、おまえを誰にも渡さん」

「はい」

とハルはいった。

目に、見る見る涙がたまった。

「涙は、いかん」

「はい」

「いかん」

籐三はいった。

風が微かに吹いた。

二人は黙って、それを感じていた。

「あなたに、いおうかどうか迷っていたのですが……」

ハルはいった。

「いうてみなさい」

「きのうの夜、わたし、薫平ちゃんの夢を見たんです。

薫平ちゃんはククと笑いながら、風に耳たぶはありますかァ、といいながら、わたしの耳たぶを触りにくるの。

わたしもころころ笑って逃げ回っているのですが、わたしも薫平ちゃんも小さな子どもで、二人は鬼ごっこをしているのですね。

どうして、あんな夢を見たのでしょう。不思議ですねえ」

藤三は

「なに不思議であるものか」

といって首を振り

「そりゃ、いい夢じゃ」

と、つよい声でいった。

この作品を成すにあたり、多くの方々のお世話になりました。

特に、良寛ゆかりの木村家、桑原家、遠藤家のみなさまには、ご厚意とご協力をいただき、感謝の他ありません。

いつものことながら、このたびも小宮山量平さんの後押しと励ましに導かれました。また、こんかいも坪谷令子さんに力作を添えていただきました。それぞれ心よりお礼を申します。

たくさんの文献のお世話になりました。

つよく教示を受けた著作を、次に掲げます。

ありがとうございました。

『養生訓　全現代語訳』　貝原益軒　伊藤友信訳　講談社学術文庫

「絵と人のものがたり　熊谷守一」　芥川喜好文　読売新聞・日曜版

『「無言館」ものがたり』　窪島誠一郎著　講談社

『無言館』　窪島誠一郎著　講談社

『無言館を訪ねて』　窪島誠一郎編　講談社

『良寛を歩く』　水上勉著　日本放送出版協会

『良寛のすべて』　武田鏡村編　新人物往来社

『良寛の旅』　谷川敏朗著　恒文社

対談　樹木希林×灰谷健次郎
「『風の耳たぶ』を語る」

樹木　私はね、灰谷さんのような資質を何も持っていないので、全く別の珍獣が動物園の柵《さく》の向こうにいるみたいな感覚でしょう。富士には月見草がよく似合う、灰谷健次郎には樹木希林がよく似合うといった人がいたそうね。全然似合いそうもないんですけれども、結局、私がいることによって引き立つんですね、灰谷さんが（笑）。

灰谷　それは、樹木さんの語る灰谷人物像でね（笑）。

樹木　ちょっとずうずうしいんですけどね、さっぱり本の理解力がないのにのこのこと。普通はちょっと遠慮させていただくじゃないですか。それをハイハイって来るわけです。というわけできょうの村談が成立するわけですね。

灰谷　私の樹木さん像は、年齢は私の方が上なんだけど、姉みたいな感じ。

樹木　私、九つ年下なんですよ……なあんて威張ったってしようがないけど（笑）。

灰谷　私は年だけの深さがないんだ。若さの方がちょっと出過ぎか。

樹木　たくさんの苦労をしてらっしゃるんですけども、その苦労も愉快にしてしまうというか、そこから抜け出していく作業をしているうちに、だんだん人間が幼くなってきちゃう、いい意味でね。

普通、苦労すると処世にも長《た》けてくるんでしょうけど灰谷さんはそうならないのね。子供のように幼いというと変だけど、初々しい。今度の作品『風の耳たぶ』の老夫婦もそういえば初々しいですね。主人公の老画家の籐三さんはむしろ今までの灰谷さんの作品の中でもいちばん少年っぽい気がしたんです。

灰谷　ああ、そうですか。そういっていただくとうれしいです。『風の耳たぶ』は主人公が八十五歳のおじいさんと七つ年下のおばあさんの物語です。以前に翻訳をしていたとき、直訳すると「彼女は若い。彼女は老いている」という文章があって、何のこっちゃと思ってね。前後の文脈を考えて「彼女は初々しく老いて」と訳したんです。

樹木　ああ、いいですね。

灰谷　この作品のじいさん、ばあさんはそういうところがあるね。今いわれてそう思ったんだけど。初々しいというと、普通は何も知らない若さのことを指すんだろうけど、本当の初々しさというものはそうじゃないんでしょうね、きっと。生きる根っこがひたむきだったら、いかに年をとろうと若さがあるんだよね。肉体は年とるけど。

樹木　『風の耳たぶ』のこの八十五歳と七つ下のご夫婦は、イメージの中ですか、それとも具体的にそれらしい人がいらっしゃるんですか。

灰谷　これはね、ちょっとタネあかしみたいなことをいってしまうと、私を世に出していただいたさる出版人がモデルです。作品中のハルちゃんと呼ばれている奥さんはその方の夫人で、戦争中からたいへんな人生を生きてこられたにもかかわらず、状況がどんなに絶望的であろうと、楽天性というものを失わなかった人です。

樹木　灰谷さんの周りにはそういう方がいらっしゃったんですね。

灰谷　ええ。こういう人たちが日本という国、社会をつくってきた。それはもう、涙も、汗も、血まで出して生きてこられた。言い換えれば、時代に魂を売らなかった人。いつも権威とは逆のところに自分の足を置いて生きてこられた。こんな人はたくさんはいないけど、いらっしゃった限り、やっぱり書いておくべきだし、今の若い世代の人にも伝えたいんですよ。重いものを背負って人生を過ごされたのに、この作品に示したように、まことに少年的な生き方をなさる。食べるもの一つにしたって、景色一つを見ても、本当に楽しむことを知っておられる。

樹木　私ね、冒頭の老夫婦の会話がおやっ、いつもの灰谷さんの作品と感じが違うなと思ったんですけど、それは二人がきれいな標準語をしゃべるでしょう。

灰谷　うん、いつもの関西弁じゃないね。

樹木　自分が東京の出身でいわゆる標準語、東京弁でしょう。いろんな地方の役者さんがいると、うらやましかったんですね。それはその訛《なま》りの持っているニュアンスのよさ。それとは通じるかどうかわかりませんけど、私が灰谷さんのいちばん好きな点は、末梢《まっしょう》的で申しわけないけど、灰谷さんの口調から出てくる方言の何ともいえない雰囲気。だから、今回の作品は最初の音が聞こえてきた時にちょっと違和感があったんです。

灰谷　ああ、そうですか。

樹木　夫婦の会話がすごく他人行儀な言葉のやりとりに感じたんです。わざとそうされたんですか。

灰谷　ええ、わざとですね。今の話を受けると、私は神戸生まれの神戸育ちで、関西弁と一言でいうんですけど、神戸弁と大阪弁はものすごい違いがありましてね。

樹木　京都弁も違いますよね。

灰谷　ええ、全然違うんです。私のは古い神戸弁。ただ関西の言葉に共通したいい点は、人間の情感を本当にストレートに伝えるところ。去年、半年ぐらいずっと東南アジアを歩きまして、先住民の子供たちとしゃべったりしたんです。全部関西弁。それでちゃんと通じるの。きのう鎌田慧《さとし》さんとその話をしてたんやけど、東北弁だったら通じないだろうと。関西弁は「こらこら、そんなんしたらあかんでえ、ちゃうやんけ」といったらわかるわけです。外国の子に。

樹木　ものすごい得な言葉だわ。

灰谷　私はそれに薄々気がついていたから、自分の小説ではこれを意図的に使ってきた面もある。だけども、今度は使わないで、今まで頼っていた武器を一度捨ててみて人間が描けるかどうか試してみた。

樹木　それと、私なんか自分のところの夫婦がめっちゃくちゃですから、実感として自分の中に思い描けない。八十歳という年齢の方たちだと想像すれば、ああ、そうかと思うけども、灰谷さんの中にある理想像の夫婦というか……。

灰谷　この作品を読んだ方が「こういう理想の夫婦でありたい」と。まあ、そういわれてみればそうだ（笑）。でも理想的なんて本来面白くもなんともないものですよ。理想的な生き方、理想的な人間なんていうたら、何やねんと反発したくなるよね。私は、結婚もようせんし、学校の先生をしても中途半端で子供を置いていったような過去もある。そうかというて人並みに安穏に暮らすような生き方もようしないし、中途半端というよりも寄り道食いといったらいいかな。そういう人間はね、やっぱり、こうありたいなあという願望がどこかにあるんだろうと思う（笑）。

樹木　苦労してもそんなの気にならないっていう感じが灰谷さんにはするんですけどね。

灰谷　いや、あるんですよ。心のどこかに（笑）。『ロミオとジュリエット』から始まって『マディソン郡の橋』まで、純愛を書くと売れると小説の世界ではいわれるでしょう。私はたくらんでそんなことはやりませんけれども、例えば人と人とのつながり一つにしても、現実はそんなにきれいなことばかりじゃないし、それはもう大変なもので、それを見つめ、目をそらさないで、その上で邪悪なものをそぎ落としていく、そういう作業がやっぱりあるんですね、小説を書くという営みの中には。文学の中には悪もあり、それを書くのが得意な人もいるから一概にはいえないとしても、私の場合は、一歩も二歩も前に行く、他人よりもっと深いものの考えができる人間を創造したいという気持ちが絶えずある。結果として作品中の籐三とハルさんのような夫婦の関係に行き着いたのでしょうか。

樹木　それは決して言葉でいうような理想的な夫婦かというと必ずしもそうでもないですよね。

灰谷　そうです。籐三じいさんは三回よその女性にうつつを抜かしたし、妻のハルさんも同情心で男についていった過去がある。八十数年生きてきた中で、それぞれみな、そういうことが何か濾過《ろか》されていくような形で成立している夫婦ですね。だから決して私はきれい事を書いているわけじゃない。

樹木　幼馴染《なじ》みのもう一つの夫婦、奥さんはもう亡くなっているけど、そちらの方がむしろ額面どおりの実直な生き方をされている。

灰谷　自分が書きたい人間を二つの夫婦に割って書いたんです。翔太郎じいさんもなにも教科書的な生き方をしようとしたわけでは決してないんだけども、たまたま男女関係がいわゆる純愛だった。それも事実。そして、純愛でなかったけれども、結果として純愛以上の関係をつくっていった夫婦。これも事実。もうこれはどちらでもいいんです。どちらも私の描きたかった男女関係だから。

樹木　以前、堀江謙一さんと灰谷さんがヨットのことでNHKの取材があって、女性のアナウンサーが「素敵ですね。ご夫婦で、好きな人と航海できたら」って灰谷さんに振ったら、「そらだめや」って（笑）。それまでふーん、ふーんって返事していた人が「何日もしないうちに、すぐけんかや」ってスポンと言ったの。

灰谷　ああ、あれね。

樹木　アナウンサーの人、絶句してましたよ（笑）。

灰谷　まじめな人やからね。あの方は。

樹木　でも、それも真実ですよね。好き同士が二人で大海原に出たら、うまくいくかといえばとんでもない。もうそれでけんかばっかりだというのをポーンとおっしゃる灰谷さんが『風の耳たぶ』のような夫婦のありようを書かれたのを私は両方見てるからね、面白いなあと思っているんです。

灰谷　これまでの多くの小説は、リアリズムを底に敷いているんだけど、最近は一種の仮想現実を描いている作品がすごく多くなってきているんです。男女の愛を書いても全部作り物で、作者が設定したドラマを追うだけのために人間を動かしている。それなりにセンスのある人が書くとスマートな小説になるんですけども、読み終えて、じゃ、その人物は一体何であったかといったら、何も出てこない。その人物は過去にどういう生き方をして、どういうものの考え方（これは思想という言葉を使ってもいいんですけど）を蓄積した人間であったか、全く描かれていない。ちょっとあっけにとられるくらい。無責任な気持ちのよさというのはありますけどね（笑）。

樹木　ちょっと都合がよ過ぎるんじゃないかと思う小説もありますものね。

灰谷　人間は一人で生きているわけやないから、いろんな人とのつながりがあって、それを広げていくと社会という問題に突き当たる。具体的にいえば、政治にも突き当たっていく可能性だってあるのに、一切そういうものは描かない。読み物としてはしゃれてるなあと思ってもね、私は何のために文学があるのか、根源的な疑問に突き当たって最近の文学状況に一時、落ち込んだときがありましたね。

樹木　薫平くんという少年が出てきますよね。あの子は若いなりに鋭く社会矛盾を問い質《ただ》すし、ある意味すごく理想的な少年でしょう。あんなガキいないよ、というのは簡単なんですけど、じつは案外いるんですよね。ただ、そういう環境にいないから魅力的なものが開発されないで、何となく渋谷《しぶや》あたりでしゃがんじゃってるみたいにね。

灰谷　ええ。そうですね。籐三たちにしろ薫平にしろ社会的発言に触れるセリフが青臭いという批評が出てくる可能性があるなと思ってるけど、あえて私はそれでいいと思ってますね。

樹木　私なんかはズバッズバッといいたいことが生でいいなと思ったところもありましたね。それに若い人は特に垢《あか》がついてないからちょっと掃除してあげると魅力がふぁーっと出てくるような感じがする。昔は絶対ああいう人はいないと思っていたけど、今こうやって自分が年をとってみて周りを見回すと、やっぱりいるんだなって。

灰谷　ああ、なるほど。

樹木　もっとも灰谷さんの作品にスマートなものを求める人もいないんでしょうけどね（笑）。

灰谷　誰だってスマートにあこがれますけど、それは人間がどうしようもなくスマートでないからですよ。人間は絶対泥臭いと思う。生きるということは決してスマートなことじゃないという開き直りはしておいた方がいい。だから人間は何かをセレクトしていくんだし、生き方もそのままでいいとは考えちゃいけない。そこに一つの精進があるな、と私は考えるのね。

樹木　スマートさをずっとやり通せる人ならそれもいいでしょうけど、それは無理なんじゃないですかね。

灰谷　この作品の中で私が辛うじてその答えらしきものを一つ出しているのは、そういう人の思いを突き詰めていったら、結果としてそれは自然なんでしょうね。人の生き死に高低はないし、ましてや死んでいくときの様子を自分で選ぶことはできない。それをやろうとしたのがこの『風の耳たぶ』の主人公の籐三じいさんですね。それは結局、ハルさんという女性に驕《おご》りだと指摘されてしまう。人間はどう生きるか、どう死んでいくか、これは誰でも考える。だけど突き詰めていけばそれは、自然の中の一部なんじゃないか。ほのかにそういうことを考えているのです。私自身がもう死んでもおかしくない年ですから。

樹木　うん、そうですね。私もついこの間、気管支が、息を吸い込めなくなっちゃってね、ちょっと歩いてもハッハッハッていってね。自然とまた持ち直したんですけど、ああ、死ぬって、こうやって息が短くなっていく感じなのかな、だったらあそこいら辺を片づけておくんだったなぐらいの感じでね。あんまり死ぬことがおたおたすることではないような…。実際に死が間近にきているわけじゃなかったからでしょうけど、そんな体験をしたんですね。昔、深沢七郎さんとお話をしていただいて、心臓がだめになると、グーッと重たい岩が乗っかったみたいで、命が惜しいわけじゃなくても、「おかあさん」といっちゃったというのね。でもそれは切実に「おかあさん助けて」というんじゃなくて、思わず「ああ、ちょっと」という感じ。灰谷さんが、もう自分が死ぬ側の人間になってきたとおっしゃったけど、ある意味では私も、まだ五十八歳だけどそういう感じになってきてはいるんですね。

灰谷　樹木さんもそう思うことがありますか。

樹木　私の場合は特に生と死に関して境がないような感覚があるんですよ。死が特別違う形になるという感覚がなくて。

灰谷　ああ、それはいいな。「死の準備」という言葉があるでしょう。だけど死の準備をしようとするからいろいろ悩みが出てくるんじゃないか。私は、死でもって自分の人生を完結する、しない、みたいなことを考えるのは不遜《ふそん》だと思う。人の一生は絶対未完やと思う。終わらない。

樹木　そうですね。

灰谷　終えようと思うからおかしなことになるので、ずっと未完なんですよ。『風の耳たぶ』の籐三じいさんも後片づけをして出ていくけれど、私はしないと。作家や女優さんの多くの人がそうですけど、死ぬまで舞台に立って云々《うんぬん》とか、何か仕事の完結をいう。気持ちとしては、それはそれでいいんですけど、死はある日突然やってくるねん、どうしようもなくね。それで思い残すこと、やらなあかんことがその死でもって中途半端になるんですよ。

樹木　もう中途半端ですよ、人間は。

灰谷　そう考えたらいいんです。そうしたら別に、死そのものを生きてる間にどうこうしようと考える必要ないんじゃないか。

樹木　そうですね。お経の中に、「一生にも二生にも三生にも」という言葉があるんですね。何だ、一生じゃないんだ、また二生もあって、三生もあって、人間はいろんな試練や出来事に遇《あ》うという。だったら何も今生をここからここまでと決めずに、まあ、今生はこういう顔をして生まれてきたけど、次はまた違う姿かもしれないし、魂の着せかえ人形じゃないけど、さほど「私の最期」と考えなくてもいいなと思ったりもするんです。

でも半面、動けなくなったら介護が必要だからバリアフリーにしておこうとか、ベッドの隣にトイレをつくっておこうと考えたり…。

灰谷　ま、それは周りの人の迷惑を考えてのことでしょうけど（笑）。

樹木　で、自分がどういうふうに死んでいくかを子供たちに見せておこうと思うんですね。

灰谷　夏目漱石は死ぬときに「死にたくない」というたらしい説がある。よく死に対して冷静だった人が、実際に死ぬときはぶざまだったとかいうでしょう。私はそういういい方にものすごく違和感を持つんです。そんなん別やと思う。そのとき、死生観を確立していたんだからそれでいい。実際にいざ死ぬときになって「ワアーッ、死にたくない」といったって、けっこうけっこうと私は思う。

樹木　でも、私はちょっといいたくなる。いかにもそうじゃなさそうな顔していたのに、あんまり慌てふためいていると、何だ、中身が本当にそうだったのって（笑）。

灰谷　ハハハ…。そやけど私はそれでいいと思う。死を選択するとなれば自殺がいちばん明らかな方法なんだけど、死の選択は絶対に人はするべきでない。

樹木　そうですね。どんな形であろうと、自然にですね。

灰谷　見苦しい、往生際が悪いといったって、それは人間の価値観の話であってね。僕は「自然」という言葉を使うのはそういうことをいうんです。それはもう仕方がないねん。それを仕方があるかのように考えるのが煩悩だと思うんです。

樹木　知り合いの歯医者さんでもう八十歳になろうという方で、それでも現役の女医さんなんですが、すごくかわいらしい人。飛行機が大好きでしょっちゅう旅行に行かれてるんですが、万が一飛行機が墜落したら遺体がばらばらになってしまう。職業柄、そういう場合、歯型の照合をすることをずいぶんと経験されていて、「歯医者のポリシーとしてどうしても自分は上下両方の顎《あご》を残して死にたい。うちの家族は必ず死体見分に来るタイプの家族だ。ほうっておいてくれるならいいんだけど、そうじゃないから」と離着陸の時ヘルメットを被る。こうすればいざという時、顎と顎が離ればなれにならないからって（笑）。

灰谷　ああ、それは面白い。

樹木　美意識というのはあるんだなあと思いました。でもその人は、「飛行機がいつ落ちるか、それはいいのよ」と。

灰谷　死に対して客観的なんだな。そういう話は面白いよね。『風の耳たぶ』を書いてるときの楽屋話をするとね、とってもつらかったんです。もう本当に消耗したんですね。でも経験的にいえるんですが、書き手が苦しんでるときほど作品というものは描き切れるんですね。

樹木　そういう意味で非常にスーッと読めた。読者としてはつっかえるところのない本でした。

灰谷　これは読んでもらうとわかることですけど、老夫婦のたった五日間の出来事なんですね。

樹木　死出の道行きですね。

灰谷　私は若者、子供を主人公にしてきて、老人を主人公にした作品はこれが初めてですからね、いろんな意味で新しい世界だったことが苦しかったのかもしれない。それから、生きること、死ぬことは永遠の課題ですから、まあ、しんどかったのは当然だろうなあと思うんです。だけど、そのしんどい思いをして、アッ、書けたと思ったのはどこかというとね、このハルちゃんと呼ばれている女性がまったく計算外の成長をした時ですね。

樹木　ああ、やっぱりそうですか。

灰谷　初めは、楽天的で、結構亭主を立てて、自分は一歩ひいている人物として書き進めていたのが、実は、言葉はやさしくしゃべるんだけども、人間を深いところまで見つめられる人に成長するんですね。それは多分、僕の女性観なのかもしれないけど、生きるということにかけてはいちばん、「したたか」という言葉を使うのはあんまり好きじゃないんだけど……。

樹木　腰が据わってる。

灰谷　うん、それぞれ。腰が据わっている。むしろいちばん思想的なんだという思い。これは戦争をくぐり抜けてきた沖縄のおばあの話などを聞くと、それを感じるんですけどね。そのハルさんが、たいへんな仕事をした高名な画家である夫よりももっと深いところのものをつかんでいた人間として書けたとき、ああ、この作品はこれでよろしいと。書けたなあと思いました。こんな体験は私は初めてだった。

樹木　私はとても作品のことをどうこういえないんですが、最初の頃、会話をポンと投げると、きちっとそれに対して答える夫婦はちょっと自分たちとは違うなと思ったんですが、いま灰谷さんがおっしゃったことは読んでいくうちに感じられて腑《ふ》におちるんです。男の人が、女の人に比べて腰がちょっとひけてるから、返事もきちっとしちゃうんだろうし。

灰谷　女のすごさは男にはとても太刀打ちできない。さて、それで……。子供を主人公にして小説を書く物書きだと思われてきて、今度はおじいさん、おばあさん、命の終点を見つめている人が書けたから、もうこれで物書きやめたらいいんちゃうかと。

樹木　別に私は止めませんよ、書きたくないとおっしゃるなら、ああ、さいですかって（笑）。じゃ、カーッとお酒を飲んでぽっかーんと……（笑）。

灰谷　そうそう、でもそれを、そんなに押しつけちゃいけません（笑）。

本書は、二〇〇一年十二月に理論社から刊行された単行本『風の耳朶』を改題し、文庫化したものです。

風《かぜ》の耳《みみ》たぶ

灰谷《はいたに》健次郎《けんじろう》

角川文庫 13187

平成十五年十二月二十五日　初版発行

発行者——田口惠司

発行所——株式会社角川書店

東京都千代田区富士見二—十三—三

電話　編集(〇三)三二三八—八五五五

営業(〇三)三二三八—八五二一

〒一〇二—八一七七

振替〇〇一三〇—九—一九五二〇八

印刷所——旭印刷　製本所——コオトブックライン

装幀者——杉浦康平

は 20-27　ISBN4-04-352033-6　C0193

角川文庫発刊に際して

角川源義

第二次世界大戦の敗北は、軍事力の敗北であった以上に、私たちの若い文化力の敗退であった。私たちの文化が戦争に対して如何に無力であり、単なるあだ花に過ぎなかったかを、私たちは身を以て体験し痛感した。西洋近代文化の摂取にとって、明治以後八十年の歳月は決して短かすぎたとは言えない。にもかかわらず、近代文化の伝統を確立し、自由な批判と柔軟な良識に富む文化層として自らを形成することに私たちは失敗して来た。そしてこれは、各層への文化の普及滲透を任務とする出版人の責任でもあった。

一九四五年以来、私たちは再び振出しに戻り、第一歩から踏み出すことを余儀なくされた。これは大きな不幸ではあるが、反面、これまでの混沌・未熟・歪曲の中にあった我が国の文化に秩序と確たる基礎を齎らすためには絶好の機会でもある。角川書店は、このような祖国の文化的危機にあたり、微力をも顧みず再建の礎石たるべき抱負と決意とをもって出発したが、ここに創立以来の念願を果すべく角川文庫を発刊する。これまで刊行されたあらゆる全集叢書文庫類の長所と短所とを検討し、古今東西の不朽の典籍を、良心的編集のもとに、廉価に、そして書架にふさわしい美本として、多くのひとびとに提供しようとする。しかし私たちは徒らに百科全書的な知識のジレッタントを作ることを目的とせず、あくまで祖国の文化に秩序と再建への道を示し、この文庫を角川書店の栄ある事業として、今後永久に継続発展せしめ、学芸と教養との殿堂として大成せんことを期したい。多くの読書子の愛情ある忠言と支持とによって、この希望と抱負とを完遂せしめられんことを願う。

一九四九年五月三日